Die Legende vom goldenen Ei

Sie fanden mich unten im Moos, umschlungen von einer Baumwurzel, die aus einem Erdhaufen ragte. Ich hatte mir ein Bein gebrochen. Die beiden großen Jungen, die Hilfe holen wollten, waren dem Vater des Nachbarsmädchens begegnet, der nun versuchte, mich am matschigen Rand des Moors künstlich zu beatmen, bis der Krankenwagen kam.

»Was ist passiert?«, rief er. »Was war denn hier los?«

Alles hatte kurz vorher begonnen, als einer der Jungen mir die Arme auf dem Rücken festhielt, während das Nachbarsmädchen und der andere Junge mir abwechselnd mit der flachen Hand ins Gesicht schlugen und alles zu beben begann. Allerdings bebte nicht ich, sondern die Erde, vor allem die Erde unter meinem linken Fuß. Zumindest kam es mir so vor. Zunächst nur ein schwaches Resonanzgeräusch, ein Echo, das im Moorschlamm schwappte. Es klang, als würde unter der Erde jemand auf Trommeln schlagen. Es stieg an zu einem Getrampel von Pferdehufen, zu einer dröhnenden Bewegung, es schlug Risse in die Erde und in die Luft, in das Gesicht des Nachbarsmädchens und in die Schläge, die auf mich niederprasselten, und aus den Rissen erhob sich eine andere Welt. Ich drehte den Kopf zur Seite und sah sie herangaloppieren, acht Reiter, vielleicht sogar neun. Ein dumpfes Geräusch entstieg meinem Zwerchfell, das Grinsen des Nachbarsmädchens verschwand. Der Griff des Jungen, der mich festhielt, löste sich, der andere Junge blieb bleich vor Entsetzen hinter dem Nachbarsmädchen stehen; die Kröte, die sie mir in den Mund gestopft hatten, bevor sie sich in einer

Reihe aufstellten, um sie in meinem Mund mit Ohrfeigen zum Platzen zu bringen, hüpfte heraus.

Die Galoppierenden kamen näher, ich drehte mich um und rannte los. Der Boden unter meinen Füßen schwankte und löste sich auf, ich lief im Wasser, ich schwamm, ich erreichte den Erdhügel und klammerte mich in dem Moment an die Wurzel, als die galoppierenden Pferde mich einholten. Geifer und Schaum troffen aus ihren Mäulern. Als das erste Pferd mit seinem Huf meinen Unterschenkel traf, ertönte ein lautes Knacken, dann versank ich im Moor, hinunter in Mutters größten Schrecken, hinab in das schwarze Wasser, wie ein Stein, der den Grund sucht. Um mich herum wurde die Dunkelheit dichter, umhüllte meinen Körper, kühlte meine Muskeln und Knochen; dunkles Wasser lief mir in Nase und Mund und weiter in meine Lungen, langsam schwappte das Wasser in mich hinein und rann wieder heraus. Ich blickte hinauf zu der silbrig-weißen Kräuselung der Wasseroberfläche viele Meter über meinem Kopf. Die Galoppierenden waren verschwunden, eine Weile blieb es ruhig, doch schon bald begannen einzelne Arme und Beine die Oberfläche abzusuchen. Zunächst mit fieberhaften, panischen Bewegungen, dann systematischer und ruhiger. Ich erkannte den Unterleib eines der Jungen. Seine Beine traten Wasser, dunkle Jeans, ein schwarzer Schuh löste sich von seinem Fuß und sank in großen Kreisen zu mir herab. Ich erkannte auch die Jogginghose des Nachbarsmädchens, ihre weißen Tennissocken, die sich an der Oberfläche wie gleißende Enten bewegten, die nach Futter tauchen. Währenddessen sank ich immer weiter auf den Grund. Das Moor war tiefer, als ich es mir vorgestellt hatte. In sieben Metern Tiefe wurde es richtig dunkel. Nach zehn Metern fiel es mir schwer, die Rettungsmannschaft von der durch den Wind gekräuselten Wasseroberfläche zu unterscheiden, nach fünfzehn Metern traf ich auf eine eisige Kälte, und als ich zwanzig Meter tief hinabgesunken war, gab es nur noch schwer zu durchdringende Dämmerung, sämtliche Lichtquellen waren verschwunden. Über den letzten beiden Metern vor dem Grund lag ein graugrüner Dunst, ein Nebel ohne feste Konturen, Faden- und Schwebealgen, ein dicker Belag, mit dem alles überzogen war. Ich dachte, der Grund sei fest, doch als ich ihn berührte, sank ich tiefer in den Schlamm, in den Matsch unter dem Moor, wo die Kröten aus Schutz vor dem Frost überwintern. Langsam wurde der Schlamm fester und zäher, doch hinderte es mich nicht daran, noch weiter hinabzusinken; ich sank durch Torf, Lehm und Steine.

Waren meine Gedanken oben im Wasser noch flink und geschmeidig gewesen, wurden sie nun langsam und träge. Sie nahmen die Form der Materie an, die mich umgab. Ich dachte weder an meine Eltern, die schon bald von den panischen Jungen alarmiert würden, noch dachte ich daran, dass dies mein Ende sein würde, und ich dachte auch nicht daran, dass vermutlich kein göttliches Antlitz darüber leuchten würde, da sich dieses Ende in absoluter Dunkelheit abspielte. Stattdessen würde ich von Mineralen durchströmt und in Millionen von Jahren als ein Fossil ausgegraben werden, bloß gelegt von einem Erdbeben. Oder wahrscheinlicher: Ich würde verschwinden. Doch ich dachte ja nicht. Die Zeit hörte auf zu existieren. Ich atmete nicht, mein Herz stand still, alles endete.

Dann kniff mich jemand in den großen Zeh. Daraufhin schlug mein Herz einmal. Der Betreffende zog, und ich glitt ohne größere Anstrengungen in einen kleinen, dunklen

Raum unter dem Moor. Hier stand ein mit einer Kutte bekleideter Mann, der eine primitive Maulwurfsfalle in der Hand hielt, und neben ihm ein etwa ein Meter großer Zwerg. Der Zwerg war nackt. Zunächst hielt ich ihn für einen Stein, so wie den großen Stein, an den ich mich aus dem Garten meines Großvaters erinnerte; ich konnte meine Augen nicht von ihm abwenden. Mein Gehirn funktionierte nicht richtig, ich konnte mich nicht mehr daran erinnern, wie Jungen und Mädchen zwischen den Beinen aussahen; der Zwerg verwirrte mich, sein Geschlecht verwirrte mich. Hier stand ich – in einem kleinen, dunklen Raum unter dem Moor, weit weg von allem.

»Der König galoppiert«, erklärte der mit der Kutte Bekleidete, der die Maulwurfsfalle in der Hand hielt.

»Der König *fickt*«, erwiderte der Zwerg.

»Der König fickt, was er will«, wiederholte der Kuttenträger.

Beide sahen mich bekümmert an, als wäre ich ein fieberkrankes Kind, das nicht zu retten ist.

»Das also ist der Nächste.«

Der Zwerg lächelte: »Wir müssen uns nicht immer so treffen.«

»Es gibt andere Möglichkeiten«, sagte der Mann mit der Falle.

»Keine Panik, okay?«

Kurz darauf beatmete mich der Vater des Nachbarsmädchens auf dem matschigen Moorufer zurück in die Wirklichkeit. Der Zwerg und der Kuttenträger waren verschwunden. In den Wochen danach bekam ich jedoch neue Anfälle, begleitet von weiteren Erscheinungen und Stimmen, die mich nachts im Haus herumhumpeln ließen; ich zog das Gipsbein hinter mir her und kommunizierte mit unsichtbaren Gestalten aus längst vergessenen Geschichten. Mutter meinte, ich würde träumen. Sie schaltete das Licht ein und versuchte, mich wachzurütteln. Ihre Angst schlug nach und nach von Sorge in Zorn um. Wegen mir erinnerte sie sich an Dinge, an die sie lange nicht mehr gedacht hatte, zum Beispiel an Großvaters wüsten Gesichtsausdruck und sein wahnsinniges Plappern – und was sie sah, gefiel ihr nicht. Wären meine Wangen nicht durch die schallenden Ohrfeigen geschwollen, die man mir bei dem Versuch versetzt hatte, die Kröte in meinem Mund zum Platzen zu bringen, hätte sie mir vermutlich ebenfalls die flache Hand ins Gesicht geklatscht. Ihre Anstrengungen waren allerdings vergebens, daher weckte sie meinen Vater, und er tat genau dasselbe: Er schüttelte mich und brüllte mich an. Es half ebenso wenig. Mein jüngerer Bruder wurde ein paar Mal ebenfalls wach und sah dem Spektakel zu, ohne sich daran zu beteiligen. Er behielt mich aus der entferntesten Ecke des Wohnzimmers im Auge. Die Arme um die Unterschenkel geschlungen, verfolgte er über seine aufgeschlagenen Knie hinweg still und betrübt den verzweifelten Versuch meiner Eltern, mich aus dem Schlaf des Wahnsinns zu wecken.

Der Arzt verschrieb mir Tabletten gegen die Krämpfe und Erscheinungen, die mich aber nur apathisch werden ließen. Ich konnte mich nicht länger als eine halbe Stunde wachhalten, dann musste ich wieder schlafen – und die Erscheinungen verschwanden trotzdem nicht. Sie sammelten sich zu Träumen, wenn ich schlief, und zu überexponierten Stillleben, wenn ich wach war. Stets waren sie da.

Schließlich änderte meine Mutter die Taktik, sie ließ die

Tabletten im Küchenschrank, lieh sich das Auto unserer Nachbarn und fuhr mich zu meinem Großvater am anderen Ende der Stadt. Während der Fahrt weinte sie. Die Tränen vermischten sich mit dem Rotz aus ihrer Nase, den sie immer wieder mit dem Ärmel abwischte; Wollfäden ihres Angorapullovers blieben auf der Oberlippe kleben. Als wir vor dem Haus meines Großvaters hielten, hatte sie einen leichten, flaumigen Schnurrbart.

»Das mache ich jetzt bestimmt nicht gern«, sagte sie und sah mich schuldbewusst an. »Aber ich weiß nicht, was ich sonst noch tun kann.«

Wir hatten Großvater seit Jahren nicht mehr gesehen, seine Stimme hatte ich nur am Telefon gehört, wenn er – oft spätabends oder in der Nacht – anrief und darauf bestand, vom Anbeginn aller Dinge zu erzählen. Und nun hatten die Ereignisse im Moor mich auf die andere Seite gestoßen, hinein in die Wirklichkeit meines Großvaters, aus der meine Mutter mit siebzehn Jahren geflohen war, als sie nur mit einem Nachthemd bekleidet an einem frühen Sommerabend von zu Hause ausriss. Jetzt brachte sie mich freiwillig zurück.

»Ach«, sagte sie sonst immer über Großvater, »dieser ganze Quatsch, den er erzählt, das ist doch nicht zu ertragen!«

Als ich kam, saß er in seinem Gewächshaus, ohne Pullover, nur mit einem blauen Overall bekleidet. Das Gewächshaus war umgeben von großen Blumen, es gab einen Ausgang zu einem Rasenstück, und über ein paar Fliesen gelangte man zu einem Walnussbaum, unter dem der große Stein aus meinem Moortraum lag. Großvaters Schädeldecke war kahl. Um die Ohren hingegen hatte er eine Unmenge von Haaren, die nach allen Seiten abstanden. Er trug eine große eckige Brille. Lange sah er mich an.

»Bist *du* es?«, fragte er mich.

Ich erinnerte mich plötzlich, dass ich einmal vor langer Zeit die Erlaubnis bekommen hatte, ihm in den Bauch zu boxen. *Schlag zu, na los, komm schon*, hatte er gesagt.

Er sah sich im Garten um und entdeckte Mutter ganz hinten an der Garage, sie hatte sich jedoch bereits umgedreht und war auf dem Weg zum Auto. Kurz darauf wurde der Motor angelassen, sie fuhr rückwärts aus der Einfahrt und verschwand.

»Nehmen wir mal an, dass *du* es tatsächlich bist, wie hätte ich dir denn von all den Generationen erzählen sollen, wenn du mich nie besuchen kommst?«, fragte er und pulte sich etwas aus dem Auge. »Wenn ihr immer den Hörer aufknallt. Wenn sie dort …« Er zeigte in die Richtung, in die Mutter verschwunden war. Seine Stimme zitterte. »Wie soll etwas einen Sinn ergeben, wenn wir die *Geschichten* nicht kennen?« Er gab mir ein Zeichen, mich auf seinen Schoß zu setzen. Eigentlich fand ich mich zu groß dafür, aber ich gehorchte. Allerdings war es ein komisches Gefühl, daher stand ich rasch wieder auf.

»Setz dich hierher«, sagte er und zog einen wackligen Stuhl heran. »Aber fummele nicht an den Tomatenpflanzen herum, du Lümmel. Und wehe, wenn du einfach nur dasitzt und an alle möglichen anderen Dinge denkst. Hör mir zu!«

Es war einmal ein Herr König, dessen Vater unbekannte Täter in einer Scheune ermordet hatten. Während der Regierungszeit seines Urgroßvaters war über dem Baltikum eine blutige Kreuzzugsfahne vom Himmel gefallen und hatte den Namen Dannebrog erhalten, der Mord geschah dann ein gutes halbes Jahrhundert später … hörst du mir zu? Der Urgroßvater dieses Herrn König war ein erfolgreicher Mann gewesen, er hatte viele Länder erobert und so viele Hirnschalen eingeschlagen, dass man ihm den Beinamen ›der Sieger‹ gab. Unser König hieß Erik, und er hatte es in seinem bisherigen Leben nicht ganz so weit gebracht wie sein Urgroßvater. Sein Reich war kleiner, nur waren seine Träume nicht wie die Besitztümer des Reiches geschrumpft. Er träumte davon, die alte Größe früherer Zeiten wieder herzustellen, allerdings verstrickte er sich dabei in Probleme mit Schweden, außerdem kämpfte er gegen die Geächteten, die seinen Vater ermordet hatten, und machte immer wieder den Fehler, die Küstenstädte von der Seeseite her anzugreifen. Daher hielt er es für notwendig, deutsche Söldner anzuwerben, was nicht billig war. Sein guter Freund Mecklenburg forderte zwanzig Silbermark für einen Reiter und zwölf für einen Mann zu Fuß. Um seine wachsenden wirtschaftlichen Schwierigkeiten zu vergessen, veranstaltete Erik im Jahr des Herrn 1311 – in den Tagen um Mittsommer, wenn die Buchen am grünsten sind und das Licht ihren Kronen einen solchen Glanz verleiht, dass alles möglich zu sein scheint – auf den Wiesen vor einer Stadt im Norddeutschen ein gewaltiges

Fest, das wochenlang dauerte. Man mästete sich mit Wildbret und unterhielt sich mit Ritterturnieren, das Gänsefett troff von den Wangen der edlen Gäste, Ochsen wurden über offenem Feuer gebraten, Bier und Wein spritzte aus unzähligen Fässern, Berge von Hafer türmten sich wie Felsen in der Landschaft, während das arme Volk am Rande der Festlichkeiten auf die Reste von den Tischen der Reichen wartete. Und da das Fest zwischendurch immer wieder mal langweilig wurde, amüsierte sich König Gernegroß damit, Leute zum Ritter zu schlagen. Nie zuvor hatte jemand einen himmlischeren Überfluss gesehen, doch anschließend wartete die Rechnung: Die Ernte schlug fehl. Der König hatte mit seinen teuren Söldnertruppen und seinen ausschweifenden Festen die Staatskasse geplündert und sah sich nun gezwungen, eine Pflugsteuer zu erheben.

Zuerst erhoben sich die Bauern aus Seeland, sie wollten die Ausschweifungen des Feiersüchtigen nicht weiter finanzieren, doch mit Hilfe seiner Söldner nahm Erik die Anführer der Bauern gefangen und knüpfte sie außerhalb von Kopenhagen auf; ihre vertrockneten Körper ließ er noch monatelang im Wind des Øresunds hängen und baumeln.

Im darauffolgenden Jahr kam es zu Protesten in Jütland. Auf dem Ting zu Viborg gingen die adligen Gutsherren und die Bauern eine ungewöhnliche Allianz ein, und schon bald bewegte sich ein wütendes Bauernheer durch Jütland. Sie waren nicht bereit, für den König und seine Kriege zu hungern. Feuertonnen wurden auf den Höhenzügen entzündet, brennende Weidenzweige gingen von Haus zu Haus; die Bauern plünderten bischöfliche Güter und leerten deren Vorratskammern auf ihrem Weg, bis sie Kolding erreichten, wo sie das Heer des Königs mit einem Truchsess an der

Spitze erwartete. Der Truchsess zweifelte nicht an seinem Sieg, denn kein Bauernheer hatte je den König besiegt, doch nun geschah es zum ersten Mal: Die Bauern kämpften wie die Berserker, sie schlugen die Männer des Königs in die Flucht und eroberten die Stadt. Die geschlagenen Soldaten kehrten an den Hof zu Svendborg zurück, wo der König schimpfte und fluchte, allerdings unternahm er nichts Übereiltes. Die Wochen vergingen. Der König rüstete nach und nach ein neues Heer aus und brach schließlich mit seinen teuren deutschen Söldnern auf, ohne jedoch das Bauernheer zu überfallen. Er schlug lediglich in Jütland sein Lager auf und schickte Männer aus, die mit den aufgebrachten Bauern verhandeln sollten. Männer, die ihre Sprache sprachen und mit Vorschlägen kamen, die man nicht alle zurückweisen konnte: Wenn sie diesen und jenen verrieten, würde der König sie nachsichtig behandeln. Langsam trieb er Keile zwischen die Großgrundbesitzer und die Bauern, und dabei hatte er es beileibe nicht eilig. Denn die Zeit der Ernte näherte sich, und schon bald würde das Korn von den Halmen fallen, der Regen würde den Roggen fortspülen, der Wintervorrat würde in den Herbststürmen verschimmeln – und welcher Bauersmann konnte das mit ansehen? So besiegte der König das Lumpenheer mit Klugheit und List; die Aussicht, nach Hause zu kommen und den Rest der Ernte zu retten, brachte die Bauern dazu, ihre Anführer zu verraten und Steuern zu akzeptieren, die noch höher waren als zuvor: Drei Mark für jeden Pflug, ein Pferd für jeden Sprengel und ein Scheffel Roggen für jedes Stück Land, abgesehen von all den Kirchenzehnten. So geht es zu, wenn man sich gegen den König erhebt. Die Bauern trotteten erschrocken heim, ihre Wut war verflogen, eine größere Macht hatte am Rad des

Jahres gedreht und ihnen den rechten Platz zugewiesen; König Erik hatte gesiegt, und er zwang die nächste Generation Bauern, eine Handvoll Königsburgen zum künftigen Schutz gegen widerspenstige Bauern zu errichten. Als die Grundsteine für die erste Burg bei Horsens gelegt waren, segelte Erik zurück an seinen Hof. Mehrere Bauernführer hingen bereits in den Bäumen, ebenso wie die, die ein Jahr zuvor im Wind des Øresunds gebaumelt hatten. Und im nächsten Jahr wollte er beim Ting zu Viborg noch mehr arme Burschen hängen, aus denen die Krähen vom Wind getrocknete Bissen herauspicken konnten. Hörst du mir auch zu? Nicht an den Tomaten herumfummeln, habe ich gesagt!

Unser König Gernegroß, Erik Menved VI., oder sollen wir ihn den Fatzke von Dänemark nennen, wollte zurück an seinen Hof segeln, doch ein heftiger Sturm zwang sein Schiff in eine Bucht irgendwo in Nordfünen, wo es einen ganzen Tag beigedreht im Wind lag, bis der Sturm sich gelegt hatte. Sie hätten weitersegeln können, doch der König hielt es nicht länger aus auf dem Schiff. Er war nervös und wollte ausreiten. Er befahl acht Rittern, ihm zu folgen. Sie maulten, widersprachen aber nicht, denn der König hatte miserable Laune, weil eine einzige Frage wie eine schwarze Wolke über seinem Kopf hing: Wie sollte er seine Lohnknechte bezahlen? Er schuldete inzwischen so gut wie jedermann Geld. Seinen Söldnertruppen hatte er die Erlaubnis gegeben, Nordjütland zu plündern, das geplünderte Beutegut aber war lediglich ein Tropfen auf den heißen Stein. Mecklenburg mahnte ihn bereits, da hatte der König eine Idee: Er könnte Fünen verpfänden, er könnte Lehnstümer verleihen, Fehmarn, Lolland, Südjütland, Alsen, sogar Schonen könnte er verpfänden, wenn es notwendig wäre, bloß war das ein Schritt, den er nur ungern tat. Glücklicherweise hatte er ja das Ei. Das Ei war ursprünglich als Geschenk für die Königin gedacht. Die Händler aus Lübeck hatten eine schwindelerregende Summe dafür verlangt, der Bischof hatte es drei Mal gesegnet, es war in die Sankt-Anna-Quelle getaucht worden, und hinterher – nur hatte der Bischof das natürlich nie erfahren – waren Runen eingeritzt worden: *Ich beschwöre dich, Freja, durch sie will ich mich vermehren.* Die Königin brachte nur tote Kinder zur Welt, und den wenigen, die noch atmeten, wenn sie den Mutterleib verließen, fehlte der Wille, am Leben zu bleiben. Ein Fluch ruhte auf der Ehe des Königs. Das Ei war ein Fruchtbarkeitsei, die magische Schrift der Runen sollte den Fluch brechen und ihr helfen, einen lebensfähigen Thronfolger zu gebären. So war sein Plan, doch dann war ihm der Aufstand der Bauern dazwischengekommen, und das Ei war so schön und leuchtete so strahlend, dass es regelrecht darum bat, für sein politisches Ränkespiel genutzt zu werden. Erik trug es in einem Lederbeutel unter der Brünne. Ein hübscheres Stück Kunsthandwerk war kaum je gesehen worden. Selbstverständlich konnte ein Ei aus Gold und Edelsteinen nicht die enormen Schulden aufwiegen, möglicherweise könnte seine Schönheit Mecklenburg aber das Herz erweichen und dem König helfen, Zeit zu gewinnen. Bis auf Weiteres war das Ei das Einzige, das ihn davor retten konnte, sein Land zu verpfänden. Allerdings war der König unentschlossen. Hast du verstanden?

Mit einem Mal fiel sein Auge auf einen Hirsch, der über den heruntergetretenen Wildpfad sprang und zwischen die Bäume flüchtete. Unser König hatte die Aufständischen besiegt und die Bauernlümmel niedergekämpft, nun wollte er auch dieses Tier bezwingen; er setzte ihm mit seinen acht

Rittern nach. Sie galoppierten in den Wald. Die Ritter waren unzufrieden, sie murrten. Den König hingegen hatte das Jagdfieber gepackt, nachdem sich die schwarzen Wolken der Spekulationen etwas gelichtet hatten. Zweige peitschten ihnen an die Köpfe, ihre schweren Rüstungen rasselten zwischen den Bäumen des Waldes, kostbare Stoffe wurden von Dornen und Buchenzweigen zerrissen. Der König hob seine Armbrust. Er wollte diesen Hirsch erlegen, koste es, was es wolle. Der Hirsch war längst außer Sicht, doch der König und seine Männer jagten ihm weiter nach. Der Wald war größer und unüberschaubarer, als sie gedacht hatten, und nach ein paar Stunden mussten sie einsehen, dass sie sich verirrt hatten. Die Ritter wollten umdrehen, aber der König war starrköpfig. Die Stunden vergingen. Sie verloren das Zeitgefühl. Hier und da lagen gigantische Steine, die aussahen, als würden sie aus einer ganz anderen Welt stammen – sie *zogen* den Körper gleichsam an, wenn man ihren Gravitationsfeldern zu nahe kam –, doch endlich, nach langer Zeit, lichtete sich der Wald, die Lichtung wurde zu einer Wiese, und am Rande der Wiese lagen einige sumpfige Roggenfelder. Elende Schuppen und baufällige Hütten tauchten wie vereinzelte Pilze auf. Es sah aus, als hätten sich hier einige Hintersassen außerhalb der Gesetze des Landes niedergelassen. Und aus dem Augenwinkel sah der König einen Hirsch über das nächstgelegene Feld laufen. Er sprengte ihm nach. Vielleicht war es sein Hirsch. Das Murren der Ritter nahm zu.

Als der König wie ein Rasender galoppierte, bemerkte er in der Ferne einen kleinen Punkt. Es sah aus wie ein Pfahl, der aus der braunen Erde ragte, oder irgendwelches altes Gerümpel, als er jedoch näher kam, erkannte er, dass es sich um einen der armen Häusler handelte. Ein kleiner, mit einer

Kutte bekleideter Mann hielt eine Hacke in der Hand. Er starrte den König mit verdutztem Gesichtsausdruck an, der Mund stand offen, der wilde Blick seiner Augen verriet seine Furcht. Und jetzt schlagen wir einen Purzelbaum, halt dich fest! Wir verändern die Perspektive. Wir sind jetzt dieser Punkt, verstehst du? Nicht der König, sondern der Punkt, nicht bedeutend, sondern unbedeutend, nicht das Zentrum, sondern die Peripherie. Eine Zentrifugalkraft wirbelt uns fort von der offiziellen Geschichtsschreibung. Offiziell schlachtete König Erik VI. – Herr Gernegroß, Menved-Fatzke-von-Dänemark – die Bauern und kehrte dann nach Hause zurück, um es sich auf seinem Schloss in Svendborg gut gehen zu lassen. Schluss, Aus, Finale. Diese Landschaft, dieser Wald, diese Steine sind nirgendwo beschrieben. Bei dem Mann auf dem Feld handelt es sich um Thord, einen der Ersten unserer Sippe, bewahrt in den epileptischen Erscheinungen unserer Erinnerungen. Er sah, wie ein Haufen Sagenkönige durch den Dunst galoppierte, und wusste nicht, ob ein Stück des Himmels auf die Erde gefallen war oder sich die Hölle für ihn geöffnet hatte. Fürchterlich war es in jedem Fall. Sieben neue Maulwurfshügel waren im Laufe der Nacht auf seinem Roggenfeld gewachsen, und da Maulwurfshügel Kummer und Sorgen ankündigen, hatte Thord gerade eine Falle in den ersten Hügel gesteckt, als ihm das Traumbild die Beine unter dem Körper wegschlug. Der Anblick zwang ihn in die Knie auf dem Stück Land, das sich so verräterisch verhielt und ihm und seiner Familie so wenig lieferte, obwohl er den ganzen Sommer versucht hatte, es von Winde, Pfeilkraut und anderem Unkraut zu befreien. Glücklicherweise hatten sie noch keine Münder zu stopfen. Um andere stand es schlechter, wenn der Winter kam, und doch sehnten sich die

Wände ihres Hauses nach Kinderstimmen. Mit jedem Jahr, das verging, wurde Toras Kummer sichtbarer. Vielleicht war ihr Schoß unfruchtbar, sie teilten nun schon mehrere Jahre das Bett, und die Alte war die Einzige, die noch immer an ein Wunder glaubte. Unter dem großen Holunderbusch opferte sie Brot und mischte Fruchtbarkeitstränke, bevor sie anfing, Geschichten aus der Zeit der Unfreiheit und Sklaverei zu erzählen, bevor sie Hintersassen wurden und wagten, ihre eigenen Träume zu träumen. Die Alte war Toras Mutter. Thord hatte Angst vor ihr und war überzeugt, dass sie verrückt war. Den ganzen Sommer hatte sie im Moor verbracht und Rohrkolbenwurzeln ausgegraben. Sie schleppte die Wurzeln zu ihrem Stück Land und vergrub sie hinter dem Haus. Sie grub so tief, dass die Schweine die Wurzeln nicht wieder ausbuddeln konnten. In der Dämmerung war es schwierig, den schwarzen Moorschlamm von den Armen zu waschen. Sie grub auch andere Dinge ein, die Leute lachten über sie. Ihre Nasenflügel waren aufgeschnitten, und am Hals sah man noch immer die Narben des Eisenrings. Es gab nicht mehr viele, die so aussahen. Die Spuren der Unfreiheit wollten das Fleisch nicht verlassen, obwohl die Seele frei war. Tora und Thord hatten nur schwache Erinnerungen an die Zeit der Knechtschaft. Ihre Nasenflügel waren nicht aufgeschnitten, und ihre Hälse trugen keine Spuren der eisernen Fessel. Und doch war es ein durchaus gemischtes Vergnügen, frei zu sein: Die Arbeit war dieselbe, nur stand es ihnen nun frei, sich zu Tode zu hungern, wie die Alte immer sagte.

Thord sank auf seinem Roggenfeld in die Knie. Sagenkönige, Riesen, Halbgötter, was immer sie auch waren, galoppierten aus unbegreiflichen Gründen über sein Feld. Eine goldene Aura umgab sie: Ihre Lanzen ragten wie göttliche

Speere in die Luft, die Armbrüste und Hellebarden glitzerten mit den Edelsteinen in den eisernen Handschuhen der Riesen um die Wette. Ihre Pferde waren wild wie Teufel, der Geifer schäumte, Schweiß troff von ihren Decken aus Seide, geschmückt mit Silber und Emaille. Rote Tücher mit einem weißen Kreuz. Ihm ging der Gedanke durch den Kopf, dass der Tod grausam, aber schön sein würde: Die Sagenkönige hielten direkt auf ihn zu. Sie würden ihn niederstampfen. Er hörte bereits den Gesang der Engel, als der erste Reiter mit Müh und Not einen Bogen um ihn schlug. Die sieben Folgenden wiederholten dieses Manöver, doch als der Letzte an den Zügeln zog und sein wahnsinniges Pferd zur Seite zwang, reagierte nur das Pferd. Der Mann selbst setzte seinen Weg geradeaus fort. Er wurde vom Pferd geschleudert, flog wie ein verhexter Speer durch die Luft und landete mit einer derartigen Wucht vor Thords Füßen, dass sein Kopf sich in die Erde bohrte und in dem Maulwurfshügel verschwand. Als Thord das leise Klicken der zuschnappenden Maulwurfsfalle hörte, wusste er, dass die Alte recht behalten hatte. Maulwurfshügel kündigten Kummer und Sorgen an. Er hätte die Falle schon am Morgen gleich wieder herausnehmen sollen. Aber wie gewöhnlich hatte er getrödelt, und nun war es zu spät.

Die Sagenkönige stoppten ihren Wahnsinnsritt. Sie umringten ihn. Er war gefangen. Die Zeit blieb stehen, die Welt hielt den Atem an, Kinder und Erwachsene standen wie versteinert in den Türen und starrten auf diesen Auftritt. Dann begann die Erde, Flüche und Schwüre auszustoßen. Der gefallene Ritter bewegte sich. Sein Leib zappelte. Die Arme ruderten, und langsam zog er seinen Kopf aus dem Maulwurfshügel. Ein übel zugerichtetes Gesicht kam zum

Vorschein. Die Ritter brüllten vor Lachen. In die Nase des Mannes hatte sich eine primitive Maulwurfsfalle verbissen, Blut lief ihm die Nasenwurzel hinunter.

»Ist das eine Art, seinen König willkommen zu heißen?«

Thord erhob sich. Er hatte sich in die Hose gemacht und setzte sich wieder. Er versuchte, etwas zu sagen, brachte aber nur lallende Geräusche über die Lippen.

»So begrüßt du Erik von Dänemark?«, fuhr die Stimme fort. »Er bezwang die Bauern Nordjütlands. Denjenigen, die nicht unter seinem Schwert fielen oder an einem Seil baumeln, schlottern nun die Hosen vor Angst. Aber du? Wer bist du? Greifst du uns allein an, nur mit einer Maulwurfsfalle?«

Die Ritter schlugen sich auf die Schenkel vor Lachen. Nur der unglückliche Ritter fand es nicht sonderlich komisch. Er riss sich die Falle von der Nase, schleuderte sie auf die Erde und stampfte darauf. »Wolltest du mich umbringen?«, brüllte er und packte Thord am Kragen.

»Lass ihn in Ruhe«, befahl der König. Der Ritter ließ Thord los. »Hast du Wasser für unsere Pferde?«, wollte der König wissen.

Thord zeigte in Richtung Haus. Die Ritter drehten sich um und trabten auf ihren Pferden davon, während Thord auf dem matschigen Feld stehen blieb, wo ihm der Ritter des Königs vor die Füße gefallen war. Doch am Haus war kein Brunnen zu sehen, daher klopfte der König ungeduldig an die Tür.

Tora lag im Halbdunkel der Hütte. Sie hatte sich gerade gewaschen. Die Alte hatte ihren Leib mit einem Birkenrindenextrakt eingeschmiert, nur ein Unterhemd aus Flachsleinwand bedeckte ihre Brüste, denn am siebten Tag nach Neumond sollte sie fasten, nur eine Tasse kochendes Wasser mit einer Messerspitze pulverisiertem Hasenherz einnehmen, bevor die Sonne unterging, und dann ihren Mann einladen, ihr beizuliegen. Tora hatte die Tasse geleert, die Alte hatte die Feuerstelle versorgt und Anissamen hineingeworfen und kam nun ständig auf neue Ideen. Eine fantasievoller als die andere. In der letzten Zeit hatten ihre Einfälle einen etwas vulgäreren Charakter angenommen, nun forderte sie ihre Tochter auf, es mit weniger magischen Methoden zu versuchen. »Geh zum Walpurgisfest in Pederup und verbring die Nacht mit einem anderen Mann«, flüsterte sie. »Möglichst groß sollte er sein, und sorge dafür, dass er kräftige Zähne und gute Wadenmuskeln hat. Das ist nicht so einfach zu sehen, aber versuche, seine Waden durch die Hose zu erkennen. Und wichtig ist auch, dass er nicht allzu viel Ärger mit seiner Verdauung hat. Wenn er den Gestank von Fäulnis verströmt, dann halt dich von ihm fern. Rülpst er hingegen viel, ist das ein Zeichen von guter Gesundheit.« So flüsterte die Alte es Tora zu, die niemals erlebt hatte, wie das Leben in ihrem Bauch trat, und deren Brüste nie das süße Rieseln einschießender Milch gespürt hatten. Sie hatte die erste Jugend hinter sich, und die Scham, ihre Sippe nicht vermehren zu können, hatte in ihren Augen ein leicht nervöses Flackern hinterlassen.

Nun klopfte es an der Tür. Die Alte öffnete und blinzelte in das grelle einfallende Licht. Außer einem Haufen tanzender Lichtflecken konnte sie nichts erkennen, aber vor ihr stand der König mit seinem Fruchtbarkeitsei unter der Brünne, und hinter ihr lag Tora, hatte ihre Brüste entblößt und duftete nach gekochter Birkenrinde und pulverisiertem Hasenherz.

»Wo zum Teufel ist der Brunnen?«, knurrte Erik.

»Hier gibt es keinen Brunnen«, stammelte die Alte. »Wir holen das Wasser aus dem Moor. Es liegt hinter dem Haus. Am frischsten ist es in dem tiefen Teil rechts, dort verläuft der Unterstrom einer Quelle, die auf der Waldlichtung entspringt.«

Erik blickte ins Halbdunkel hinter der Alten. Obwohl sie auch weiterhin nichts sehen konnte, hörte sie doch sofort die Autorität in der Stimme des Fremden und beeilte sich, ein paar Schritte zurückzutreten. Sie reichte ihm lediglich bis zum Nabel. In ihren glücklichen Tagen war sie fast hundertvierzig Zentimeter groß gewesen. Nun kam sie gerade noch auf hundertzwanzig Zentimeter, aber so lange der Herr sie am Leben ließ und ihn ihre Größe nicht interessierte, war die Alte zufrieden. Der Fremde hingegen war so gewaltig, dass er nicht aufrecht hätte durch die Tür gehen können, und mit einem Mal ging der Alten eine ketzerische Idee durch den Kopf. Sie sagte: »Helfe Er meiner Tochter, edler Herr, ihr Herz schlägt so heftig und ihre Lippen sind so warm, lege Er ihr doch eine Hand auf die Brust, setze Er sich einen Augenblick an ihr Bett, wir bitten Euch, edler Herr.«

Erst als Eriks Augen sich an die dunkle Beleuchtung gewöhnt hatten, bemerkte er die halb nackte Frau. Sie musste ebenso alt wie seine Königin sein. Er erkannte denselben flüchtigen Blick, nur hatte diese hier niemals tote Kinder zur Welt gebracht, das sah er sofort. Das Entsetzen über den alljährlichen Anblick lebloser Leibesfrüchte fand sich in ihrem Körper nicht. Er sah nur die gewöhnliche Angst. Die Angst, der er überall begegnete: die Angst vor dem König.

Er trat ans Bett. Die Alte warf mehr Anissamen in die Feuerstelle. Erschrocken zog Tora ihr Unterhemd hinunter.

Sie versuchte aufzustehen, glitt aber zurück ins Bettstroh. Als sie ihre Mutter um Hilfe bitten wollte, hatte die Alte bereits die Tür hinter sich geschlossen, denn eine Chance wie diese bekam man kein zweites Mal. Der Nachkomme eines solchen Riesen konnte auf dem Feld für drei Männer arbeiten. Er würde sich nicht beklagen wie dieser Müßiggänger dort draußen, er würde niemals krank sein. Die Alte zitterte. Sie hörte ihre Tochter weinen und hoffte, dass der Fremde ihr nichts antat. Aber andererseits, wer hatte denn nicht unwillkommenen Besuch zur Nachtzeit gehabt, von seinem Herrn, von den Söhnen des Herrn oder den Übernachtungsgästen des Herrn? Es gab nichts zu jammern. Die Alte hatte sieben Kinder geboren. Eins starb bei der Geburt, fünf hatte man ihr weggenommen. Zwei stammten mit Sicherheit von ihrem ehemaligen Herrn. Einmal war sie von einem fremden Mann vergewaltigt worden. Ihr Herr ergriff ihn und zwang ihn, drei Mark zu bezahlen. Das war der Preis, wenn man sich das Eigentum eines anderen Mannes mit Gewalt nahm. Der Herr behielt alles. Dieses Kind durfte sie großziehen, sie nannte es Tora – und hoffte, der Name würde ihr die Stärke verleihen zu widerstehen. Jetzt war sie eine alte Frau, und wollte man überleben, musste man in diesen neuen Zeiten, in denen Unfreie freigelassen wurden und mächtige Riesen aus der Zeit der Sagenkönige plötzlich an die Tür klopften, alternativ denken. Bei dem Gedanken an ihr Glück zitterte sie einmal mehr. Ihre Tochter war der fruchtbare Boden, der nur auf das rechte Saatgut wartete. War der Samen verfault, spross der Roggen nicht. Das hatten die letzten sieben Jahren gezeigt. Thord behandelte sie anständig, doch sein Samen taugte nichts.

Die Alte blinzelte in das klare Licht und bemerkte erst

jetzt die Ritter vor ihr. Aus den Augenwinkeln sah sie Thord aus dem Moor kommen. Sie schenkte ihm keine besondere Aufmerksamkeit, allerdings war sie hinterher überzeugt, dass er ohne seine Hose dahergelaufen kam. Der Gedanke an den nahe bevorstehenden Tod streifte sie, vielleicht waren neun Erzengel herabgestiegen, um sie heim zu ihrem himmlischen Vater zu holen, andererseits hatte das Leben sie überzeugt, dass Frauen wie sie allerhöchstens einen einzigen Engel haben konnten und zufrieden sein sollten, nicht ganz vergessen zu werden, wenn die himmlische Abrechnung einmal beglichen werden musste. Nur Thord hatte solche Gedanken, so unzufrieden wie er mit allem war.

»Was glotzt ihr denn so?«, schrie sie die Ritter vor der Tür an. »Der Herr dort drinnen wünscht, einen Augenblick allein zu sein, das Moor liegt dort, seht zu, dass ihr weiterkommt, los, los.«

Die Ritter gehorchten, und hinterher war der Alten so schwindlig, dass sie sie sich setzen musste. Sie kroch zur Tür. Sie wollte die Tür bewachen, damit niemand hineinkam, bevor der Akt vollzogen war.

Auf der anderen Seite der Tür zog der König die Brünne über den Kopf. Tora blickte ins Feuer. Sie lag ganz still, während der Fremde mit seiner Kopfbedeckung kämpfte. Schließlich ertönte ein leises Klatschen, eine Lederschnur war gerissen, und ein Beutel fiel ins Stroh. Der König roch nach Schweiß und bemerkte nicht, dass er etwas verloren hatte. Er stöhnte heiser und in seinen Augen leuchtete der Wahnsinn, als er auf sie kroch. Seine riesige Hand packte ihr Haar und zog ihren Kopf nach vorn, sodass sie gezwungen war, diesem wahnwitzigen Riesen in die Augen zu sehen. Jetzt hörte die Alte ihre Tochter schreien, doch sie reagierte nicht, sondern blieb mit vor der Brust verschränkten Armen vor der Tür sitzen.

Kurz darauf ritten die neun Männer zurück in den Wald. Sie verschwanden ebenso plötzlich, wie sie aufgetaucht waren. Ihre Pferde galoppierten in den späten tanzenden Sonnenstrahlen. Ihre Rüstungen glänzten wie Perlen und Juwelen. Niemand in der Gegend hatte je so viel Herrlichkeit gesehen, so großen Reichtum, einen solchen Zauber. Alle, die in dem kleinen Häuslerflecken mit Namen Nielsstrup zu gehen in der Lage waren, kamen aus ihren Hütten gelaufen, um das Wunder mitzuerleben. Die Behinderten wurden herausgetragen. Den Blinden wurde alles beschrieben. Flüsternde Stimmen erzählten von sagenhaften Königen, die groß wie Eichbäume waren, Schultern so breit wie die eines Ochsen hatten und Augen, die blau wie der Mittsommerhimmel schimmerten. Und hinterher waren alle beschämt: Waren sie bloß Opfer einer kollektiven Halluzination geworden? Langsam schlichen sie mit dem Gefühl nach Hause, dass irgendetwas nicht stimmte. Was wollten die Sagenkönige denn hier? Warum sollte Erik von Dänemark sich persönlich in Thords bescheidene Hütte begeben? Die Leute redeten nur ungern darüber, doch auf den Feldern wurde getratscht, und in den Liedern der Gaukler tauchte einer mit dem Namen Thord Maulwurfsfänger auf.

*

Im nächsten Frühjahr mussten sie die Kuh auf die Weide tragen, sie konnte nicht mehr allein laufen. Die Alte wollte helfen, doch sie bekam einen Hexenschuss und musste nach Hause zurückkriechen, während die anderen das magere

Tier auf die kleine Weide hinter den niedrigen Zaun legten, der das sumpfige Stück Erde umgab. Die Rückenprobleme hinderten die Alte jedoch nicht daran, weiter im Moor umherzuwandern und Wurzeln aus der schwarzen Erde zu graben, nun noch gebückter als bisher. Die Leute begannen, über sie zu reden. »Dort geht das Moorweib«, flüsterten sie sich zu. »Sie ist nicht mehr ganz normal, ja, dort, die mit dem Arsch in der Luft.«

Sie vergrub die Wurzeln noch immer hinter dem Haus in tiefen Mieten, die sie nach einem peinlich genauen System anlegte. Währenddessen schwoll Tora an, und Thord arbeitete auf dem Feld, wenn er nicht in der Ferne Dienst auf den Feldern des Herrn von Weißenfels leisten musste, und an einem frühen Morgen im Juni nahm die Alte das Neugeborene entgegen. Sie schnitt den Säugling von seinem Mutterleib ab und schlug einen Knoten in die schleimige Nabelschnur. Als sie danach das durchweichte Bettstroh aus dem Wochenbett auf den Mist schmeißen wollte, fiel ihr ein kleines, nasses Bündel vor die Füße. Es triefte vor Blut und Fruchtwasser. Die Alte hob es auf. Das Bündel verströmte den ranzigen Geruch von Mutterkuchen, allerdings hatte sie so etwas noch nie gesehen. Es glich einem kleinen, zusätzlichen Mutterkuchen. Sie hatte schon von Kindern gehört, die mit einem zusätzlichen Finger geboren wurden, mit bis zu sechs Brustwarzen, auch von Kindern, die wie pelzige Wesen aus einer anderen Welt mit schwarzen Haaren bedeckt waren. Sie hatte von Kindern gehört, die als Junge und Mädchen gleichzeitig zur Welt kamen, und sollte sie ehrlich sein, geriet sie schon ein wenig ins Grübeln, wenn sie den Jungen betrachtete, obwohl er einen kleinen Zapfen hatte. Von zwei Mutterkuchen hatte sie jedoch noch nie gehört.

Unter normalen Umständen hätte sie den Mutterkuchen zum Trocknen übers Feuer gehängt, doch sie hatte das Fliedermütterchen nun schon so viele Male um ein Kind gebeten, dass sie ihn besser ihr überließ. Die Alte hatte bereits ein Loch gegraben, ihre Neugierde war aber zu groß, und als sie den ersten Mutterkuchen in das Loch unter den gebogenen Zweigen des Holunders gelegt hatte, sah sie sich den zweiten Mutterkuchen genauer an und fand eine zusätzliche kleine Nabelschnur, in die mehrere Knoten geknüpft waren. Sie löste die Knoten, der Mutterkuchen ging auf, und vor ihren Augen erschien ein Ei aus Feuer. Es strahlte wie die Sonne. Es funkelte in ihren Händen. So viel Herrlichkeit hatte sie nicht gesehen, seit die Sagenkönige vor neun Monaten über ihr Roggenfeld galoppiert waren, und die Alte verstand sofort, dass sie Einsicht in eines der größten Mysterien der Welt erhielt: Die Kinder wohlhabender Menschen kamen wohlhabend zur Welt. Die Kinder armer Leute kamen arm zur Welt. An dem Gerede des Priesters über irdische Güter, die sich nicht in die nächste Welt mitnehmen ließen, war also nichts dran, denn Seite an Seite mit dem Fötus war dieses Ei in Toras Leib groß und strahlend ausgewachsen. Die Alte erschauderte bei dem Gedanken, im Grunde war sie aber nicht sehr überrascht. Sie betrachtete es eher als einen natürlichen Teil der Privilegien der herrschenden Klasse. Dann lief sie ins Haus, um zu erzählen, dass ein mystisches Erbe der sagenhaften Könige in Toras Leib herangewachsen war und die Form eines goldenen Eies angenommen hatte. Nur wurde das Ei nicht mit Begeisterung begrüßt, wie sie es erwartet hatte. Tora stieß ein erschrockenes Geheul aus, und Thord – ja, er wurde böse. »Meine Frau soll ein goldenes Ei geboren haben?«, stieß er mit einem düsteren Ausdruck in den Augen aus. »Wie ist so etwas möglich? Wie oft kommt es bei uns vor, dass Frauen goldene Eier ausbrüten?«

»Und wie oft kommt es vor, dass *Sagenkönige* über dein Feld galoppieren, Thord?«, fragte die Alte zurück.

»Haben unsere NACHBARINNEN ein goldenes Ei zur Welt gebracht?«, fuhr Thord fort. »Irgendjemand in Nielsstrup oder im Sprengel? Eier werden nicht *geboren*, sie werden gelegt. Von Vögeln – und anderen kleinen Tieren.«

Nachdenklich starrte er auf das Ei. Obwohl er nicht lesen konnte, sprach die magische Schrift der Runen zu ihm.

»Hast du es gestohlen?«, flüsterte Tora und drückte das Neugeborene an sich. »Ist es ein Werk des Teufels? Was hat er dafür bekommen? Nein, erzähl es mir nicht, wirf es nur fort, um Gottes willen! Dieses Ei sieht kostbar aus, ich wage nicht einmal daran zu denken, was es als Pfand bringen würde.«

Die Alte schüttelte missmutig den Kopf. »Es ist das Erbe des Jungen«, erklärte sie. »Es kam zusammen mit ihm. Wieso regt ihr beide euch nur immer so auf.«

»Erbe?«, lachte Thord. »Was meinst du mit Erbe?«

»Das Erbe des Jungen«, beharrte die Alte. »Sperrt eure Augen auf. Er ist schließlich nicht ganz gewöhnlich, oder?«

»Du bist doch verrückt«, erwiderte Thord.

Die Alte trat ganz nah an ihn heran und flüsterte: »Ich weiß mehr von diesen Dingen als du, Thord Maulwurfsfänger. Er ist nicht von dir, nicht wahr? Das wissen wir beide, aber du hast seine Empfängnis mit deiner Maulwurfsfalle für uns möglich gemacht. Und dafür sind wir dir dankbar.«

Bei diesen Worten verstummte Thord und bekam einen merkwürdig leeren Ausdruck in die Augen.

»Ihr sollt ihn behandeln wie einen Königssohn«, fuhr die

Alte fort. »Nur das Beste ist gut genug für ihn, und ihr werdet ihm den Namen Sten geben, denn er hat etwas Solides, das mich an den großen Stein aus der Zeit der Trolle erinnert.«

Noch am selben Abend legte Thord das Ei in einen Tonkrug und grub ein Loch hinter dem Haus. Beim Graben stieß er auf die Wurzeln der Alten und schüttelte den Kopf. Hastig schaute er sich das Ei noch einmal an, bevor er es tief in der schwarzen Erde vergrub. Die magischen Zeichen schienen in der Abenddämmerung zu glühen, und er musste lächeln. Er hatte einen Sohn bekommen. Eine lichte Zukunft lag vor ihm. Ein himmlisches Ei strahlte in seinem Garten, und so verging das erste Jahr nach der Geburt. Der Junge Sten bekam Speck auf die Rippen und fing an zu laufen. Er stapfte mit seinen O-Beinen über den Lehmboden der Hütte, er steckte einen Stock in die Feuerstelle und focht damit, er zog das Schwein am Schwanz, wenn es am Abend hereinkam, um im Koben ganz hinten in der Hütte zu schlafen, und dabei wirkte er im Verhältnis zu dem Tier so klein, dass alle Angst hatten, es könnte ihn erdrücken. Er folgte seinem Vater, wenn Thord das Roggenfeld von Winde, Pfeilkraut und anderem Unkraut befreite oder versuchte, Abwasserkanäle um das sumpfige Stück Land abzustechen, damit das Korn nicht verfaulte, bevor es reif war.

Dann folgte ein strenger Winter, und das ganze Frühjahr über stand das Feld unter Wasser, und als das Wasser endlich verdampft war, schlichen Winde und Pfeilkraut sich wieder heran und erstickten den Großteil der Ernte. Sie waren nicht die Einzigen, denen es so erging. Niemand im Sprengel hatte in diesem Jahr eine besonders gute Ernte. Misswuchs und Kälte plagten den gesamten Kontinent von Osten bis Westen, von Norden bis in den Süden. Sie buken Brot von den dreieckigen Früchten des Pfeilkrauts, es schmeckte bitter und sättigte noch schlechter als ihr Roggenbrot. Nach Weihnachten mussten sie die Kuh schlachten, bevor sie vor Hunger starb. Ihnen fehlte Salz, die Hälfte der Kuh verdarb. Sie warteten auf das Frühjahr, doch es blieb duster und dunkel; Nebel und Frost hingen über den Feldern, die Zeit war erstarrt und stehen geblieben, ein Tag war wie der andere, nur ihre Mägen rumorten. Den größten Teil des Tages schliefen sie, und bisweilen blieben sie ganze Tage auf dem Bettstroh liegen, ohne aufzustehen.

Eines Morgens sah Tora einen Haufen zerlumpter Menschen über ihr Feld wandern, und sie wusste sofort, worum es sich handelte: ein Hungerheer. Zuerst bettelten sie um Essen. Sie waren noch abgezehrter als die Einwohner von Nielsstrup, zerlumpt und verdreckt. Sie machten einen so entkräfteten Eindruck, dass sie unmöglich gefährlich sein konnten, doch in der Tiefe ihrer Augen lag etwas Wahnsinniges, etwas Irrsinniges und Verzweifeltes, das Tora erschreckte. Als sie abgewiesen wurden, traten sie die Tür ein und durchwühlten die Hütte. Sie fanden nichts und verschwanden über das kleine Stück Land des Nachbarn, ein Haufen wahnsinniger Rumtreiber, auf dem Arm ein paar Kinder, mit Gesichtern wie Greise. Der Schock über die Begegnung mit diesen Zerlumpten war längst nicht so groß wie der Schock über die Wahrheit, die diese Gespenster ihnen offenbart hatten: Es gab nichts Essbares mehr im Haus. Sie sahen sich an. Thord war dürr wie eine Vogelscheuche. Die Alte bestand nur noch aus Haut und Knochen, und in Toras Gesicht sprangen die Jochbeine unnatürlich hervor; niemand hatte bisher bemerkt, dass sie so markant waren. Nur Sten sah einigermaßen normal aus, doch sie wussten, dass es nur eine Frage der Zeit war.

»Wir müssen das Ei verkaufen«, schlug Thord vor, aber die Frauen schüttelten den Kopf.

»Niemand würde dir glauben, dass dieses Ei dir gehört. Du wirst weder Geld noch Lebensmittel dafür bekommen, sondern lediglich eine Schlinge um den Hals.«

»Dann schmelzen wir das Ei um und kaufen uns jedes Mal für einen kleinen Klumpen Gold etwas zu essen«, versuchte er es erneut, bis Tora ihn anschrie: »Ein armer Häusler rennt plötzlich mit Gold in der Tasche herum! Du bringst uns noch alle an den Galgen!«

Während sie sich stritten, ging die Alte mit einer Hacke hinters Haus, schlug ein Loch in die gefrorene Erde und kam mit einer Schüssel voller Wurzeln zurück: »Ich werde nicht umsonst das Moorweib genannt. Ich kann nicht sagen, wie und warum, es kam in einer Reihe von Erscheinungen und Erschütterungen über mich, aber ich hatte bereits vor vielen Jahren das Gefühl, als bekäme die Welt Risse und würde sich auflösen, als offenbare sich etwas anderes – daher habe ich mich seit Langem auf schlechte Zeiten vorbereitet.«

Sie röstete die Wurzeln über dem Feuer, sie schmorte und kochte sie und bereitete sie auf viele unterschiedliche Weisen zu. Man konnte nicht unbedingt sagen, dass Sten wuchs, obwohl er der Nachkomme eines Sagenkönigs war, der die Größe einer Eiche gehabt hatte, doch seine Rippen behielten ihren Speck. Die Ernte des nächsten Jahres verdarb ebenfalls. Die Felder gaben nichts her. Als der erste Raureif kam, breitete sich in Nielsstrup Panik aus, und als der Frost sich festsetzte, löste das Dorf sich auf; Familien verließen ihre Häuser und zogen in die Wälder, wild und wahnsinnig vor Hunger. Es gab Gerüchte über einen Dieb, den man im nahegelegenen Pederup angeblich vom Galgen geschnitten hatte; über Eltern, die ihre Kinder verlassen hatten, weil sie es nicht ertrugen, sie hungern zu sehen, und düstere Stimmen flüsterten von wieder anderen, die sie gegessen hatten.

Glücklicherweise schien das Moorwurzellager der Alten unendlich zu sein. Sie kamen aus dem alten in das neue Jahr, der Junge wuchs jeden Tag ein wenig mehr, gegen Ende des Winters wurde die Alte jedoch mit jedem Tag plötzlich deutlich dünner, sie legte sich in das Alkovenbett und wollte nicht wieder aufstehen. Sie hatte keinen Appetit und wollte keine Wurzeln, nur eine Tasse gekochtes Wasser mit einer Messerspitze Salz. Sie schloss die Augen und wollte sie nicht wieder öffnen, und eines Morgens lag sie steif und kalt im Bett. Thord und Tora beerdigten sie, doch bereits in der Nacht drangen unbekannte Strolche auf den Friedhof von Pederup ein, gruben die Tote aus und schnitten ihr die Arme ab. Eine Woche später war ihr rechtes Bein unter ähnlichen Umständen verschwunden. Die Kirche setzte Wachen ein, aber sie wurden niedergeschlagen, und ihr anderes Bein ging ebenfalls verloren. Einige meinten, das Grabschwein, das alte Geisterwesen, sei vor Hunger wahnsinnig geworden, die meisten aber waren der Ansicht, dass das hungernde Heer des Satans sich an der Toten vergriffen hatte. Dann gab es die Kirche auf, die Toten gegen dieses unsichtbare Heer verteidigen zu wollen, und eine Woche später verschwand der größte Teil ihres Oberkörpers, nur der Kopf lag noch auf der gefrorenen Erde. Tora weinte, als sie den Kopf erneut begruben und nach Nielsstrup zurückgingen. Als Thord an diesem Abend eine weitere Portion Wurzeln ausgraben wollte, stellte er fest, dass das Lager leer war. Es gab nur noch eine einzige Schüssel. Er versuchte, an mehreren anderen Stellen zu graben und sich einen Überblick über das sorgfältige System zu verschaffen, in dem die Alte die Wurzeln vergraben hatte, aber nirgendwo schien noch etwas zu sein. Sie schien es gewusst zu haben und hatte selbst hungern wollen, damit die Wurzeln ein wenig länger reichten.

Thord ging mit der letzten Schüssel zurück ins Haus. Er röstete die Wurzeln über dem Feuer und behauptete, nicht hungrig zu sein, er ließ seine Frau und seinen Sohn die ganze Portion allein essen. Sobald ihr Sohn schlief, wollte er Tora erzählen, dass es keine Wurzeln mehr gab. Er sah sie an, während sie aß, doch als Sten kurz darauf eingeschlafen war, brachte er es nicht fertig, es ihr zu gestehen, und überhaupt, wusste sie es nicht schon längst? Ja, dachte Thord, sie wusste es, genau wie er es die ganze Zeit über gewusst hatte, ohne dass sie es in ihre Wirklichkeit hatten eindringen lassen. Dann schlief Tora ein, und Thord lag wach und hörte den Atemzügen und wimmernden Geräuschen seines Sohnes zu, wenn er träumte, er sah seine kleinen Hände, die im Schlaf nach seiner Hand griffen. Thord dachte an die Worte der Alten. Sten war ein Königssohn. Nur das Beste war gut genug für ihn. In der letzten Zeit aber war der Bauch des Jungen wie aufgepumpt, die Rippen sprangen wie Steigbügel hervor, und die Schlüsselbeine sahen aus wie lose Wurzeln an einem Bach. Thord dachte: Die Alte hatte recht! Mit allem, was sie sagte, hatte sie recht! Wie eine Ratte nagte der Hunger in seiner Brust. Und in seinen Augen zeigte sich der Wahnsinn als rotierender Stern. Er holte einen Kochtopf und den halben Kübel Salz, von dem sie hin und wieder aßen. Draußen fand er eine Schaufel. Dann machte er sich auf den langen Weg zum Friedhof von Pederup, um den Kopf auszugraben. Mehr will ich nicht erzählen.

Als ich Großvater das nächste Mal besuchte, fuhr ich selbst mit dem Fahrrad zu ihm, denn seine Geschichte hatte mich fasziniert und die Neugierde zog mich zu ihm. »Ich fahre jetzt!«, rief ich. »Okay«, erwiderte Mutter, als sei es ihr egal, und doch sah sie mir den ganzen Weg aus der Einfahrt nach, sie stand hinter den Gardinen verborgen am Küchenfenster.

Ich fuhr über die Brücke, die die nordwestlichen Vorstädte miteinander verband. Dann ließ meine Angespanntheit nach, ich hörte auf, mich ständig nach dem Nachbarsmädchen und den großen Jungen umzusehen. Nach der Geschichte im Moor ließen sie mich in Ruhe, aber ich wurde das Gefühl nicht los, auf der Hut sein zu müssen. Kurz darauf fuhr ich durch das Kasernengelände über weite Wiesen mit hohem Gras und gelben Warnschildern, ich ließ das Freibad und die großen Krankenhausgebäude hinter mir, und die ganze Zeit hatte ich das eigenartige Empfinden, dass etwas vorbei war, dessen volle Bedeutung ich nicht verstand. Dann zeigte sich rechts der Platz, auf dem der Viehmarkt stattfand, und mit ein bisschen gutem Willen konnte ich bereits das Haus meines Großvaters hinter den hohen Eichen sehen.

»Ah!«, rief er aus dem Gewächshaus, als er mich sah. »Da kommst du ja endlich! Gestern habe ich den ganzen Tag gewartet, aber kein Mensch ist gekommen, wem soll ich denn sonst die Geschichten erzählen, kannst du mir das mal verraten? Und wer soll sie weitererzählen? Etwa *niemand*?!«

»Und den ganzen Tag ist kein Mensch gekommen?«

»Doch, Boxer-Schmidts zweifelhafte Bekanntschaften sind mit klirrenden Tüten die Mauer entlanggeschlichen«, brummte er. »Komischerweise kommen sie immer genau dann, wenn die Rennbahn schließt, also, geh mal rauf zu ihm, er schuldet mir noch drei Flaschen Pilsener. Seine Gäste sind die halbe Nacht geblieben. So etwas ist nicht umsonst in einem Haus, in dem nach elf Ruhe zu herrschen hat.«

Ich lief die Treppe hinauf und klopfte an Boxer-Schmidts Tür. Großvater hatte drei oder vier Mieter in seinem Haus, und Boxer-Schmidt wohnte am längsten hier. Er öffnete die Tür, hob eine Hand vors Gesicht und deutete mit der anderen einen langen und sehr langsamen Schlag an, er nannte diese Hand die *Stahlfaust*, weil er mit ihr seinerzeit seine Gegner k. o. geschlagen hatte. Er traf meine Schulter, aber es tat nicht weh. Ein Lächeln glitt über seine Lippen und verriet eine Reihe schlechter Zähne. Dann griff er in seine Westentasche, zog einen Fünfer heraus und sagte: »Bitte sehr, Kumpel.«

Als ich mit dem Bier zurückkam, öffnete Großvater sofort eine Flasche und sagte: »Also, ein Ei ist in unserer Geschichte aufgetaucht und hat sie lebendig werden lassen. Es ist viele Jahre her, seit das passiert ist, es war in der *alten* Zeit, nicht wahr, aber du weißt es bereits, denn das Ei zeigt sich denen, die offen genug sind, die Idee des Eies zu erfassen, und derjenige, der das Ei sieht, soll es auch besitzen, so war es schon immer. Ich bekam es von meinem Großvater, aber jetzt hast *du* dich dem Ei geöffnet, ist doch so, oder?«

»Ja, ja«, fuhr er zufrieden fort, als ich nicht antwortete, »mich kannst du nicht zum Narren halten, du Lümmel. Du hast dich der Idee des Eies geöffnet. Deshalb bist du doch ganz von allein zu mir gekommen. Stimmt das etwa nicht?«

Er sah mich prüfend an. »Sogar deine Mutter hat es gemerkt, und sie ist ziemlich starrköpfig und will einfach nicht zuhören«, fügte er hinzu und kletterte auf den Pflanztisch, der an einer Seite des Gewächshauses stand. Normalerweise stand der Tisch voller Setzlinge und kleiner Pflanzen, aber er hatte sie abgeräumt, während ich bei Boxer-Schmidt war. Der Tisch wackelte, denn eigentlich handelte es sich nur um eine alte Tür, die auf zwei Böcken lag. Er legte sich hin und griff nach den Bierflaschen. »Ja, grins nur, du Lümmel. Ich bin ein alter Mann. Es ist gar nicht so einfach, ganz allein hier hoch zu kommen, aber es ist notwendig, wenn man seinen Horizont um einige Hundert Jahre erweitern will.«

Ein halbes Jahrhundert nach dem Tod der Alten floh Freja, Stens einzige Tochter, aus einer stinkenden Stadt unweit der Felder, auf denen König Fatzke seine überschäumenden Feste gefeiert hatte. Die Stadttore standen weit offen. Niemand mochte die Stadt noch schützen, denn der Feind war bereits innerhalb der Mauern. Der Feind kam mit der Sonne von Osten und leuchtete zuerst auf Messina im fernen Sizilien. Dann flog er mit dem Wind von Land zu Land und von Stadt zu Stadt. Sein Heer war unsichtbar, doch die Opfer, die vor den Haustüren lagen, sah jeder, bis die Pestknechte sich ihrer annahmen. Weder durch Prozessionen noch die Demonstration heiliger Reliquien oder die Einnahme von pulverisierten und in gestohlenem Weihwasser aufgelösten Perlen ließ sich der tödliche Vormarsch aufhalten, und als der schnelle Tod zwei Monate gewütet hatte, floh Freja aus der Stadt. Mit sich trug sie zwei Geheimnisse: das Geheimnis des Lebens und das Geheimnis des Goldes.

Das Leben war in einer dunklen Kammer in sie gedrungen, die nach Verderben und verbranntem Thymian roch. Seit vielen Jahren hatte sie vom Leben geträumt, und nun, da ihr niemand irgendwelche Hindernisse in den Weg legen konnte, nahm sie es zunächst in den Mund, als er sie darum bat. Es schmeckte ein wenig nach Urin, allerdings nicht nach Schwefel, wie sie befürchtet hatte. Es wurde größer, es pochte und strahlte Wärme aus, also spreizte sie dafür ihre Beine. Den Mann mit dem Leben hatte sie in einem Wirtshaus kennengelernt, in dem die Leute auf den Tischen tanzten, Branntwein tranken und Schmähverse über den Bischof sangen. Als sie die Schankstube zum ersten Mal betrat, zog ein Mann seine Hose herunter und zeigte ihr seinen blanken Arsch. Die Tochter des Wirts hatte zwei Kuhhörner auf ihrer Stirn befestigt und meckerte jedes Mal wie eine Ziege, wenn sie eine Bezahlung entgegennahm. Alle mussten bezahlen, bevor sie etwas zu trinken bekamen, da man nicht wusste, ob die Gäste lange genug leben würden, um den Boden ihres Glases zu sehen. Eine Frau schlief auf zwei Stühlen. In einer der Ecken lag ein toter Mann, der Anlass für eine längere Auseinandersetzung war, weil die Gäste sich nicht einigen konnten, wer ihn hinausschleppen sollte.

Gab eine Frau sich vor der Ehe hin, dann sollte sie von Feuerzangen gequält durch die Hölle gehen und durfte nur giftige Nattern essen. Das hatte der Priester gesagt. Freja war es egal. Der Priester war tot, und der Gedanke an die Hölle schien nicht länger erschreckend zu sein. Sie ging zu dem Mann und fragte, ob sie einen Schluck bekäme. Sie hatte noch nie Branntwein probiert; es war eine neue Erfindung, die sich in alle Winkel der Erde verbreitete, es gab ein wachsendes Bedürfnis nach starken Getränken. Freja wurde mitgerissen und trank sieben Tage mit ihm. Am ersten Tag hieß er Peder, am zweiten Alfred, die übrigen Tage hörte er abwechselnd auf die Namen Odin aus Schleswig-Holstein oder Katechismus des Papstes. Sein Freund hieß entweder Hässlicher Mönch oder Grinsender Mönch. Dieser Freund war aus einem Franziskanerkloster entflohen, als die Pestjungfrau sich nach dem Stundengebet durch eine Küchenluke geschlichen hatte. Sankt Rochus, von dem es hieß, er hätte diverse Klöster gerettet, war offenbar gerade ziemlich beschäftigt, und weder der Heilige Sebastian noch irgendwelche anderen Herrschaften, die in der himmlischen Hierarchie weiter oben standen, konnten zu Hilfe gerufen werden. Die Wege des Herrn waren schon immer unergründlich, doch nun war es zu einer Kulmination der Unergründlichkeit gekommen, und der hässliche Mönch war aus dem Kloster geflohen. Er war Peder begegnet und hatte ihn spät in der Nacht in einem Anfall von Größenwahn mit einem Glas Branntwein Katechismus des Papstes getauft, worauf die beiden sich auf unbestimmte Zeit in der Gästebaracke des Wirtshauses einquartiert hatten. Freja erklärte, sie hieße Graue Maus, denn so hatte ihr Vater sie immer genannt.

Obwohl der Mann mit dem Leben unterschiedliche Namen trug, änderten sich seine Augen nicht. Sie waren ruhig und hübsch, und sie vergaß sich, wenn sie hineinblickte. Manchmal öffnete sie seine Augen, wenn er schlief, dann waren sie jedoch fern und unheimlich. Nachts drängte sie sich so dicht wie möglich an ihn, den Kopf in der Kuhle seines Halses vergraben, und wünschte, sie könnte ganz in ihn hineinkriechen und unter seiner Haut verschwinden. Er sagte: »Ich war Soldat, bevor ich nach Lübeck kam. Der Tod ist immer abscheulich, doch in dieser Verkleidung ist er am schlimmsten, denn es stinkt, als würde der Körper sich auflösen und verwesen, bevor das Leben ihn verlassen hat.«

Und eines Tages begannen seine Achselhöhlen plötzlich anzuschwellen. Er schrie auf, wenn sie ihn berührte, sie konnten nicht mehr dicht beieinanderliegen. Freja kannte den Verlauf. Als die schwarzen Flecken sich langsam durch seine Haut fraßen, flüchtete sie ins Bett des grinsenden Mönchs und ließ den Katechismus des Papstes in seiner eigenen Scheiße schwimmen, bis die Pestknechte ihn holten. Sie blieb bei seinem Freund, bis sie eines Morgens erlebte, wie der ehemalige Franziskaner über seine eigenen schwarzen Flecken lachte. Dann suchte sie den Mann auf, der ihr am ersten Tag seinen blanken Hintern gezeigt hatte, doch in seinem Bett lag bereits eine Frau. Dennoch durfte sie bei ihnen schlafen. Am nächsten Morgen stank die Frau, ihre Lippen wurden schwarz wie Teer, Blut tropfte ihr aus der Nase. Dem Mann war das egal. Er bestieg sie drei Mal im Laufe des Vormittags. Dazwischen trank er Branntwein, und als er die Flasche zum dritten Mal an den Mund setzte, war sie tot. Der Mann drehte sich zu Freja um und fing an zu lachen. Er hatte ein so ansteckendes Lachen, dass auch Freja lachen musste. Sie lachten, bis ihnen die Tränen kamen, sie brüllten vor Lachen, dass sie beinahe erstickten. Sie schlugen sich auf die Schenkel und wälzten sich auf dem Boden wie zwei Idioten. Als das Lachen das Entsetzen nicht länger auf Distanz zu halten vermochte, packte er die tote Frau an den Knöcheln, schleppte sie zum Fenster und warf sie hinaus. Da hatte Freja genug. Sie nahm ihre Sachen und floh.

Auf der Straße stolperte sie über die Tote. Als sie fiel, griff sie sich instinktiv schützend an den Bauch, und noch bevor sie auf der Erde lag, hatte sie verstanden, dass sie schwanger war und der Soldat aus Lübeck der Vater sein musste. Sie war zwanzig Jahre alt, und die Pest hatte ihre gesamte Familie geholt. Sie lief aus dem Tor über ein Feld und kam zu einem kleinen verlassenen Dorf, wo nur ein unlängst angelegtes Gemeinschaftsgrab von menschlicher Aktivität zeugte. Am Kopfende des Grabes stand ein frisch gepflanzter Weißdorn. Freja lief daran vorbei, stolperte über eine Wurzel oder einen Knochen und fing erneut an zu lachen. Sie lachte so laut, dass es in ihren Ohren dröhnte, und dann erinnerte sie sich an das Geheimnis des Goldes: Nielsstrup ... hieß es nicht Nielsstrup ... auf Fünen? Der Ort, aus dem ihre Familie stammte? Aber wo auf Fünen? Freja wusste es nicht. Vielleicht gab es dort jemanden, der ihre Familie gekannt hatte, vielleicht sollte sie versuchen, den Ort zu finden? Ihr Vater hatte ihr von der Stelle erzählt: In der Nähe der Feuchtgebiete, an dem sumpfigsten Stück Land in Nielsstrup, lag hinter einer Hütte, in einer Tonschale in der Erde vergraben, ein goldenes Ei mit der Inschrift: *Ich beschwöre dich, Freja, durch sie will ich mich vermehren.*

Wenn es ihr gelänge, zunächst Nielsstrup auf Fünen, dann das Haus und danach das Ei zu finden, hätte sie keine Zweifel mehr. Das Ei liege dort seit einem knappen halben Jahrhundert, hatte ihr Vater gesagt. Er hatte ihr von dem Geheimnis des Goldes auf seinem Totenlager erzählt, denn die Bischöfe hatten Laien die Erlaubnis gegeben, sich gegenseitig die Beichte abzunehmen, da die Klöster und Pfarrhöfe verwaist waren – und wenn es keinen Mann gab, dann musste man eben einer Frau beichten. Natürlich war es nie ganz dasselbe, einer Frau gegenüber zu beichten, aber es war besser als nichts, und Freja hatte daher in kurzen Abständen ihrem Großvater, ihrer Mutter, ihrem jüngeren Bruder und ihrem Vater die Beichte abgenommen. Ihre Großmutter Tora war bereits seit ein paar Jahren tot, und die Mädchen waren zu klein, um zu beichten. Ihre kleinen Schwestern starben innerhalb weniger Stunden als Erste und waren die Einzigen, um die man noch trauerte. Danach ging es Schlag auf Schlag. Kaum hatte jemand seine Beichte beendet, drängte schon der Nächste heran, und bevor Freja noch die Eindrücke verdauen konnte, hatten die Pestknechte die gesamte Familie abtransportiert, und sie saß allein zu Haus, ohne zu wissen, an wen sie nun ihre Frage richten sollte: Warum sie und nicht ich?

»Weil du leben sollst«, hatte ihr Vater gesagt.

»Warum?«

»Weil in den Runen steht, die in ein Goldei geritzt sind, dass du dich vermehren sollst, verdammt. Deshalb habe ich dich doch nach dem Ei benannt.«

Kannibalismus, so hatte es die Beichte ergeben, war Stens größte Sünde gewesen. Für ihn war es gleichermaßen ein Schock wie eine befreiende Erklärung, denn bevor Großvater Thord in seiner Beichte den Schleier lüftete, hatte Sten nicht gewusst, wie er die Hungerjahre seiner frühen Kindheit überlebt hatte. Und obwohl es sich nicht gehörte, der Beichte eines anderen heimlich zuzuhören, war es andererseits so gut wie unmöglich wegzuhören, wenn man bettlägerig war und so eng beieinander lebte.

Thord hatte erklärt: »Es ist allgemein bekannt, dass das Leben in der Brust sitzt, direkt über dem Magensack, und stirbt man, steigt der himmlische Odem aus dem Mund zu unserem Vater in der Höhe auf. Aber ein wenig Leben sitzt auch im Kopf, und dieses Leben braucht länger, um den Körper zu verlassen, denn unser einziger Sohn Sten war beinahe schon tot, sein Körper war vollkommen leblos, der Kopf hing herab, die Augen hatten sich nach innen, der Dunkelheit der Seele zugekehrt, doch dann aß er ein paar Löffel von der Salzlake, die ich aus dem Kopf der Alten gekocht hatte, und schon sah er mich wieder an, er hob den Kopf, und in seine Wangen kehrte die Farbe zurück. Ich bin sicher, den Lebensfunken der Alten in seinen Augen gesehen zu haben. Ich weiß, Gott gefallen solche Taten nicht, denn die Seele wie der Körper gehören nur Ihm, und vielleicht muss ich bereits morgen wie ein frisch geschlachtetes Lamm in die Hölle hinabsteigen, und doch bin ich sicher, dass die Alte es begrüßt hätte. Sie hätte mich beschimpft und einen Faulpelz genannt, wenn der Junge gestorben wäre. Das hat sie im Übrigen ständig getan – immer hat sie mich einen Faulpelz genannt.«

Obwohl Thords Stimme zwischendurch schwach wurde, stank sein Atem so nach Verwesung, dass Freja ein Stück von ihm abrücken musste, als er fortfuhr.

»Eines Tages drang ein neues und noch größeres Heer von Hungernden in den Wald, und als sie unser Dorf angriffen, schickten wir sie nicht mit leeren Händen fort wie das erste Heer der Hungernden, sondern mischten uns stattdessen unter sie; es war unsere einzige Möglichkeit, Nielsstrup und seinem Elend zu entkommen. Tora wollte das Ei nicht mitnehmen. Wir hatten nichts als Probleme, seit die Alte behauptet hatte, Tora hätte ein goldenes Ei geboren, und daher beschlossen wir schließlich, es zurückzulassen. Wir verließen das Haus und das Roggenfeld des Hungers, zogen mit dem Heer der Hungernden von Dorf zu Dorf, plünderten Höfe und schlugen die Bauern nieder, wenn sie sich uns in den Weg stellten. Wir bestanden nur aus Haut und Knochen, aber wir schlugen sie mit unserem Willen nieder. Bisweilen war es nicht einmal nötig, Gewalt anzuwenden, denn sie flüchteten allein bei unserem Anblick; zu unserer großen Zeit umfasste das Heer der Hungernden mehrere Hundert Menschen. Ich glaube, sie flohen, weil sie sich vor unserem Willen fürchteten. Mehrere Hundert Willen, die zu einem einzigen Willen verschmolzen waren. Es muss ein erschreckender Anblick gewesen sein, wenn solch ein Riesenwille in Gestalt eines zerlumpten und stinkenden Menschenhaufens plötzlich aus dem Waldrand hervorbrach. Allerdings sagten die Seherinnen, und davon gibt es in jedem Dorf mindestens eine, unsere Ankunft häufig voraus, und in vielen Orten funktionierte auch die Landwehr noch perfekt, daher waren die Dörfer oft vorgewarnt, und alle, die sich noch wehren konnten, erwarteten uns auf dem Feld, bewaffnet mit Spaten, Heugabeln und einer Meute wahnsinniger Hunde, die sie sofort auf uns hetzten, um uns zu erschrecken und zu verjagen. Die Hunde sprangen immer zuerst die Kinder an, allerdings können zwei Männer einen Hund durchaus mit ihren bloßen Händen erwürgen. Hinterher reißt man ihm das Gedärm heraus und wirft das ganze Tier ins Feuer, zwei Stunden später kann dann der Pelz mit einem Stock abgeschlagen werden. Hundefleisch ist ergiebig und nahrhaft, solange man sich Zeit bei der Zubereitung lässt. Waren wir verzweifelt genug, aßen wir das Fleisch roh und hatten hinterher tagelang Bauchschmerzen. Der Hunger trieb uns weit umher. Eines Tages erreichten wir das Meer, von dem die Alte uns erzählt hatte, und wir dachten: Dort muss das Land unserer Vorfahren liegen; dort, auf der anderen Seite der Wellen und des Wassers, wird man uns freundlich empfangen, man wird uns ein Bett und eine Schale mit Essen anbieten, statt uns mit Spaten, Heugabeln und einer Meute wahnsinniger Hunde zu vertreiben. Doch wir waren naiv und dumm. Das Meer vor unseren Füßen war kein richtiges Meer, es heißt der Kleine Belt, und das Land auf der anderen Seite, das Land, das so nahe schien, dass wir fast danach greifen konnten, war natürlich nicht das Land unserer Vorväter, sondern das Land der Jütländer. Wir überfielen ein Fischerdorf und stahlen deren Boote. Wir schworen, niemals zurückzukehren, doch Augenblick mal, warte einen Moment, eine seltsame Erinnerung geht mir durch den Kopf. Wieder stehe ich auf meinem Roggenfeld, die Abendstunde des Lebens verrinnt, es läutet und klingelt, als würden sämtliche Kirchenglocken der Welt Amok laufen, und die Engel des Herrn kommen mit Lanzen und Hellebarden auf mich zu galoppiert, und ich, der arme Häusler aus Nielsstrup, ich fange einen Engel des Herrn mit meiner Maulwurfsfalle, und daher straft mich der Herr und lässt mich den Rest meines Lebens rastlos über die Landstraßen irren.«

Als die Pestknechte Thord mitgenommen hatten, blieb für Trauer keine Zeit. Alle in Frejas Nähe griff der schnelle Tod an, siebenunddreißig Tage hatten die Kirchenglocken unablässig geläutet, doch nun schwiegen sie plötzlich, und als Sten beichtete, war es ganz still. Sten war ein kleiner Mann. Seine Großmutter hatte ihm ein kräftiges Wachstum prophezeit, doch die Launenhaftigkeit des Schicksals hatte ihn nur einen Meter und zwölf Zentimeter groß werden lassen, denn so geht Gott, der Herr, mit leichtfertigen Prophezeiungen um. Bittet man um das eine, bekommt man das andere, und wünscht man sich einen Nachkommen, der auf dem Feld für drei Männer arbeiten kann, wird man vom Herrn mit einem o-beinigen Zwerg belohnt. Und hat man sich erst einmal abgefunden, mit der Strafe des Herrn zu leben, erkennt man, dass diese Strafe ein Geschenk ist: Der Junge war von so eigenartigem Wuchs, dass er auf den Marktplätzen gezeigt werden konnte, und bettelte man mit ihm vor den Stadttoren, versammelte sich eine Schar von Menschen und man erhielt größere Almosen als die Leprakranken. Es war der Wille des Herrn, dass sie ein Leben ohne eigenen Grund und Boden führen sollten, daher hatte er ihnen diesen Sohn geschenkt. Und nachdem er heimlich der Beichte seines Vaters zugehört hatte, verstand Sten mit einem Mal auch, warum er sein Leben lang Dinge gesehen hatte, die er nicht hätte sehen sollen, warum seine Gedanken an zwei Orten gleichzeitig sein konnten, warum die Fieberkrämpfe ihn regelmäßig in unbekannte Welten entführten, und warum er an manchen Morgen erwachte und glaubte, er sei eine Frau, bis er mit der Hand den Auswuchs zwischen seinen Beinen fühlte. Es lag daran, dass er das Hirn seiner Großmutter gegessen hatte. Indem er es verspeist hatte, hatte er ihre Erinnerungen in sich aufgenommen und eine dauerhafte Verbindung zu ihrer Seele geknüpft.

Diese neue Erkenntnis beschäftigte Sten so sehr, dass er in seiner Beichte leichten Herzens über eine Reihe anderer Vergehen hinwegging, darunter neun Fälle von Unzucht und sieben Diebstähle. Darüber hinaus hatte er zwei Mal einen Mann mit einem Messer in den Arm gestochen, auf Marktplätzen zweifelhafte Salben verkauft, Leuten mit Zahnschmerzen gesunde Zähne gezogen, sich nackt und in Ochsenblut eingeschmiert auf dem Markt von Ribe gezeigt, aus einem aufgeschnittenen Huhn die Zukunft vorhergesagt, den Neumond angebetet und Steinen Bier geopfert. Zu seiner Tochter sagte der Zwerg: »Ich sehe jetzt alles in einem klareren Licht, ich verstehe nun, warum meine ersten Erinnerungen nicht aus dem Haus und dem Roggenfeld des Hungers stammen oder aus Bruchstücken unseres unsteten Lebens in Dänemark und den Hansestädten bestehen. Meine erste Erinnerung ist nämlich gar nicht *meine* Erinnerung. Es ist *ihre*, die Erinnerung der Alten, meiner Großmutter: Ich sehe ein Schiff durch den Nebel segeln. Nebel liegt über dem Meer, das uns den Hering beschert, und über den Feldern, die uns den Roggen schenken. Es ist kein paradiesisches Leben, das ist das Leben nie, aber es ist *unser* Leben, bis zu diesem Morgen, an dem ein Schiff den Nebel durchbricht. Männer springen in die Brandung und laufen auf unser Haus zu. Wer im Weg steht, wird mit dem Schwert niedergeschlagen. Plötzlich ist unser ruhiges Dorf ein einziges großes Chaos. Die Menschen stürzen zu Boden, von den Pfeilen der Armbrüste getroffen, Köpfe werden von Körpern getrennt, Kinder aus den Armen der Mütter gerissen. Einige werfen Säuglinge in die Luft und spießen sie mit ihren Lanzen auf, andere vergewaltigen ihre Mütter. Die Alte ist noch ein kleines Mädchen. Oder ist ihre Mutter oder ihre Großmutter das kleine Mädchen? Jedenfalls bin ich jetzt das kleine Mädchen, denn ich habe von ihrem Gehirn gegessen. Meine Beine zittern unter mir, ich will es nicht sehen. Ich will meine Augen schließen und noch einmal erwachen. Ich möchte, dass dieser Tag von vorn beginnt, genau wie alle anderen Tage in meinem Leben. Dann sehe ich einen Pfeil im Bauch meiner Mutter, genau an der Stelle, auf die ich am Vorabend meine Hand legen durfte, um zu fühlen, wie ihre Leibesfrucht strampelt. Ich flüchte in einen Stall und verstecke mich zwischen den Schweinen. Ich ertrage den Lärm nicht. Ich stecke mir die Finger in die Ohren, und als ich sie wieder herausziehe, ist es still. Ich glaube, aus einem Traum erwacht zu sein, und denke, es hilft zu beten, doch dann fangen die Männer an zu schreien. Sie brüllen wie Eber, die kastriert werden. Einer nach dem anderen, es dauert Stunden. Als sie mich später zum Schiff bringen, trete ich auf eine Menge kleiner weißer Taubeneier, der Strand ist übersät davon, und es dauert viele Jahre, bevor mir klar wird, worum es sich dabei gehandelt hat. Ich kann meine Eltern nicht finden. Ich entdecke meine Brüder nicht. Alle Männer des Dorfes haben blutige Flecken im Schritt. Niemand sieht mir in die Augen.

Sie blicken zu Boden vor Scham. Ich werde an Bord des Schiffs gebracht und segele in den Nebel, fort aus dem Land meiner Vorfahren.«

Sten war eine Weile still, bevor er fortfuhr.

»Ich verstehe jetzt auch, wie ich auf deinen Namen gekommen bin. Meine Mutter Tora erblasste, als ich ihr erzählte, dass du Freja heißen solltest, denn weder sie noch Thord hatten mir je erzählt, was in das Ei geritzt ist. Doch ich wusste es, weil ich die Erinnerungen mit meiner Großmutter teilte, und diese besondere Verbindung ermöglichte es mir auch, meine Familie zu ernähren, obwohl ich nur eine knapp vier Fuß große, o-beinige Missgeburt bin, die mitunter von mystischen Krämpfen gepackt zusammenbricht. Es war ein Fehler, dass wir das Ei nicht mitgenommen haben, also brich auf der Stelle auf und finde es, bevor es zu spät ist. Finde das Ei, das dich vermehren wird, dann wirst du nicht länger allein sein.«

Freja brauchte acht Monate, um Nielsstrup auf Fünen zu finden. Unterwegs dachte sie an die Beichte ihrer Mutter. Sie hatte gesagt: »Ich bekenne, in meinem ganzen Leben Wohnung und Bett mit einem Mann geteilt zu haben, mit dem ich nicht nach dem Gesetz verheiratet war. Es geschah einerseits unfreiwillig, denn in den ersten fünf Jahren dachten wir nicht daran zu heiraten, und als wir schließlich den Segen des Herrn wollten, fanden wir keinen Priester, der unsere Liebe segnen wollte – sie fanden sie entweder sonderbar, komisch oder abscheulich, je nach Temperament. Unzählige Male verließen wir beschämt die Kirche, Wut leuchtete in den Augen meines Mannes, er verfluchte die Priester mit Worten, die ich nicht auszusprechen wage, und mein eigener

Zorn wurde nicht geringer, wenn ich an all die Menschen dachte, die während des Gottesdienstes schliefen, Karten spielten und sich betranken oder ihren Nebenmann oder ihre Nebenfrau anglotzten, statt den Worten des Priesters zu lauschen. Ich habe Raufbolde gesehen, die sich während der Predigt durch den Mittelgang wälzten, und Leute, die ihre verdreckten Köter ins Haus Gottes mitschleppten. Ich habe Männer pissen und verliebte Pärchen im Vorraum verschwinden sehen, aber hinterher bekamen alle den Segen des Priesters, empfingen das Abendmahl, erhielten ihren Teil von Christi Leib und Blut, während meine Liebe offenbar von so schmutzigem Charakter war, dass sie nicht in das himmlische Buch des Herrn eingeschrieben werden durfte. Ich bekenne, schlecht von den Dienern des Herrn gedacht zu haben, denn genau wie alle anderen waren sie nur freundlich und entgegenkommend, bis sie herausfanden, dass ich das Bett mit einem o-beinigen und nur knapp vier Fuß großen Mann teilte, der nackt, in Ochsenblut eingeschmiert und bisweilen mit gefärbten Hühnerfedern auf dem Kopf geschmückt, Geld dafür nahm, auf verschiedenen Märkten in einem Zelt sein Geschlechtsorgan zu zeigen. Vielleicht sollte ich sagen, seine Geschlechtsorgane, denn das hängt davon ab, was man damit meint, nur hat mich weder ihre Beschaffenheit noch die Tatsache, dass er sie zeigte, jemals gestört, obwohl ich ihn stets aufgefordert habe, sein Repertoire zu erweitern. Wer nur auf einer Saite spielt, wird bittere Tränen weinen, wenn diese Saite reißt, daher habe ich ihn bedrängt, seine Fähigkeiten zu entwickeln und seine Schwäche in Stärke zu verwandeln. Von einem erwachsenen Mann, der kaum vier Fuß groß ist, wird von vornherein erwartet, dass er in besserem Kontakt zu den verborgenen Kräften steht als ein erwachsener Mann, der fünf Fuß groß ist. Und Menschen, die sich von dem Glauben an Trolle und Magie angezogen fühlen, und dazu gehören die meisten, sind auch fasziniert von körperlichen Makeln und Ausnahmeerscheinungen. Kurz gesagt, sie nehmen seine Omen und Prophezeiungen bereitwilliger für bare Münze, wenn er plötzlich zu Boden stürzt und sich windet. Auf der Straße lachen sie möglicherweise über ihn, doch wenn er sich über einen Klecks Hühnerblut beugt oder in den Eingeweiden einer Wildkatze wühlt, um ein Zeichen der Vergangenheit oder einen Hinweis auf die Zukunft zu finden, wird Ehrfurcht aus ihren Gesichtern leuchten. Und ihre Begeisterung wird grenzenlos sein, wenn er damit endet, den Gruß eines verstorbenen Familienmitglieds zu überbringen, das gern mitteilen möchte, dass es dem Betreffenden gut geht, dass der Tod schöner ist als das Leben und wir alle nur das Beste zu erwarten haben.

Mit der Zeit konnte er besser in den Gesichtern der Menschen lesen und erraten, was sie gern hören wollten, welche Sorgen sie plagten und welche Träume sie beschäftigten. Wenn ihn die Inspiration ausnahmsweise einmal verließ, stand ich stets bereit, um ihm einen Vorschlag ins Ohr zu flüstern. Nur wenige Male waren wir genötigt, vor einer wütenden Volksmenge zu fliehen, weil Sten beispielsweise einen Gruß von einem verstorbenen Vater überbrachte und sich hinterher herausstellte, dass der Verstorbene sich gerade in der nächsten Bierschenke betrank. Boshafte Menschen kamen bisweilen auf die Idee, den angeblich Verstorbenen zu holen, der dann anfing, nach seinem Tod zu fragen, und Details einforderte, die man von niemandem verlangen kann. Sten merkte dann, dass irgendetwas nicht in Ordnung war, nur wusste er nicht, um was es sich handelte. Sein Blick begann zu flackern, Schweiß trat ihm auf die Stirn, und die Leute regten sich mehr und mehr auf. Vergiss nicht, ein Mann wie dein Vater ist verloren, wenn es zu Handgreiflichkeiten kommt. Ein einziges Mal wurde er so verprügelt, dass ich ihn kaum wiedererkannte, zwei Mal wurde er geteert und gefedert, ein anderes Mal musste er zwei Wochen am Pranger verbringen. Ich musste ihn in aller Öffentlichkeit füttern und ihm den Hintern abwischen, während die Leute mich bespuckten. Nach solchen Fehlschlägen zogen wir immer aufs Land und opferten einem Stein Bier, und bei unserem unsteten Leben war es notwendig, mehrere Steine zu haben, denen man opfern konnte, obwohl es heißt, es sei am besten, nur einen oder zwei auszuwählen. Mit der Zeit kamen derartige Fehler jedoch immer seltener vor, und wenn ich mich recht entsinne, ist es jetzt über fünf Jahre her, seit wir das letzte Mal vor einer rasenden Menschenmenge fliehen mussten. Denn mein rechtswidriger Ehemann wurde ein Meister darin, die verborgenen Erwartungen und heimlichen Träume der Menschen zu lesen, und da er nicht zögerte, seine Fähigkeiten an seiner rechtswidrigen Ehefrau auszuprobieren, gab er mir alles, was ich brauchte, und manches Mal sogar ein bisschen mehr; ja, er weckte und erfüllte Sehnsüchte in mir, von deren Existenz ich nicht einmal etwas ahnte. Ich weiß nicht genau, wie das himmlische Buch des Herrn aussieht – sie haben es mich nie sehen lassen, vielleicht weil sie in meinen Augen die Entschlossenheit sehen konnten, unsere Liebe dort hineinzuschreiben, wenn ich die Gelegenheit dazu bekommen hätte. Allerdings habe ich nie lesen und schreiben gelernt, und möglicherweise wäre ich auch vor Furcht wie gelähmt gewesen, wenn ich mich plötzlich direkt mit Gott hätte verständigen sollen. Lass mich zum Schluss noch sagen, dass das Organ, das so viel Aufsehen erregte, genügend Kraft für fünf Kinder hatte, eins starb als Säugling, die Übrigen wuchsen wie die grünen Bäume im Frühjahr, doch nun reißt mir die Pest das Leben aus den Händen, und alles fällt auseinander. Drei von euch haben die Pestknechte bereits geholt, bald werde ich ihnen folgen, und mein einziger Trost sind die Worte meines Mannes, die er mir ins Ohr geflüstert hat, und ich weiß, dass er die Wahrheit sprach, als er sagte, dass du, unsere Älteste, verschont werden wirst. Er hat in die Zukunft gesehen, und dort wimmelt es von Kindern. All das Bier, das wir den Steinen geopfert haben, war nicht vergebens.«

*

Das erste lebendige Wesen, dem Freja auf ihrem Weg nach Nielsstrup begegnete, war ein weißer Stier, der an einer fleckigen Hose nagte, die er einem toten Mann heruntergerissen hatte. Der Stier hob den Kopf, als sie vorbeiging, und als sie gegen Abend ihr Lager an einem knorrigen Holunder aufschlug, der seine Äste über einem kleinen Wasserlauf ausbreitete, und die Pilze und Beeren aß, die sie tagsüber gesammelt hatte, vernahm sie ein Rascheln hinter einer Schlehe und bemerkte den weißen Stier, der ihr gefolgt war. Sie ging auf ihn zu und legte ihre Hand auf seinen Hals; lange blieb sie neben ihm stehen und genoss die Wärme seines großen Körpers. Auch am nächsten Tag folgte ihr der Stier, und als sie wieder ihr Nachtlager aufschlug, umkreiste ein Schwein das Feuer, das sie angezündet hatte, um einige Wurzeln zu rösten. Freja überlegte, ob sie das Schwein fangen und aufs Feuer werfen sollte, aber ihre Einsamkeit war zu groß, sie verspürte eine gewisse Erleichterung beim Rascheln des Schweins in den Büschen – ihre Einsamkeit rettete das Schwein.

Am nächsten Tag rettete ihre Einsamkeit eine hinkende Ziege, am darauffolgenden Tag einen stummen Hahn und danach in dieser Reihenfolge: eine Katze, eine Kuh, drei Hausenten, außerdem eine nicht gerade kleine Anzahl Mäuse und kleiner Vögel, die ihr von Ast zu Ast hinterherflogen. So wanderte Freja, die sich vermehren sollte, mit einem immer größer werdenden Gefolge an Tieren hinter sich durch die Hansestädte, zwanzig Jahre alt und ohne eine klare Vorstellung, wo Fünen eigentlich lag, oder wie es ihr gelingen sollte, Nielsstrup zu finden. Sie wollte das Ei holen, die einzige Verbindung zu ihrer Familie, obwohl sie nur Hässliches über diesen Ort gehört hatte, dessen Lehnsherr seine Leibeigenen erst freigelassen und dann hatte hungern lassen. Aber im Grunde hatte sie keine Angst, denn das Schreckliche war ja bereits geschehen; und sollte sie vom schnellen Tod angegriffen werden, sollten die krankhaften Flecken sich in ihrem Gesicht ausbreiten und Satans Rattenschnauzen sich durch ihre Haut nagen, wäre es ihr egal gewesen. Außerdem wusste sie, wie man überlebte, nicht umsonst war sie die Tochter ihres Vaters. Sie kannte die Tricks und würde Geld verdienen, wenn die Städte ihre Markttage hatten; sie würde die Märkte besuchen und den umherwandernden Handwerkern folgen. Nur waren die Menschen leider misstrauisch wie nie zuvor, die Markttage waren abgeschafft, die Märkte geschlossen. Die meisten Städte wollten sie nicht durch ihre Tore lassen, und niemand hatte Interesse daran, sich die Zukunft aus den Eingeweiden einer Wildkatze weissagen zu lassen oder aus einem Klecks Hühnerblut Nachrichten von verstorbenen Familienmitgliedern zu erhalten. Sie hatte keine interessanten Organe vorzuführen, und selbst wenn, hätte niemand sie sehen wollen, denn die Zeiten hatten sich geändert, die Leute schlossen ihre Türen und Fenster, wenn sie vorbeiging; spielende Kinder liefen ihr nicht entgegen, sondern versteckten sich hinter Bäumen und baufälligen Schuppen und betrachteten ihr Gesicht aus der Entfernung. Wenn die Leute sie für hinreichend verdächtig hielten – wenn ihre Nase sie zum Beispiel an etwas Rattenartiges erinnerte, wenn ihre Haut ihnen fehlfarben erschien, wenn ein Geruch von Fäulnis sie umgab, und ihr Gang die Menschen veranlasste zu glauben, sie sei etwas anderes als ein Mensch, ein in Fell gekleideter Zauberer zum Beispiel, eine Verbreiterin von Krankheiten, die mit bösen Mächten unter einer Decke steckte –, wurde sie nicht nur mit Schweigen empfangen, sondern auch mit Steinwürfen und aggressiven Rufen. Mehrfach verjagten Männer sie auf ihrem Weg mit Fackeln, drei Mal rieben sich die Hunde an ihr, einmal galoppierte ein wilder Mann auf einem grün angemalten Ochsen, der mit bunten Federn geschmückt war, hinter ihr her und fuchtelte dabei ungestüm mit einem Schwert: »Verschwinde, du Teufelsbrut! Hau ab!«

Das Schwert traf ihr Ohr, Blut tropfte heraus. Der wilde Mann verschwand ebenso plötzlich, wie er aufgetaucht war, und Freja ging zu dem weißen Stier, lehnte ihre Stirn an seine warme Kuppe, und einer plötzlichen Eingebung folgend schwang sie sich auf das enorme Tier. Sie spannte sämtliche Muskeln ihres Körpers an, rechnete damit, abgeworfen zu werden, doch der Stier blieb ruhig stehen und kaute an einem Büschel Queckengras. Die ruhigen Bewegungen seines Mauls und das träge Schlagen seines Schwanzes beruhigten sie, dann setzte er sich langsam dahintrottend in Bewegung. Nördlich der Hansestädte ritt Freja auf einem weißen Stier und bewegte sich in Richtung Nielsstrup, während das Laub verwelkte und die Blätter von den Bäumen geweht wurden.

Nach einem langen, einsamen Marsch, der an verschlossenen kleinen Häuschen vorbeiführte und nur durch Steine werfende Kinder unterbrochen wurde, gab sie den Gedanken auf, wie ihr Vater auf den Märkten Geld zu verdienen, und fing stattdessen an, ihr Gefolge zu verspeisen. Einer Hausente wurde der Hals umgedreht, sie steckte einen Stock durch das Tier, briet es über dem Feuer und aß es. Es reichte für zwei Tage. Dann schnappte sie sich die Ziege, mit ihr hatte sie zehn Tage genug zu essen; auch die Mäuse und kleinen Vögel aß sie, außerdem fand sie auf dem Waldboden Eicheln, Sauerampfer und Bärlauch, Pilze, Wurzeln und Beeren. Sie fing das Schwein und warf es ins Feuer; allerdings fehlte ihr ein Messer, sodass es schwierig war, das Schwein ordentlich zuzubereiten, aber sie aß, so viel sie konnte, bis das Fleisch verdorben war. Sie verspeiste den stummen Hahn, sie drehte einer Hausente nach der anderen den Hals um, aber je mehr Tiere sie aß, desto mehr wurden es, ihr Gefolge schien konstant zu wachsen. Woher die Tiere kamen, wusste sie nicht. Sie waren am Morgen da, als hätten sie sich vor dem Morgengrauen aus dem Tau materialisiert: ein Pferd, mehrere Hühner, ein Widder mit einem abgebrochenen Horn, zwei zerzauste Kaninchen, ein großes Tier mit einem langen Hals, das sie noch nie gesehen hatte und bei dessen Anblick sie glaubte, dass sie noch immer träumen würde, als sie die Augen aufschlug. Es stand höchstens drei Meter von ihr entfernt, der Kopf reichte bis in die Krone eines wilden Apfelbaums, der Hals des Tieres war länger als Frejas ganzer Körper.

Wenn die Tiere nicht wie der Tau gefallen waren und sich in der Morgensonne materialisiert hatten, dann konnte nicht ausgeschlossen werden, dass sie ihren toten Besitzern davongelaufen waren. Viele Tore und Einzäunungen, an denen sie vorbeikam, waren umgestürzt, die Tiere brachen, verrückt vor Hunger, aus ihren Ställen aus, Schuppen sanken zusammen, und wenn die Dinge kaputtgingen, gab es niemanden, der sie reparierte. Fielen die Zäune um, brachen die Tiere aus, und niemand lief ihnen hinterher – sie waren frei, wie der Herr sie geschaffen hatte, frei ihrer eigenen Wege zu gehen. War die Weide abgegrast, rannten sie direkt auf die Zäune los, Freja sah einen braunen Stier, der mit dem Kopf wieder und wieder gegen ein Tor anrannte, bis es sich öffnete und das Tier frei war. Ihr weißer Freund hob den Kopf, die Nackenmuskeln bebten, die Nasenlöcher vibrierten, aber sie tätschelte ihn beruhigend und ritt weiter, während der neue Stier ihnen folgte.

Allmählich fingen die Menschen an, sie zu bemerken, und nicht nur auf die übliche furchtsame Art und Weise. Hinter den Läden der Fensteröffnungen, hinter Spalten in Schuppen und Gucklöchern in Zäunen und Toren glotzten neugierige Augen auf dieses zwanzigjährige Mädchen, das auf einem weißen Stier ritt und eine stetig wachsende Zahl an Tieren um sich versammelte. Nun hatte man sich inzwischen an den Anblick der Wagen der Pestknechte und deren Trauergefolge gewöhnt, an denen niemand wirklich mehr teilnehmen wollte, selbst nahe Verwandte lehnten es ab, wenn es denn überhaupt noch Verwandte gab. Auch die Priester versuchten, es zu vermeiden. Verborgen hinter Stoffen und Masken sahen sie aus wie die unheimliche Materialisierung alter Teufelsvisionen. Es gab Umzüge, bei denen Rattenfänger mit mehr oder weniger findigen Methoden versuchten, die Ratten aus der Stadt zu locken, mit Flötenspiel, Gebeten oder Fallen, die aber ebenso oft bei Katzen oder den Fingern neugieriger Kinder zuschnappten. Und dann kam dieses Mädchen mit ihren flammenden Haaren angeritten, die an einen herbstlichen Wald erinnerten, mit der leichten Andeutung eines Bäuchleins und Brüsten, die allmählich anzuschwellen begannen, weil die Milchdrüsen sich auf den Mund eines Kindes vorbereiteten.

Am Belt musste sie sich von ihren Tieren verabschieden, nur den Stier zog sie mit ins Boot, das beinahe kenterte.

»Das kostet extra«, erklärte der Fischer und wollte den weißen Stier wieder von Bord zerren.

»Ist das Fünen auf der anderen Seite?«, erkundigte sie sich.

»Ja, was soll da sonst sein?« Es sah sie an: »Wie willst du bezahlen?«

Freja zeigte auf ihre Tiere.

»Woher weiß ich, dass es deine sind?«

Sie rief das Schwein. Es kam. Sie rief den braunen Stier. Er kam ebenfalls. Sie streichelte seinen Nacken. Der Fischer schüttelte den Kopf, er hätte es am liebsten gesehen, wenn sie wieder gegangen wäre.

»Woher kommst du?«, fragte er und fummelte nervös an seiner Heringstonne, die Hände waren schwarz vom Räucherfett, sein Gesicht rot geädert.

Sie wusste nicht, was sie antworten sollte.

»Ich will sie alle.« Er sah sie nicht an, als er es sagte.

Irgendwann vor langer Zeit hatten ihre Großeltern den Belt in einem gestohlenen Boot überquert, nun kehrte Freja zurück. Zitternd vor Kälte kroch sie unter einen Holunderbusch, zupfte Strandhafer, Wiesengras, Schilf und Schlehen, brach Zweige ab und baute sich einen notdürftigen Windschutz, durch den der Wind trotzdem blies. Am nächsten Morgen fraß der braune Stier Gras zu ihren Füßen, am darauffolgenden Tag war das Schwein wieder da, ebenso die hinkende Ziege, die Hausenten, die Hühner und der stumme Hahn. Sie setzte ihre Wanderung fort und wunderte sich, wie der Schöpfer erst so hart und dann so großzügig sein konnte, dass die Haustiere aus dem reinen Nichts wieder erstanden. Die wenigen Male, bei denen es ihr gelang, jemanden nach dem Weg nach Nielsstrup zu fragen, schauten die Menschen sie misstrauisch an, denn niemand kannte diesen Ort, auch nicht die alte Frau, die sie immer wieder mit dem Wind im Rücken umkreiste, damit der Pesthauch nicht auf sie übersprang.

»Nielsstrup, Nielsby? Kann es sein, dass du Vindelstrup meinst? Welchem Gutsherrn gehört der Ort? Gab es dort Hintersassen? Vor so vielen Jahren, ja aber was willst du denn da bloß, Kind? Kennst du jemanden dort?«

»Nein, Frau, der schnelle Tod raffte meine Familie dahin.«

»Alle?«

»Ja, Frau.«

»Wie schrecklich.«

»Ja, Frau.«

»Aber habt ihr niemanden im Dorf gekannt?«

»Nein, wir reisten umher.«

»Wie traurig, aber komm mir nicht zu nahe, mein Kind. Wo kommen übrigens all die Tiere her?«

Obwohl der Frost die Landschaft weiß überzogen hatte, war der Herr in der Höhe großzügig. Kleider materialisierten sich im Morgentau, ein aus Flachs gewebtes Kleid, eine

Hose aus Fell, zwei rissige Holzschuhe, in die der Name »Maren« eingraviert war. Jeden Morgen tauchten neue Geschenke vor ihren Augen auf, Dinge, die am Wege lagen, Geschenke, die ihr Hoffnung für die Weiterreise gaben, bis sie mehrere Monate später ein kleines, abseits gelegenes Dorf erreichte, das aus einer Reihe von Hütten und eingezäunter kleiner Weidestücke bestand, von denen die Hälfte unter Wasser stand. Die Flurstücke waren überwuchert von Unkraut, insbesondere von Winde und Pfeilkraut, und in dem Haus, das sie instinktiv betrat, stand neben einem Bierkrug noch immer eine Schüssel mit den Resten einer Gerstensuppe mit eingetrocknetem Hühnerfett. Eine tote Gestalt saß am Tisch, die Stirn auf der Tischplatte, unter ihr lag ein umgeworfener Suppenteller. Vermutlich hatte sie den ganzen Winter hier gesessen. Im Bettstroh lagen zwei weitere Tote, im Stall fand sie die Überreste einiger Tiere.

Der Verwalter hatte sie nicht begraben lassen, obwohl es eigentlich seine Aufgabe gewesen wäre, sich um derartige Dinge zu kümmern. Natürlich gab es einen Unterschied zwischen angesehenen und weniger angesehenen Personen, in diesem Fall lag es allerdings lediglich daran, dass der Verwalter selbst zusammen mit seinen drei Brüdern, einem alten Vater und fünf Kindern anständig begraben worden war – mit Hilfe des Aushilfspriesters, denn auch den Priester hatte die Pest bereits geholt. In dieser Häuslerhütte waren nicht einmal die Fensterläden geöffnet worden, kein Licht segnete das Ende der Toten. Und in den anderen Hütten hatte man diskutiert, ob man die Leute begraben sollte, aber es war unmöglich, einen Pestknecht zu finden, der die Arbeit übernehmen wollte. Die Frau des Verwalters saß wie gelähmt in ihrem vornehmen Esszimmer, während eine zählebige Amme sich des Jüngsten annehmen musste, das überlebt hatte, von der Seite war also auch nicht viel zu erwarten gewesen. Es gab lediglich noch einen Kirchendiener, und der war sturzbesoffen, daher wurden nur die Namen der Familie des Verwalters ins Kirchenbuch von Pederup eingetragen, die Namen dieser zusammengesunkenen Gestalten schrieb niemand als Erinnerung für die Nachwelt auf. Ihre Leiber waren jammervoll dem Blick von Räuberpack ausgesetzt, das in die Häuser anderer Menschen eindrang und anschließend die schwarze Moorerde hinter den Rückwänden der Hütten umgrub. Räuberpack, das ohne jede Scham im Leib mit gestohlenen Tieren daherkam, in gestohlenen Kleidern. Es ist ja allgemein bekannt, dass es schlimmer ist, den Toten Kleider zu stehlen als den Lebenden, denn die Toten können sich nicht wehren und leisten keinen Widerstand.

Durch die Spalten der lehmverputzten Wände und die ausgetrockneten Astlöcher des Bretterzauns verfolgten Augenpaare, wie Freja heimlich anfing, hinter den geschlossenen Fensterläden zu graben, und verwunderte Blicke fielen auf ihre vielen Tiere. Nicht zuletzt auf den weißen Stier, der einen überdachten Karren voller vom Morgentau materialisierter Dinge zog – Freja hatte wahrlich keine Kleinigkeiten auf ihre Reise mitgenommen. Sie grub in der schwarzen Moorerde, ebenso wie die Alte es vor einem Menschenalter getan hatte, und ihre Kleider verfärbten sich schwarz. Nachdem sie ein paar Stunden gegraben hatte – erst mit den Händen, dann mit einer alten Schaufel, deren Schaft abgebrochen war –, ging sie zu ihrem Karren, zündete ein Feuer an und wärmte irgendeine Art von Milchbrei auf, der nach Hopfen roch.

Sie blieb eine Weile am Karren sitzen, dann ging sie zur nächsten schäbigen Hütte und klopfte an die Tür. Drinnen erstarrte man, und selbstverständlich wurde nicht geöffnet. Freja ging zurück hinters Haus und grub weiter, und jetzt hätte man wirklich sehr gern den verstorbenen Verwalter oder den Kirchendiener herbeigerufen, der aber zu betrunken war, um aufrecht gehen zu können, und seine Tage damit verbrachte, hinter dem Chor seinen Rausch auszuschlafen. Man war inzwischen so sehr von der Gesamtsituation beunruhigt, dass man willens gewesen wäre, Herrn von Weißenfels' Köter anzufordern, wenn zählebige Gerüchte nicht gewusst hätten, dass der schnelle Tod ihnen ausnahmsweise einmal freundlich gesonnen war und das Biest aus der Welt der Lebenden verwiesen hatte.

Denkbar war auch, dass der Älteste in einem Fall wie diesem eine Hilfe hätte sein können. Wenn dieses Mädchen zum Beispiel einen der leeren Höfe wieder bewirtschaften wollte, wäre es doch nur ein ausgesuchtes Vergnügen, diese erfreuliche Neuigkeit Herrn von Weißenfels zu überbringen, aber eine Frau kann, wie jedermann weiß, einen Hof natürlich nicht allein wieder bewirtschaften, es sei denn, sie hätte das Recht dazu von ihrem Mann geerbt, und dieses Mädchen sah nicht so aus, als sei sie die Frau oder die Witwe von irgendjemandem. Solches Gesindel hätte natürlich die Pest geholt haben können, das hätte der ganzen Sache ein bisschen mehr Sinn gegeben, denn es war zumindest für jeden, der Augen im Kopf hatte, ersichtlich, dass das Mädchen mehr als schwanger war. Das Ärgerliche an der Situation war nur, dass auch der Älteste, der möglicherweise genügend Mannesmut gehabt hätte, sich das Mädchen vorzuknöpfen, um eine Erklärung für das rätselhafte Graben hinter dem Haus anständiger Leute zu verlangen, in geweihter Erde ruhte. Es war inzwischen lange her, seit er begraben worden war, der schnelle Tod hatte sowohl ihn als auch seine Frau geholt, aber aus irgendeinem Grund hatte die verdammte Krankheit im Falle seiner Frau ihrem Namen nicht entsprochen. Sie war vier Wochen krank gewesen, sämtliche Fettreserven schmolzen dahin, die Haut war gefleckt wie Schimmel in einem frisch abgezogenen Schafsfell, die Zähne fielen ihr aus wie schwarze Eiszapfen um ein rußiges Kaminloch, und sie konnte nicht einmal mehr aus dem Krankenbett aufstehen, als ihr Mann in der Erde versenkt wurde. Da niemand sie anfassen wollte, musste sie zu Hause bleiben, was sie auch tat – bis zum ersten Neumond nach der Beerdigung des Ältesten, als der sturzbesoffene Kirchendiener sie plötzlich am Grab stehen sah. Sie musste selbst dorthin gegangen sein, und ohne fremde Hilfe ging sie auch den ganzen Weg zurück nach Hause. Eine Woche später stand sie wieder dort. Der Kirchendiener war noch immer betrunken, aber diesmal hatten weitere zuverlässige Zeugen sie ebenfalls gesehen, also schien es zu stimmen: Die Frau des Ältesten hatte den schnellen Tod besiegt. Soweit die Bewohner von Nielsstrup wussten, und natürlich wussten sie bei Weitem nicht alles, war so etwas noch nie vorgekommen, also musste es ein Zeichen sein.

Ganz sicher erntete der schnelle Tod unter den Bewohnern des Dorfes noch einhundertzwanzig Tage und Nächte, nachdem die Frau des Ältesten die Krankheit besiegt hatte, aber seither war niemand mehr krank geworden; mit anderen Worten, seit neunundsiebzig Tagen war niemand mehr erkrankt, Dank sei dem Herrn in der Höhe. Und daher starrten alle Bewohner von Nielsstrup nun mit furchtsamen

Augen durch die Astlöcher und die Spalten der lehmverputzten Wände auf dieses unbekannte Mädchen, das sich nun anderthalb Meter tief in den Boden hinter der alten Hütte gegraben hatte, deren Wände sich allmählich gefährlich über das Loch neigten, als würde sie das gesamte Fundament unter dem Haus ausgraben. Es konnte keine Rede davon sein, die Frau des Ältesten zu holen, und natürlich hatte niemand an den Jungen gedacht, den sie Königs Schweinsteig nannten. Der Junge rannte aus der Hütte seiner Eltern, obwohl sein Vater sich ihm in den Weg stellte und dem Burschen irgendetwas Drohendes nachrief; er lief quer durch den frisch ausgesäten Küchengarten des Nachbarn, zertrampelte eine ganze Reihe Engelwurz und Kohl, die den Winter über dort gestanden hatte, und hielt in wildem Trab auf die Fremde zu. Doch Freja, die seit Lübeck immer wieder verjagt und hinter geschlossenen Türen und Toren ignoriert worden war, bemerkte seine drohenden Rufe nicht; das Loch war jetzt so tief, dass sie nicht mehr über den Rand schauen konnte, und daher sah sie auch nicht, wie Königs Schweinsteig mit einer Heugabel in seiner Hand auf sie zu rannte. Er schwang die Heugabel unbändig hin und her, um die Fremde zu erschrecken und zu verjagen, er wollte einen Kampf vermeiden, bei dem infiziertes Blut vergossen werden könnte, durch das sie alle wieder krank würden. Freja hörte nur ihr eigenes klopfendes Herz, als sie einen Tonkrug aus dem Moorboden ausgrub, außerdem war sie durch heftige Bauchschmerzen abgelenkt und unkonzentriert. Mit einer unbeholfenen Bewegung schlug sie in dem Moment ein Loch in den Tonkrug, als Königs Schweinsteig den Rand der Grube erreichte und die frisch geschliffene Heugabel schwang. Der Anblick der Frauengestalt, die ihm den Rücken zuwandte, sich über einen zerschlagenen Tonkrug beugte und ihm auch nicht einen Augenblick ihrer Aufmerksamkeit widmete, obwohl er mit der Heugabel, lautem Gebrüll und wild fuchtelnden Armen angerannt kam, während sämtliche Dorfbewohner seinen heldenmutigen Einsatz beobachteten, dieses Erlebnis totaler Ignoranz überraschte und demütigte ihn dermaßen, dass er augenblicklich die Heugabel fallen ließ. Grimmig stampfte er mit dem Fuß auf den Boden, setzte sich mit dem Rücken zu ihr in den Schneidersitz, schlug die Arme übereinander und stieß durch die Nase ein brüskiertes Schnauben aus.

Königs Schweinsteig war im letzten Sommer neunzehn Jahre alt geworden. Es war allgemein bekannt, dass er nicht unbedingt die hellste Kerze auf der Torte war, dafür wusste er aber genau, wo Eicheln zu finden waren – selbst wenn die Schweine aufgaben, wusste er, wohin er sie zu führen hatte. Seit vielen Jahren war es seine Aufgabe, die Schweine zu den Eicheln zu bringen, oder – wenn das nicht möglich war, weil die knusprigen Laubfrüchte sich auf Ländereien befanden, die nicht zum Dorf gehörten – in aller Heimlichkeit die Eicheln zu den Schweinen. Nachdem er der Fremden mehr als eine Minute den Rücken zugekehrt hatte, fing sein stummer Protest an, ihn zu langweilen. Es kamen schließlich nicht jeden Tag Fremde nach Nielsstrup, durchschnittlich passierte das höchstens einmal pro Monat, und im letzten halben Jahr waren die einzigen Fremden im Dorf die Pestknechte gewesen: Erst große erwachsene Männer mit breiten Schultern und einem barschen Gesichtsausdruck, später Burschen, die kaum trocken hinter den Ohren waren und deren Gesichter zitterten wie Espenlaub; kleine Jungen, deren größter Wunsch es war, zurück zur Mutter zu dürfen, und die von einem alten, buckligen Mönch, der Kardamomkapseln kaute und nach Weihrauch stank, kaltherzig herumkommandiert wurden. Königs Schweinsteig sah, wie das Mädchen etwas Glitzerndes aus dem Boden grub, eine Art Ei, das strahlte wie Tausend Sonnen.

»Das stimmt, das lag in der Erde hinter Knuds Hof, ja, ja, hinter der Nordwand, gegenüber vom Stalltor, doch, doch«, erklärte er hinterher den anderen. »Ich hab's mit meinen eigenen Augen gesehen, meine Augen haben das Wunder gesehen, ein goldenes Ei. Sie hat es ausgegraben und in ihre Schürze gesteckt, sie wollte nicht, dass ich es sehe, aber sie konnte es nicht verbergen. Es leuchtete durch den Stoff, es leuchtete mir in diese Augen, die die Eicheln im Wald sehen, egal, wie gut sie versteckt sind. Das Ei leuchtete wie Gold und Diamanten, die Herrlichkeit der ganzen Welt war in diesem Ei versammelt, ja, ja, ja. Das stimmt!«

Alle hatten gesehen, wie das Mädchen den Karren bestieg und Nielsstrup mit ihren vielen Tieren wieder verließ, doch nur Königs Schweinsteig hatte das Ei gesehen. Er gestikulierte eifrig vor den zusammengelaufenen Dorfbewohnern, die zum ersten Mal wieder beieinanderstanden, seit die Pest vor über einem Jahr zugeschlagen hatte.

»Wenn sie ein Ei hinter Knuds Hof ausgegraben hat, dann ist das Diebstahl!«, sagte einer.

»Knud ist tot«, warf ein anderer ein.

»Dann hat sie sowohl den Toten wie auch Herrn von Weißenfels bestohlen. Das ist doppelt schlimm.«

»Ein Ei, das mehr als Hundert Tage im Matsch liegt, ist verfault, das ist nichts mehr wert.«

»Das hat damit nichts zu tun.«

»Diebstahl ist Diebstahl.«

»Diebstahl muss immer bestraft werden.«

»Aber der Verwalter ist tot.«

»Der Köter auch.«

»Ebenso wie der Älteste … wir müssen einen neuen wählen.«

»Jetzt?«

»Wir müssen einen neuen Ältesten wählen, wir müssen uns gegen den Diebstahl wehren.«

»Was ist mit der Frau des Ältesten?«

»Lebt sie noch?«

»Ja.«

»Bist du sicher?«

»Nein.«

Doch dann fand man den alten Vater des Ältesten und trug ihn aus einer abseits gelegenen Kammer. Seine Augen waren trüb vom Star, seine Beine waren schlaff wie verkochter Spargel, seit er vor vielen Jahren einen Schlaganfall gehabt hatte, sein Bart war weiß und voller Speisereste, und seine Fingernägel lang und krumm wie Krähenkrallen. Zwei Männer trugen ihn auf einer alten Tür mit einem graubraunen Betttuch, unter dem Betttuch lag eine dünne Schicht Stroh.

»Erzähl es noch einmal, erzähl dem alten Vater des Ältesten, was du gesehen hast. Erzähl ihm, was das fremde Mädchen ausgegraben hat.«

»Ich habe das Ei mit meinen eigenen Augen gesehen, die auch alle Eicheln sehen können. Ein Ei, das nicht von dieser Welt war. Es strahlte wie die Sonne. Es glitzerte wie der Mondschein auf einem zugefrorenen Teich. Es war wie die Explosion des Taus in der Morgensonne. Es leuchtete wie ein Lichtblitz hinter den Augenlidern, wenn man eine ordentliche Ohrfeige bekommt …«

»Ja, ja, ja, jetzt versuch mal, ein wenig genauer zu sein? Zum Beispiel, wie groß war das Ei?«

»Es hatte die Größe eines Hühnereis, aber ein Schimmer der Ewigkeit strahlte um das Mädchen, das es in der Hand hielt.«

»Ja, ja, und aus welchem Material bestand es ... ganz genau?«

»Aus Gold natürlich, oder aus irgendeinem himmlischen Material, von dem ich noch nie zuvor gehört habe!«

»Mir ist es egal, und wenn es aus dem Dreck des Moors gemacht wäre. Diebstahl bleibt Diebstahl bleibt Diebstahl!«, schrie der Bauer Niels Ysted.

»Pst. Der alte Vater des Ältesten wird uns sagen, was wir tun sollen.«

»Diebstahl bleibt Diebstahl bleibt ...«

»Hör jetzt endlich dem alten Vater des Ältesten zu!«

»Habt ihr ihre vielen Tiere gesehen?«, rief ein anderer. »Sie hat sie garantiert alle gestohlen.«

»Ihr Karren war auch gestohlen, und all die Sachen, die sie auf dem Wagen hatte, woher sollte ein junges Mädchen wohl so viele Sachen haben?«

»Weil sie herumzieht und klaut!«

»Sie beklaut die Toten!«

»Sie sollte aufgeknüpft werden!«

»Sie hat Knuds Seele gestohlen.«

»Aufs Rad flechten!«

»Sie hat Knuds Seele hinter dem Haus ausgegraben.«

»Rädern!«

»Es war ein *Ei*«, wiederholte Königs Schweinsteig. »Das mit der Seele verstehe ich nicht. Kann mir das einer erklären?«

»Hör zu«, rief ein anderer. »Das ist ganz einfach. Knuds Seele stieg in die Erde, als die Pest ihn holte, sie hat dort den ganzen Winter über gelegen und auf die Gnade des Herrn gewartet, die Engel hatten zu viel zu tun, als er starb, und so ist das noch immer. Normalerweise fliegt der himmlische Odem, den wir die Seele nennen, aus dem Mund. Sie wiegt drei Pfund, steigt dreißig Tage auf und vereint sich am einunddreißigsten Tag mit der Gnade des Herrn und betritt den Vorgarten des Paradieses, wo sie freudig umherwandelt, bis der Herr über die Lebenden und Toten richtet!«

»Den *Vorgarten* des Paradieses?«

»Ja. Danach werden die Seelen gewogen. Wiegen sie mehr als drei Pfund, sind sie diebisch, wiegen sie weniger, haben sie sich der zweiten Todsünde schuldig gemacht, der Gier, auch genannt Avaritia auf Küchenlatein. Dann müssen sie im Fegefeuer gereinigt werden, wo sie das Zehnfache an Tagen von ihrem verlorenen Gewicht verbrennen – gemessen in Gramm. Wiegen sie dagegen genau drei Pfund, haben sie allen Versuchungen widerstanden und können sich weiterhin am Paradies erfreuen.«

»Wer wiegt sie denn, und womit wiegen sie da überhaupt, du Klugscheißer?«

»Bist du blöd? Der HERR richtet die Lebenden und die Toten, hast du die Gemälde in der Kirche nicht gesehen? ER HAT EINE WAAGE!«

»Sie hat ein goldenes Ei ausgegraben!«, rief Königs Schweinsteig. »So herrlich kann Knuds Seele gar nicht gewesen sein.«

»Das stimmt! Knud war ein boshafter Mann; er hat seine Frau und seine Töchter verprügelt, bis sie ihn verließen, sie zogen nach Tælleby, oder? Wenn Knuds Seele so herrlich sein soll, wie Königs Schweinsteig behauptet, wie sieht dann erst die Seele eines guten Menschen aus? Zum Beispiel die des Priesters? Oder die des Herrn von Weißenfels?«

»Von Weißenfels' Seele sieht doch höchstens aus wie eine schimmelige Kartoffel.«

»Sei still!«

»Wie eine faule Eichel mit Würmern.«

»Ich darf doch sehr um einen anständigen Ton bitten, danke. Muss ich euch daran erinnern, dass der alte Vater des Ältesten unter uns ist?«

»Ihr nach!«

»Wir dürfen keine Zeit verschwenden!«

»Los!«

»Worauf wartet ihr?«

»Wir warten auf den alten Vater des Ältesten. Hört, was er zu sagen hat. Er hat zum ersten Mal den Mund aufgemacht! Dieser weise Mann hat seit seinem Schlaganfall vor vielen Jahren nicht mehr gesprochen, er hat nicht mehr gelächelt, seit sein Sohn im vergangenen Jahr starb, also haltet bitte die Klappe und hört zu, was er zu sagen hat, denn er ist der Einzige, der uns führen kann. Gepriesen sei sein Leib, der einen so starken und stolzen Willen hat, Ehre sei seiner Urteilskraft und seiner Weisheit, seinem guten Herzen und seiner gottesfürchtigen Seele, hört jetzt seine weisen Worte ...«

Die Einwohner von Nielsstrup drängten sich um die waagerechte Tür, auf der der alte Vater des Ältesten lag. Der Greis öffnete den Mund und flüsterte heiser: »Als die Welt neu war und der Rausch noch in unserem Blut klopfte, weil unser irdischer Herr, der Großvater des jetzigen Gutsbesitzers, die Eisenringe unserer Eltern durchtrennt hatte, damals, als wir wie durch einen Zauberschlag freie Männer und

Frauen wurden, als niemand mehr unsere Schwester an einen Schwager dritten Grades verschenken konnte, als niemand mehr deinen Bruder an einen durchreisenden Großgrundbesitzer verkaufen konnte, als niemand mehr deinen Herzallerliebsten einem Neffen als Hochzeitsgeschenk übergeben oder deine Mutter für immer in die entlegensten Gebiete des Gutes schicken konnte, wo wir niemals hinkamen … ja, das liegt nun so weit zurück, dass nicht einmal ich, der älteste Mann im Dorf, mich noch ordentlich daran erinnern kann. Damals … ja, es ist natürlich nicht zu sagen, ob ich mich tatsächlich an diese Zeit erinnere, als die Welt noch jung war, nur der Herr erinnert sich, und wenn es darauf ankommt, ist es das Schicksal der Menschen zu vergessen. An all dieses Elend, das wir nun erleben, wird sich nur der Herr erinnern, der es über uns schickt, während wir einfältige Wesen mit Vergessen gesegnet sein werden, wenn die Erinnerungen den Geist verlassen und im Äther verdampfen wie das faulige Wasser, von dem wir uns wünschen, dass es auf unseren Roggenfeldern verdampft …«

»Hört! Hört!«

»Nur unsere Geschichten, die wir uns am Abend erzählen und die uns vor Lachen glucksen lassen oder zu Tränen rühren, wenn wir sie über die Hecken zwischen den Roggenfeldern oder auf der hintersten Reihe der Kirchenbänke zum Besten geben, weil die Predigt des Priesters einfach zu langweilig ist, der in einer Sprache zu uns spricht, die geistreicheren Seelen vorbehalten ist, nur diese Geschichten haben ein weniger jämmerliches Leben. Sie können noch immer wie kleine Kinder in der Welt umherwandern, denn im Unterschied zu den Kindern, die vergesslich sind, unerzogen und bisweilen unverschämt, vergessen die Geschichten nicht. Sie erinnern sich auch weiterhin, selbst wenn wir sie vergessen. Sie leben ihr eigenes Leben. Sie können im Schatten außerhalb unserer Erinnerung leben, oder sie leben im Licht unserer Erinnerung, wer auch immer dies zu verstehen vermag. Ich will ehrlich sein und sagen, dass ich nicht mehr weiß, ob ich mich an die Zeit erinnern kann, als die Welt jung war, oder ob mein lieber Vater mit den lustigen Nasenlöchern, Ehre sei seinem Andenken, mir vom Anbeginn der Welt erzählt hat. Damals war ich selbst ein kleiner Junge, der auf dem Schoß seines Vaters saß und sich damit vergnügte, das Narbengewebe zu berühren, das sich über seinen aufgeschnittenen Nasenflügeln gebildet hatte. Sicher ist jedenfalls, dass die Geschichten meines Vaters sich wie ein Samen in mir festgesetzt haben, und nun, auf meine alten Tage, hat dieser Samen sich entfaltet. Seine Blüten sind nicht mehr von einer tatsächlichen Erinnerung zu unterscheiden, seine Blüten *sind* eine tatsächliche Erinnerung …«

»Zur Sache!«

»Das Mädchen entkommt uns.«

»Wir können nicht länger warten.«

»Der Alte spinnt doch.«

»Sei still!«

»Aber das Mädchen entkommt mit Knuds Seele!«

»Haltet endlich die Schnauze!«

»Damals, vor langer Zeit, vor der Zeit der Hungerjahre, wohnte ein Mädchen namens Tora in Knuds alter Hütte, sie wohnte dort allein mit ihrer Mutter, und das war ungewöhnlich, denn die meisten Familien waren damals kinderreicher, jetzt ist es genau umgekehrt, mehrere Haushalte haben nur ein Mitglied, manche gar keins …«

»Zur Sache!«

»Sie entkommt!«

»Der Großvater des Gutsbesitzers, der uns alle freigelassen hatte, verjagte uns nämlich auch aus den Gebäuden in der Nähe des Gutshofs, er jagte uns hierher, in die feuchte Allmende und die fauligen Wiesen, wo vorher nichts Wesentliches wuchs. Moorschweine und Maulwürfe ergingen sich hier, Krähen schissen hier hin und Nachtschwalben umkreisten die Holzhütten, wenn wir schliefen. Moorfrauen und Fliedermütterchen erschreckten uns Kinder, wenn wir in den großen Wäldern Holz sammelten. Rasch entdeckten wir, dass die Welt doch nicht neu war, man hatte uns nur erneut betrogen. Das Moorwasser sank nie tiefer als drei, vier Fuß unter die Erdoberfläche, die Ernte verfaulte, der Großvater des Gutsbesitzers hatte versprochen, dass wir die ersten zehn Jahre keinen Pachtzins bezahlen müssten, aber bereits ein Jahr später kamen die Männer des Priesters und verlangten den Zehnten, die Leute des Königs erhoben Kriegssteuern und wollten unsere Ochsen; wir mussten Entwässerungskanäle graben, damit das Wasser von den Feldern abfloss, wir hatten Häuser zu bauen, und ständig mussten viele Häusler auf dem Gut aushelfen, obwohl wir selbst wahrlich genug zu tun hatten. Hatten wir indes nichts zu essen, konnten wir nicht mehr auf das Vorratslager des Gutshofs zählen, dann waren wir auf das Moor, den Wald und alles Ungesunde angewiesen, das hier wuchs. Das Gesunde, das ebenfalls im Wald lebte, Eichhörnchen, Vögel, Hirsche und Wildschweine, war dem Großvater des Gutsbesitzers vorbehalten. Nachts wurden wir von den Nachtschwalben gemolken, und tagsüber von Männern mit größerer Macht, als wir sie hatten; es stand uns frei, unsere eigenen Dummheiten zu begehen und die bitteren Früchte unserer eigenen Fehler zu ernten ...«

»Was hat das mit der Sache hier zu tun?«

»Ich fühlte mich zu dem Mädchen hingezogen. Wir wohnten nicht weit voneinander entfernt, arbeiteten auf denselben Feldern, sammelten Brennholz in den großen Wäldern und spielten heimliche Spiele, wenn wir genug gesammelt hatten: Sie versteckte sich im Gebüsch, und ich musste sie finden, oder ich versteckte mich, und sie musste mich finden. Eines Nachts schlich ich mich in ihr Haus, als ihre Mutter bereits schlief. Sie hatte das Schloss des Stalltors entriegelt, sodass ich dort im Schutze der Nacht hineinschleichen konnte; es war eine weiße Winternacht mit einem halben Mond, der über dem weißen Wald leuchtete, das Moor war zugefroren, es war hundekalt, und ich hatte Angst, dass die Mutter mir zuvorgekommen war und die Wärme des Körpers meiner Geliebten gesucht hatte; sie schlief jedoch glücklicherweise tief in ihrem eigenen Bett, halb begraben im Bettstroh. Ich schlich zu Toras Bett, war allerdings zu jung, um zu wissen, was ich tun sollte. Selbstverständlich hatte ich Tiere kopulieren sehen, ich hatte auch gesehen, wie meine Eltern Dinge taten, die an kopulierende Tiere erinnerten, ein ekliger Anblick, muss ich sagen, aber einfach dort neben meiner Geliebten zu liegen, neben ihrem warmen Körper, genügte in den zarten Anfängen meiner frühen Jugend, um meine Sehnsüchte zu befriedigen; ihre bloße Anwesenheit war all die Befriedigung, von der ich träumte. Ihre Atemgeräusche in der Dunkelheit, ihr warmer, feuchter Atem an meiner Wange und die Spannung, etwas Verbotenes zu tun, erfüllten mich mit dem unbedingten Gefühl, dass die Welt groß und wunderbar war. Und dann flocht ich höchstens meine Finger in die des Mädchens, und bevor das erste morgendliche Licht durch die Ritzen des Holzhauses fiel, schlich ich zurück zum

Haus meiner Eltern und kroch in mein eigenes Bett. Wenn meine Fantasie nach all den Jahren keine falschen Samen in meine Erinnerungen gesät hat, wiederholte es sich einige Male im Laufe der nächsten Monate, jedes Mal ohne Wissen der Mutter oder auch mit ihrer stillen und nachsichtigen Zustimmung. Währenddessen wurde es allmählich Frühjahr, das Eis im Moor schmolz, an den Bäumen des Waldes wuchsen die Knospen. Als es morgens wieder richtig hell war, wagte ich es nicht mehr, Tora zu besuchen; ihre Mutter hätte mich in den frühen Morgenstunden entdeckt, vielleicht hatte sie mich sogar bereits bemerkt, aber es ist einfacher, ein blindes Auge in der Dunkelheit einer Winternacht abzuwenden, als im klaren Licht der Sommersonne blind und taub zu spielen, und ich wollte ihr Wohlwollen nicht auf die Probe stellen. Außerdem lag der Sommer vor uns, und ich sah vor mir, wie wir genau wie im vorigen Sommer gemeinsam den Wald erforschten und uns länger in dessen grüne, geheimnisvolle Tiefe hineinbewegten. Es ist allgemein bekannt, dass Hintersassen wie wir nicht wie vermögendere Leute notwendigerweise in der Kirche getraut werden. Teilen ein Mann und eine Frau drei Winter hintereinander ein Bett, werden sie vor Gott und der Allgemeinheit als Eheleute angesehen, und obwohl unser erster Winter im gemeinsamen Bett sich absolut heimlich abgespielt hatte, freute ich mich, dass es nun nur noch zwei Winter waren.

Am Gregoriustag Mitte März kam es allerdings zu einem fürchterlichen Zwischenfall. Der Verwalter kam im Wagen des Herrn von Weißenfels nach Nielsstrup, aber nicht in dem Tempo, mit dem er normalerweise fuhr, wenn er bekannt geben sollte, wer welchen Frondienst für den Herrn von Weißenfels auszuführen hatte, nein, die Radachsen knirschten, von den Mäulern der Pferde spritzte weißer Schaum nach allen Seiten, und von den Rädern des Wagens stoben Steinchen und Dreck auf. Der Verwalter schwang die Peitsche und hielt genau dort, wo wir später unsere kleinen Stücke Land einzäunen sollten. Der Wagen war voller Heu, und im Heu stand ein altes Eichenholzfass von der Art, wie man es zum Bierbrauen benutzt. Das Fass war mit einem Eisengitter verschlossen, und das sieht man gewöhnlich beim Bierbrauen nicht, obwohl das Fass schon von Weitem nach vergorenem Bier stank. Wir Kinder liefen sofort zum Wagen des Verwalters, ebenso unsere Eltern. In kurzer Zeit hatten sich sämtliche Dorfbewohner versammelt, der Verwalter blieb jedoch sitzen. Waren seine Bewegungen vorher wütend und hitzig gewesen, schien er nun ruhig zu sein, beinahe schadenfroh. Er saß auf dem Kutschbock, die Pferde schnaubten. Jemand holte Wasser für die Pferde, es war immer am besten, die Wünsche des Verwalters vorherzusehen und sie zu erfüllen, bevor er selbst darauf kam. Ein anderer brachte dem Verwalter ein Bier, obwohl er doch offensichtlich sein eigenes Fass mitgebracht hatte. Er trank auch nur einen kleinen Schluck, danach ging der Bierkrug unter den Umstehenden um.

›Guten Morgen, Herr, und willkommen! Was führt den Herrn Verwalter in einem derart eiligen Tempo nach Nielsstrup, mit solch strahlenden Pferden und einem solch feinen Wagen?‹, fragte der erste Älteste, den wir wegen seines knolligen Mundes ›Kröterich‹ nannten.

›Zwei diebische Schweine‹, antwortete der Verwalter. ›Eines ist lediglich ein diebisches Schwein, das andere aber ist ein diebisches Schwein mit einer aufsässigen Natur, und das ist weit schlimmer.‹

Kröterich nickte verständnisvoll, obwohl er keine Ahnung hatte, wovon der Verwalter redete. Er hatte indes die Zeit der Sklaverei nicht vergessen und wusste, dass das Wort ›diebisch‹ im Mund eines Verwalters nie etwas Gutes bedeutete. Mehrere nervöse Augen suchten denn auch den Wagen nach Spuren von Herrn von Weißenfels' Köter ab, aber der war offensichtlich nicht mitgekommen. Daraufhin stand der Verwalter vom Kutschbock auf, sprang auf den Boden, ging um den Wagen herum und hüpfte mit beiden Beinen gleichzeitig auf die Ladefläche, ein Sprung, bei dem wir Kinder vor Bewunderung über dessen Kraft und Explosivität nach Luft schnappten. Er schob den Riegel des Schlosses beiseite, mit dem das Eisengitter das Bierfass verschloss, steckte seine behaarten Hände in die Tonne und zerrte ein braun geflecktes Schwein heraus. Um den Hals des Schweins war ein Seil gebunden. Der Verwalter warf das Schwein auf die Erde, sprang vom Wagen, griff nach dem Ende des Seils und zog das quiekende Schwein zu Kröterich.

›Hier‹, sagte er und reichte unserem Ältesten das Seilende.

Kröterich nickte verbindlich. ›Sehr gern, Herr Verwalter, sehr gern.‹

Der Verwalter holte nun einen Pfahl, der an einem Ende zugespitzt war, und einen Vorschlaghammer, kehrte damit zu uns zurück und schlug den Pfahl in den Boden vor Kröterichs Füßen. Als der Pfahl fest in der Erde steckte, band er das Schwein daran fest und befahl uns allen, drei Schritte zurückzutreten. Dann griff er zu seiner Reitpeitsche, die neben dem Kutschbock steckte, schlug damit einmal durch die Luft und verkündete: ›Dieses diebische Schwein hat Bier aus dem Bierlager des Herrn gestohlen.‹

Kröterich nickte ernst. Empörung durchfuhr uns.

›Wie jedermann weiß, wird Diebstahl normalerweise mit dem Strang bestraft, aber der Herr des Guts ist wie immer gnädig und großzügig und wünscht nicht, dass dieses diebische Schwein im Jenseits geröstet werden soll. Stattdessen hat er mich gebeten, ihm die Sünde aus dem Körper zu peitschen.‹

›Hört! Hört!‹ Unser Ältester mit dem Krötenmaul klatschte erleichtert in die Hände, wir anderen taten es ihm nach.

Beim ersten Schlag, der den Rücken des Schweins traf, quiekte es laut auf, es versuchte davonzulaufen, aber der Strick hielt es zurück, und nun hagelten die Peitschenhiebe in rascher Folge auf das Hinterteil und den Rücken des Schweins. Das arme Schwein quiekte und schrie und rannte rund um den Pfahl – mit dem Resultat, dass der Strick kürzer und kürzer wurde, bis das Schwein hilflos mit dem Kopf am Pfahl hing. Der Verwalter peitschte dessen Hinterteil blutig, das Quieken wurde immer heiserer, das arme Tier litt Höllenqualen, der ganze Rücken war aufgeplatzt, man sah den Speck im Sonnenlicht schimmern.

Als der Verwalter der Ansicht war, nun sei es genug, knallte er einmal mit der Peitsche in der Luft und brüllte: ›Das Schwein ist nun in Gnade wieder aufgenommen. Stiehlt es erneut, und sei es auch nur eine Eichel vom Land eines anderen Mannes, muss es seine Sünden am Galgen büßen.‹

Wir alle sahen den stark schwitzenden Verwalter verwundert an, uns war bei diesem seltsamen Theater eigenartig zumute. Der Verwalter bat um ein Bier, und sofort wurde ihm ein voller Krug gereicht; irgendjemand hatte ihn bereits geholt, als der Verwalter innehielt, es war nicht schwer zu erraten, dass der Herr durstig sein würde. Ein Stück Räucherspeck wurde ihm auch angeboten, aber als der Verwalter abweisend die Hand hob, verschwand der Speck wieder. Er trank von dem Bier, wischte sich mit dem Handrücken den Schaum von der Oberlippe und hob erneut die Peitsche.

›Der Herr des Guts möchte Folgendes bekannt geben!‹, rief er. ›Das Auspeitschen war nur der erste Teil der Strafe des Schweins. Als zusätzliche Strafe soll das diebische Schwein das ganze Frühjahr, den Sommer und den Herbst Abwasserkanäle am nördlichen Ende des Wiesengebiets graben. Es darf erst wieder auf das Gut zurück, wenn der erste Schnee fällt. Hagelschauer zählen nicht. Kurze Schneeschauer im Frühsommer gelten ebenfalls nicht! Es ist verboten, mit dem Schwein zu sprechen, ihm zu fressen und Kleider oder Decken zu geben, mit denen es sich wärmen könnte. Es ist verboten, es bei Krankheit zu pflegen, in absolut außergewöhnlichen Fällen kann der Verwalter gerufen werden, aber dann muss es wirklich schlimm sein. Aufgabe des Ältesten ist es, dafür zu sorgen, dass die Verbote eingehalten werden, ebenso wie es die Aufgabe des Ältesten ist, den Verlauf der Abwasserkanäle vorzugeben. Der Älteste soll sich hierüber mit den übrigen Autoritätspersonen der Landbewohner beraten. Es steht ihm frei zu entscheiden, ob die Verläufe intern abgesprochen oder ob sie durch ein Ting des Dorfes festgelegt werden. Ihr wisst doch, was ein Ting ist?‹

Kröterich nickte verwirrt.

›Das Schwein soll zweitausenddreihundert Fuß Abwasserrinnen graben, bevor der erste Schnee fällt – ist die Aufgabe bis zum Einbruch des Winters nicht erledigt, wird das Schwein im nächsten Frühjahr mit dem Befehl nach Nielsstrup geschickt, die verbleibenden Fuß plus zweitausenddreihundert weitere zu graben. Irgendwelche Fragen?‹

Der Verwalter machte sich nicht die Mühe zu warten, ob sich unsere Verwirrung legte oder erneut aufflammte. Er ging zu seinem Wagen zurück, sprang auf die Ladefläche und steckte seine behaarten Hände erneut in das Bierfass. Diesmal zog er jedoch kein Schwein aus der Tonne, sondern einen schlaksigen Jungen mit erschrockenen Augen und schwarzem Flaum auf der Oberlippe. Seine bierverschmierte Haut glänzte, sein Oberkörper war nackt und sein Mund drückte Furcht und Zittern aus, gleichzeitig hatte er aber auch etwas ausgesprochen Aufsässiges an sich. Wie bei dem braun gefleckten Schwein hatte man ihm einen Strick um den Hals gebunden. Der Verwalter zog an dem Strick, der Junge folgte ihm. Unsere Erregung stieg. Jetzt verstanden wir, was hier vor sich ging. Der Verwalter band den Jungen an den Pfahl, an dem noch immer das Schwein hing. Es schien bewusstlos zu sein. Ein Bein zitterte eigenartig, eine klare, gelbliche Flüssigkeit floss aus den tiefen Wunden im Rücken und dem Hinterteil des Tiers auf den Boden. Eine kleine Pfütze hatte sich gebildet, als hätte jemand genau dort Wasser gelassen. Der Verwalter zurrte den Strick so fest, dass das Gesicht des Jungen den Pfahl berührte und sein Hinterteil in die Luft ragte; der arme Kerl bebte am ganzen Körper und verbarg das Gesicht in den Händen. Dann hob der Verwalter erneut die Peitsche, schlug einen Schlag in die Luft, bei dem alle erstarrten, und ließ die Schläge auf den Jungen herniederhageln. Hatte er noch kurz zuvor etwas Aufsässiges an sich gehabt, war es jetzt verschwunden. Der Junge heulte und schrie schlimmer als das Schwein und versuchte, sein Hinterteil und den Rücken mit den Händen zu schützen, doch als sie ebenfalls bis aufs Blut gepeitscht wurden, zog er die Hände rasch zurück. Über einhundert Peitschenhiebe malträtierten sein Hinterteil, bevor der Verwalter mit ihm fertig war.

Als er endlich innehielt, wurde ihm sofort der Bierkrug gereicht, das Stück Räucherspeck kam in einer Holzschüssel hinterher, und der Verwalter nahm beides lächelnd entgegen. Sein Gesichtsausdruck strahlte Milde und Wehmut aus. Er aß und trank, dann hob er die Stimme und gab bekannt: ›Für beide Schweine gelten dieselben Regeln!‹

Mit anderen Worten, sie sollten viertausendsechshundert Fuß Abwasserkanäle graben, bevor der erste Schnee fiel. Der Verwalter stieg auf den Wagen und rief: ›Die Schweine haften gegenseitig für ihre Aufgaben.‹

Daraufhin trat er das Bierfass vom Wagen, es kippte um und ein Rest vergorenes Bier floss auf den Boden. Er schaufelte das Heu mit einem Spaten, dessen Stiel zerbrochen war, vom Wagen, warf den Spaten dem Heu hinterher, holte einen Beutel Gerstenkörner hervor und warf sie zusammen mit einer alten, stinkenden Wolldecke auf die Erde.

›Tragt diese Sachen und die Schweine zu den Sechs Buchen am nördlichen Rand des Wiesengebiets. Ihr gewährt ihnen sieben Ruhetage, um sich zu erholen. Danach teilt der Älteste den Schweinen mit, wo die Abwasserrinnen zu graben sind. Wiedersehen, meine Herren, möge die Milde des Herrn über euren Dächern leuchten und denkt dran, es ist verboten, mit den Schweinen zu reden.‹«

»Sagt mal, wollten wir nicht eigentlich Knuds Seele retten?«, unterbrach der Bauer Niels Ysted den alten Vater des Ältesten.

Der tat so, als hätte er nichts gehört, und fuhr fort.

»Wir legten den Jungen und das Schwein in das leere Bierfass, deckten sie mit der Decke und dem Heu zu und trugen sie zu den Sechs Buchen; vom Dorf aus war es ein Fußmarsch von einer halben Stunde. Hier verkeilten wir das Bierfass zwischen den Stämmen der Buchen, zogen das richtige Schwein aus dem Fass und warfen es auf den Boden, damit der misshandelte Junge in Ruhe in seinem neuen Zuhause liegen konnte. Wir stellten ihm frisches Wasser hin und schlichen dann wieder nach Hause, weil das Dorf ein Ting abhalten und beschließen wollte, wo die neuen Abwasserkanäle angelegt werden sollten. Mit Ausnahme von Kröterich war es eigentlich allen verboten, mit dem Jungen zu reden, aber das hinderte uns natürlich nicht, ihn aus einem gewissen Abstand zu betrachten und über die feuchten Wiesen zu waten, um einen kurzen Blick auf ihn in seinem Bierfass zu werfen oder, verborgen zwischen den Bäumen des Waldes, seine ungeschickten Versuche zu beobachten, ein Feuer anzuzünden und Gerstensuppe in der Scherbe eines zerbrochenen Tonkruges zu kochen, die er über das Feuer hielt. Auch versuchten wir, einen Blick auf sein vernarbtes Hinterteil zu erhaschen, das sich durch die zerlumpte Hose erahnen ließ, wenn er eingehüllt in seine Wolldecke umherging, um sich gegen den letzten Frost des frühen Frühjahrs zu schützen. Am siebten Tag erklärte Kröterich ihm, wo die ersten Abwasserkanäle gegraben werden sollten. Der Junge hatte sich mit dem Blatt des Spatens, das er zuvor an einem Stein geschliffen hatte, einen neuen Stiel geschnitzt; dann hatte er mit seinem zerschundenen Hinterteil begonnen, Rinnen für das faulige Wasser zu graben, das unsere Felder durchnässte und unser Vieh krank werden ließ.

So wie der Junge allmählich wieder auf die Beine kam, kehrte das Leben langsam auch in das Schwein zurück. Es ging auf Eichelsuche im Wald und auf die Jagd nach Würmern in den Wiesen. Die Gerstenkörner des Jungen waren schon bald gegessen, und da der Verwalter uns verboten hatte, ihm etwas zu essen zu geben, musste auch er schon bald den Wald nach den letzten Eicheln absuchen, die anfingen zu keimen. Es heißt, mehrere Kinder hätten gesehen, wie er Würmer und andere eklige Dinge aß, wenn er in den Wiesen die Kanäle grub, beschmiert von schwarzer Erde und mit einem gequälten Ausdruck im Gesicht. Er hätte das Schwein schlachten und es über dem Feuer braten können. Es war groß genug, um ihn mehrere Wochen lang mit Fleisch zu versorgen, aber es schien, als hätte er ein unnatürlich herzliches Verhältnis zu dem Tier.

Auch Tora war dabei, wenn wir den Schweinejungen an den Sechs Buchen ausspionierten. Ihre Neugierde unterschied sich kaum von unserer. Zunächst bemerkte ich nichts Ungewöhnliches und versuchte, sie tiefer in die Wälder zu locken, fort von dem armen Schweinejungen, der auf dem Gut Bier gestohlen hatte. Nicht nur Weiß- und Dünnbier, das wir alle von dem Zeitpunkt an trinken, sobald wir die Milch unserer Mutter entbehren müssen, sondern auch herrliches Starkbier, das Respektspersonen vorbehalten ist. Der arme Schweinejunge war in der Vorratskammer des Gutshofs überrascht worden, als er zusammen mit seinem braun gefleckten Gefährten auf dem Boden gelegen und seinen Rausch ausgeschlafen hatte – wir fragten jedes Mal nach den Einzelheiten, wenn Leute vom Gut zu uns kamen. Der Junge war im Übrigen Waise, seine einzige Verwandtschaft war das Schwein, das er nach dem Tod seiner Mutter geerbt hatte, und wir waren ziemlich sicher, dass die Strafe weniger mit dem Bier zu tun hatte, denn auf dem Gutshof wimmelte es ja nur so von Suffköppen. Nein, vermutlich lag es weit mehr an seiner aufsässigen Natur.

Es war zu diesem Zeitpunkt allgemein bekannt, dass Toras Mutter vom frühen Frühjahr bis zum späten Herbst in den Wäldern und auf den Wiesen Kräuter sammelte, ebenso wie es eine bekannte Tatsache ist, dass Kräuter, die bei Vollmond gesammelt werden, kräftiger und schneller wirken als Kräuter, die man unter anderen Umständen sammelt. Man machte sich nicht groß Gedanken darüber, nur ich hatte ein waches Auge auf die Vollmondaktivitäten der Alten, weil ich hoffte, mich dann wieder in das Bett meiner Geliebten schleichen zu können.

Doch in der ersten Vollmondnacht um Mittsommer, in der ich mich in ihre Hütte stahl, fand ich beide Betten leer. Ich wunderte mich und schlich hinaus auf die Wiesen, zum Wald mit dem Schweinejungen, und hier, im Schein eines mächtigen Mondes, der wie eine bebende Kugel am nächtlichen Himmel hing, sah ich meine Auserkorene mit dem Schweinejungen reden! Mir schien, als stünden sie verdächtig nahe beieinander. Weit entfernt sah ich in der klaren Mondnacht eine alte, gebückte Gestalt, die mit einem Sack aus Flachs auf dem Rücken Kräuter schnitt. Sie sammelte Schierling, Ackerminze und wilde Pastinaken, schälte Borke von Wiesenbirken, grub Wurzeln aus und erntete kleine Pilze unter einem blühenden Holunder. Ich konnte mir durchaus vorstellen, dass Tora in diesem Jahr mitgekommen war, um in die Kräuterkunst eingeführt zu werden; das war alles ganz natürlich, so war es seit Menschengedenken gewesen, aber warum stand sie nun da und redete mit dem Schweinejungen, es war doch streng verboten, mit ihm zu sprechen. Es quälte mein unruhiges Herz. Gerade in diesem Sommer, als ich glaubte, ich könnte ernten, was ich so selbstverständlich im Laufe des Winters gesät hatte, wurde mir klar, dass ein anderer mir die Ausbeute streitig machen würde. Ich will euch indes nicht mit meinen Qualen plagen, die mir heute so unbedeutend vorkommen, dass ich mich oft danach zurücksehne, waren meine Sorgen doch so unschuldig …«

»Wir holen das Mädchen nie ein, solange der alte Mann dort liegt und quasselt.«

»Nicht unterbrechen. Der alte Vater des Ältesten ist noch nicht fertig.«

»Aber er redet doch nur.«

»Er gibt einen Rat!«

»Er schwafelt.«

»Ich darf doch um einen anständigen Ton bitten, der alte Vater des Ältesten gibt uns schließlich seine Lebensweisheit weiter.«

»Er kann sich seine Geschichten für die langen Winterabende aufheben, wir müssen sehen, dass wir weiterkommen.«

»HALT DIE KLAPPE!«

»Ich will meinen banalen Kummer überspringen und werde nicht bei ihren nächtlichen Besuchen am Bierfass bei den Sechs Buchen verweilen. Ich will nicht von all den Dingen erzählen, die Tora angeblich allein im grünen Wald zu erledigen hatte – eine fantasievoller als die andere. Wo war sie zum Beispiel, als im Frühjahr die Äcker umgepflügt wurden, als wir die Zäune setzten, damit das Vieh die Äcker nicht zertrampelt, als wir den Winterroggen ernteten und Knöterich jäteten, als wir Maulwürfe fingen und Ratten aufspießten, als wir bei Sonnenuntergang zusammenkamen, um den Mittsommerabend mit einem Lied einzuleiten, als wir einen gemeinsamen Weg zwischen die noch nicht eingezäunten Stücke Land hackten? Ja, sie holte irgendein Kraut für ihre Mutter, ein Kraut, das tief im Wald wuchs, immer auf der anderen Seite der Sechs Buchen, sodass sie jedes Mal an dem Schweinejungen mit dem aufsässigen Lächeln vorbeikam und ganz zufällig ein Gespräch mit ihm begann, obwohl es streng verboten war. Häufig ging sie mehrfach am Tag an ihm vorbei, und als der Älteste ihr eines Tages erklärte, dass mit dem Jungen nicht geredet werden dürfe, sagte sie ihm direkt ins Gesicht: ›Wir reden ja auch gar nicht miteinander.‹

Sie konnte froh sein, dass der Älteste sie nicht fragte, was sie sonst machten, denn dies war ein beliebtes Thema unter den Dorfbewohnern, wenn wir auf den Feldern arbeiteten oder die Schweine in den Wald trieben, damit sie sich etwas zu fressen suchten. Wir trieben sie dann absichtlich dicht an dem schlaksigen Jungen mit dem Flaum auf der Oberlippe vorbei. Oder wir warfen an den hellen Abenden von Weitem Steine auf sein Fass, um ihn zu ärgern, und eines Abends kam plötzlich Tora aus der Tonne, um nachzusehen, woher die seltsamen Geräusche kamen.

›Es ist verboten, mit den Schweinen zu reden!‹, riefen wir.

›Wir *reden* ja auch gar nicht miteinander‹, entgegnete sie.

Alle wussten, was dort vor sich ging, aber niemand wagte es dem Verwalter gegenüber zu erwähnen, nicht einmal Kröterich, der ein Waschlappen war. Das waren die Ältesten in unserem Dorf im Übrigen immer, die Götter mögen wissen, warum. Sogar mein eigener Sohn, Ehre sei seinem Andenken, hatte immer eine entsetzliche Angst vor dem Verwalter und dem Herrn des Guts. Die Dorfältesten standen immer wie kleine Kinder mit schlotternder Hose da und fürchteten das Schlimmste, wenn die hohen Herren erschienen.

Der Herbst ging vorbei, und als der erste Schnee fiel, kam der Verwalter in seinem Wagen, um die Abwasserkanäle zu inspizieren. Er kam zu dem Ergebnis, dass dem Schweinejungen einhundert Fuß fehlten. Der Verwalter und der Älteste maßen mehrere Male. Es freute mich, dass der Schweinejunge Probleme hatte und der Verwalter ihm möglicherweise vor aller Augen den Arsch versohlen würde. Dann würde Tora sehen, welch ein Narr er war und welch lächerliche Wahl sie getroffen hatte, als sie anfing, sich für diesen jungen Mann zu interessieren, der ihr in ganz Nielsstrup und Umgebung das Allerwenigste zu bieten hatte. Allerdings bekümmerte es mich auch, dass er im kommenden Jahr noch immer hier sein würde, um die verbleibenden hundert Fuß plus viertausendsechshundert neue zu graben – so lautete die Strafe. Und letztlich wunderte ich mich, warum er nicht alles gegraben hatte. Ich hatte gesehen, wie er von schwarzem Schlamm verschmiert die Kanäle mehrfach vermaß, wobei das narbenüberzogene Schwein grunzend hinter ihm herlief. Die letzten drei Wochen hatte er überhaupt nicht gearbeitet, sondern nur in seiner Tonne gelegen und auf Toras nächtliche Besuche gewartet, und nun musste er vor seinem Bierfass an den Sechs Buchen Rechenschaft über seine sommerliche Arbeit ablegen. Das ganze Dorf war dem Verwalter und dem Ältesten gefolgt. Mir ging durch den Kopf, dass Teile der Strafe eventuell insgeheim verhängt worden sein könnten. Jeder weiß doch um die höheren Instanzen in der irdischen und der himmlischen Hierarchie, die befugt sind, Delinquenten neben dem offensichtlichen Strafmaß zu verborgenen Strafen und Prüfungen zu verurteilen. Zum Beispiel war es denkbar, dass man den Jungen zu einer verborgenen Strafe verurteilt hatte und bei der Messung der Abwasserkanäle nach dem ersten Schneefall immer mindestens hundert Fuß fehlen würden. Es könnte sich um eine ewige Strafe handeln, die sich jeden Winter wiederholte, es könnte auch von vornherein von einer höheren Macht festgelegt worden sein, dass das Resultat der Messungen beispielsweise sieben Jahre lang fehlende Fußlängen ergeben würde. Möglich war auch, dass die verborgene Strafe zeitlich unabhängig verhängt worden war und im Ermessensspielraum des Verwalters lag, zum Beispiel bis dieses ständige aufsässige Lächeln des Jungen verschwunden war. Es schien allerdings nicht der Fall zu sein, denn wie es aussah, war auch der Verwalter überrascht über die fehlenden einhundert Fuß. Nachdem er die Abwasserkanäle ein drittes Mal nachgemessen hatte, sah er eher müde als wütend aus. Er hatte wohl gehofft, diese Geschichte ein für alle Mal beenden zu können, doch nun atmete er tief durch, steckte mit dem Ältesten die Köpfe zusammen und fragte danach laut: ›Welches der beiden Schweine hat seine Arbeit nicht erfüllt?‹

Der schlaksige Junge hatte im Laufe des Sommers Muskeln bekommen. In Anbetracht der ungesunden Kost hätte er eigentlich mager sein müssen, doch irgendjemand hatte ihn offenbar heimlich mit Essen versorgt, jedenfalls sah er gesünder und stärker aus als bei seiner Ankunft im Frühjahr. Auch das Aufsässige war nicht verschwunden. Er grinste leise und reckte die Hand in die Luft.

›Ja?‹, sagte der Verwalter.

›Ich bin das Schwein, das seine Arbeit nicht erledigt hat, Herr Verwalter.‹

Der Verwalter seufzte resignierend und kniff ein Auge zusammen.

›Auf den Wagen mit dir.‹

Der Junge und das Schwein sollten zurück zum Gutshof gebracht werden, wo sie den Winter über bleiben sollten, im kommenden Frühjahr wollte der Verwalter sie dann zurück nach Nielsstrup fahren, um die viertausendsechshundert sowie die noch fehlenden einhundert Fuß zu graben, doch statt auf den Wagen zu steigen, reckte der Schweinejunge zur Verblüffung aller noch einmal die Hand in die Luft.

›Ja?‹, fragte der Verwalter erneut.

›Der Herr Verwalter hätte weniger Last, wenn ich in dem Fass bliebe, dann müsste er mich auch nicht hin- und herfahren.‹

›Du willst den ganzen Winter in der *Tonne* verbringen?‹ Der Verwalter blickte ihn überrascht an, und auch wir anderen waren sicher, dass der Junge verrückt geworden war.

›Wenn der Herr Verwalter es gestatten …‹

›Du bist doch verrückt.‹

Jetzt fiel der Junge auf die Knie. Seine Kleidung war zerlumpt und steif vor Dreck, sein widerspenstiges Haar hatte er im Nacken zusammengebunden, die Decke, die er als Mantel benutzte, war durchlöchert, und seine Füße steckten in einem Paar primitiver Holzschuhe.

›Ich glaube, es ist meine einzige Chance, mich zu ändern, Herr Verwalter. Lasst mich in der Tonne wohnen. Wenn es Frühjahr wird, werde ich mich mit dem Willen des Herrn geändert haben.‹

Der Verwalter glotzte den Schweinejungen an, als hätte er sich bereits geändert. Das Aufsässige war verschwunden, er winselte vor dem Verwalter genau wie alle anderen, und dieses Verhalten führte umgehend dazu, dass sich auf dessen Gesicht ein Ausdruck von Wohlgefallen ausbreitete.

›Nun gut‹, gab er nach. ›In meiner Eigenschaft als Repräsentant des Gutsherren ändere ich die Schweinestrafe. Sie können im Bierfass wohnen, bis das Frühjahr kommt. Sobald der Frost sich aus der Erde zurückzieht, müssen sie weiter graben. Sie dürfen nur in der Tonne schlafen. Und sie dürfen die Nacht nicht an anderen Orten verbringen. Es ist streng verboten, ihnen Obdach zu gewähren. Der Älteste ist mein Zeuge. Er wird sich an meine Worte erinnern, selbst wenn ich sie vergessen sollte.‹

Die Gesichter der Dorfbewohner verdüsterten sich. Die Geschichte mit den zwei diebischen Schweinen entwickelte sich einigermaßen makaber. Sollten wir nun zusehen, wie er im Laufe des Winters langsam an Hunger und Kälte starb? Er war doch vollkommen verrückt. Aber dem Wort des Verwalters mussten wir uns alle beugen, und mochte es noch so eigenartig sein.

Der Schweinejunge lächelte. Der Verwalter schüttelte den Kopf, setzte sich auf seinen Wagen und verließ Nielsstrup in einem langsameren Tempo als normalerweise. Wir anderen gingen ebenfalls wieder unseren Verrichtungen nach. Der Schweinejunge lief zu den Sechs Buchen, und das Schwein folgte ihm, das vernarbte Hinterteil und das Rückenstück waren wieder mit schwarzen Haaren überwuchert. Einige kleinere Bengel warfen Steine nach dem Schwein. Ein einziges Mal trafen sie die Keule, und das Schwein zuckte zusammen. Die Leute flüsterten über den Zäunen, in den Hauseingängen und an den Schuppen und Tennen besorgt miteinander, aber das war nichts im Vergleich zu ihrem Flüstern am folgenden Tag, als ein paar kleine Jungen ins Dorf gelaufen kamen und so laut riefen, dass alle es hören konnten: ›Der Schweinejunge hat seine Tonne näher ans Dorf gerückt!‹

Sie liefen zum Haus des Ältesten und schlugen an die Tür.

›Der Schweinejunge hat seine Tonne verlegt! Sie steht nicht mehr an den Sechs Buchen. Sie liegt jetzt auf dem Hügel vor der Grube des Moorweibs!‹

Der Älteste runzelte die Stirn und schaute die Jungen bekümmert an.

›*Darf* er das?‹, wollten sie wissen.

Die Runzeln im Gesicht des Ältesten wurden tiefer, und seine Augen krochen in die Stirn, um Stärke aus der Kraft der Gedanken zu ziehen. Er war der Zeuge des Verwalters und kannte beide Strafen auswendig. Selbstverständlich hätte er zum Gutshof fahren und den Verwalter um Rat fragen können, aber es war weit bis zum Gut, und der Verwalter wollte nicht gestört werden, es sei denn, es war unbedingt notwendig. Ein Ältester sollte Schlussfolgerungen ziehen und Beschlüsse für andere treffen können. War eine Sache offensichtlich, gab es keinen Grund, jemanden zu stören; der Älteste war lediglich ein Glied in einem gut funktionierenden System, das die ganze Welt umfasste, vom Niedrigsten bis zum Höchsten, und nun war es seine Aufgabe, das Medium für eine höhere Macht zu sein, deren Einsicht so absolut war, dass er es nicht unbedingt selbst begreifen musste.

›Ja‹, lautete daher seine Antwort. ›Soweit ich es beurteilen kann, sagt die Strafe nichts darüber, dass das Bierfass unbedingt bei den Sechs Buchen zu liegen hat. Das war eher … eine praktische Anweisung.‹

Also bekam der Schweinejunge das Recht, an der Grube des Moorweibs zu bleiben. Eine Woche später kamen die Jungen erneut angelaufen.

›Der Schweinejunge hat seine Tonne schon wieder verlegt! Jetzt wohnt er am Warzenstein, noch dichter am Dorf!‹

Der Älteste runzelte die Stirn.

›*Darf* er das?‹

Die Antwort war dieselbe. Der Schweinejunge durfte am Warzenstein bleiben. Eine Woche später war er auf die Ochsenhöhe gezogen, die darauffolgende Woche ins Pferdeloch, dann drei Tage auf den Blinden Weg, zwei Tage danach am Steinwurf, und einen Tag später lag seine Tonne, als die Menschen morgens aufstanden, genau dort, wo die Grenze unseres Dorfes heute verläuft. Dorthin hatte der Schweinejunge seine Tonne gelegt, war hineingekrochen und schnarchte lautstark. Draußen vor seinen Füßen lag das richtige Schwein.

›*Darf* er das?‹

Der Älteste sah mehr als bekümmert aus. Es waren inzwischen nicht mehr nur die kleinen Jungen, sondern auch erwachsene Männer und Frauen, die angerannt kamen, um ihm, dem Ältesten, diese Frage zu stellen. Es war ja durchaus vorstellbar, dass wir allesamt Probleme bekämen, wenn der Verwalter vorbeikam und sah, dass der Schweinejunge praktisch ins Dorf gezogen war.

›Ja‹, antwortete der Älteste. ›Ich weiß die erste Strafe auswendig, und auch die zweite, die die erste änderte. Solange er in seiner Tonne wohnt, gibt es kein Problem. Aber wir dürfen nicht mit ihm reden, und wir dürfen ihm auch nichts zu essen geben.‹

›Tora hat ihm zu essen gegeben!‹, rief der Bauer Niels Ysted.

Nun wurde Tora zum Ältesten gerufen, der meinte, es sei am besten, über die an diesem Fall Beteiligten mit der offiziellen Bezeichnung des Verwalters zu sprechen.

›Hast du den *Schweinen* zu essen gegeben?‹

›Ich habe es mit eigenen Augen gesehen!‹, rief Niels Ysted. ›Sie hat ihm Gerstengrütze und Kohl gegeben.‹

›Ruhe!‹, rief der Älteste und sah das junge Mädchen streng an. ›Antworte uns, ist das richtig? Hast du den *Schweinen* zu essen gegeben?‹

›Sie wird dafür vom Verwalter ausgepeitscht werden!‹, schrie irgendjemand.

›Die machen auch noch ganz andere Sachen!‹

›Es ist nicht das erste Mal‹, fügte ein anderer hinzu.

›Ruhe!‹, rief der Älteste noch einmal.

›Sie wagt nicht zu antworten!‹

›Tora‹, sagte der Älteste und zog die Brauen zusammen, ›sagen sie die Wahrheit?‹

›Ich habe unterwegs etwas Essen *verloren*‹, antwortete sie. ›Zeigt mir das Schwein, das nicht unterwegs verlorenes Essen fressen würde.‹

Der Älteste räusperte sich.

Tora hob die Stimme: ›Gibt es jemanden unter euch, dessen Schweine nicht auch sofort das Essen fressen würden, das ihr verliert?‹

Niemand erwiderte etwas. Der Älteste schaute in die Luft und blieb eine ganze Weile so stehen, dann sagte er langsam: ›Mit keinem Wort wird in den beiden Urteilen gesagt, dass es verboten ist, unterwegs Essen zu verlieren.‹

›Aber sie hat es absichtlich verloren!‹

›Sie hat Gerstengrütze und gedämpften Kohl direkt vor der Nase des Schweins verloren!‹

›Hast du das Essen willentlich verloren?‹, fragte der Älteste.

›Nein‹, gab Tora zur Antwort. ›Ich habe es *widerwillig* verloren.‹

›*Darf* man das?‹

›Und das Schwein hat es gegessen‹, fügte Tora hinzu. ›Bevor ich es aufheben konnte.‹

›Darf das Schwein das?‹

›Natürlich darf ein Schwein das!‹, rief Tora.

›Ruhe!‹ Der Älteste zog ein Taschentuch aus seiner wollenen Westentasche und wischte sich bekümmert über die Stirn. Stille senkte sich über die Versammlung. Die Leute sahen Kröterich erwartungsvoll an und warfen dem Bierfass, das ein paar Hundert Ellen entfernt lag, verstohlene Blicke zu.

›Es sieht so aus, als ergäben sich zwei Fragen in diesem Fall‹, begann der Älteste dann. ›Zunächst einmal – darf man Essen widerwillig verlieren? Und zum Zweiten: Darf das Schwein widerwillig verlorenes Essen fressen? Was die erste schwierige Frage angeht, komme ich zu folgender Schlussfolgerung: Essen willentlich zu verlieren, ist dasselbe, wie den Schweinen Essen zu geben, und das ist verboten, sowohl in der ersten als auch in der zweiten Strafe des Verwalters. Essen *widerwillig* zu verlieren, ist das Gegenteil von Essen willentlich zu verlieren, und damit auch das Gegenteil des *Verbots*. Und das Gegenteil des Verbotenen ist *zulässig*. Also ist es zulässig.‹

›Wie bitte?‹

›Der Älteste sagt, es ist erlaubt, Essen widerwillig zu verlieren.‹

›Ruhe!‹, rief der Älteste. ›Was die andere schwierige Frage angeht, so hat ein Schwein nicht den Verstand, um zwischen willentlich und widerwillig verlorenem Essen zu unterscheiden. Es ist das natürliche Verhalten eines Schweins, Essen am Boden aufzufressen. Das natürliche Verhalten wurde von

Gott gegeben, es mag widerlich sein, aber es kann niemals verboten sein, da die Natur des Schweins vom Herrn geschaffen wurde.‹

›Wie bitte?‹

›Der Älteste sagt, dass in unserem Dorf nichts Verbotenes geschieht. Es ist alles in Ordnung. Alles.‹

›Gut.‹

›Meine Güte.‹

›Na schön, dann ist das Treffen hiermit beendet.‹

Eine Woche später lag das Bierfass an der Grenze zwischen dem gemeinsamen Weg und dem kleinen Stück Land am Holzhaus von Tora und ihrer Mutter. Vom Gitterdeckel des Fasses, das der Schweinejunge mit Zweigen und Heu abgedichtet hatte, um die Dezemberkälte fernzuhalten, bis zur Haustür waren es nicht mehr als zwanzig Ellen. Das Schwein hatte außerdem eine kleine, widerwillig verlorene Eisenschüssel bekommen, zwei Decken, die ebenfalls widerwillig verloren gegangen waren, und vor der Öffnung der Tonne hatte es eine kleine Feuerstelle eingerichtet, damit es das Essen aufwärmen konnte, das widerwillig in die Schüssel fiel. Wenn es seine tägliche Festmahlzeit verspeist hatte, konnte es hinterher seinen Durst mit all dem schäumenden Bier stillen, das widerwillig in einem großen Tonkrug mit Deckel verloren wurde. Wenn es nicht träge in der Tonne lag, baute es Maulwurfsfallen und steckte sie in die unzähligen Maulwurfshügel, die das kleine Stück Land von Tora und ihrer Mutter verwüsteten, jätete Winde und Pfeilkraut und grub nicht vorgegebene Abwasserkanäle um ihr Stück Land, das beinahe vollkommen unter dem hohen Wasserspiegel des Winters versunken war.

Selbstverständlich führte es zu einiger Aufregung, aber

das alles war nichts gegen die Aufregung zwischen Weihnachten und Neujahr. Kurz vor Weihnachten kam es zu einem heftigen Temperatursturz, die fauligen Felder wurden hart wie Eis, das Moor und die Wasserflächen froren zu, sodass man im Laufe von wenigen Tagen darauf gehen konnte; nachts trieb ein kräftiger Nebel über das Land und hüllte alles in glitzernden Raureif. Decken und Brennholz wurden widerwillig verloren, das Weihnachtsessen wurde widerwillig verloren, dampfender Honigwein, eingemachte Schweinsfüße und Blutwurst. Es fing an zu schneien. Drei Tage und Nächte waren wir praktisch in die Häuser gesperrt, der Schnee blockierte die Türen, bedeckte die Fenster und legte sich wie eine ellenhohe Decke über alles. Wir alle dachten an den armen Schweinejungen in seinem Bierfass. Wir hofften, dass genügend Decken, Strohbündel und Brennholz verloren worden waren, damit er das Feuer in Gang halten konnte. Als wir uns am vierten Tag endlich aus den Häusern gruben, entdeckten wir zu unserer großen Sorge, dass an der Stelle, wo das Bierfass normalerweise stand, kein Rauch aufstieg. Wir dachten, er sei erfroren. In diesem Fall wäre er selbst schuld gewesen. Doch als wir dorthin kamen, sahen wir, dass das Bierfass verschwunden war. Wie vom Erdboden verschluckt. Wir suchten in den Schneewehen, hinter unseren Häusern, beim Schuppen und an der Tenne. Das Fass hatte an unzähligen Orten gestanden, aber wo war es jetzt?

›Frag Tora und ihre Mutter!‹, rief Niels Ysted, und der Älteste ging widerstrebend zu deren Hütte und klopfte mit dem Stein an die Tür, der an einem geflochtenen Leinenband an der Hauswand hing. Wir hörten, wie das Schloss entriegelt wurde, dann das knarrende Geräusch der Tür.

›Ja?‹ Die Mutter blinzelte ins klare Tageslicht. In der Hütte war es dunkel, eine Feuerstelle glühte schwach, und ein diffuser Lichtstrahl, der durch einen Spalt der einzigen Fensteröffnung der Hütte schräg in den Raum fiel, traf auf einen wackligen Tisch mit einem Stuhl, ein paar abgesägte Baumstümpfe, die als Sitzschemel dienten, einen Eisenkessel, der über die Feuerstelle gehängt werden konnte, zwei Töpfe, ein Spinnrad und einen Webstuhl. Von der Decke hingen ein paar geräucherte Ziegenschinken, einige Würste und ein ungegerbtes Lammfell, während im hinteren Teil des Raums, durch Holzlatten notdürftig abgetrennt, neben ein paar Schafen eine Handvoll Ziegen, eine abgemagerte Kuh und eine Schar Hühner standen. Tora hob einen Kuhfladen auf und legte ihn als Brennmaterial auf einen Stein an der Feuerstelle; alles war ganz normal, und es verging eine Weile, bis unsere Augen sich an die Dunkelheit gewöhnt hatten, das Ungewöhnliche vom Gewöhnlichen unterscheiden konnten und das Bierfass in der dunkelsten Ecke der Hütte sahen. Aus der Tonne ragten zwei kohlschwarze Füße, und zwischen den Füßen lugte träge die Schnauze eines braun gefleckten Schweins hervor.

›*Darf* er das?‹

Trotz Frost und Kälte begann der Älteste sofort, heftig zu schwitzen. Seine rotierenden Augen suchten die Wölbung der Stirn. In einer so außergewöhnlichen Angelegenheit zu urteilen und einen Rat zu geben, erforderte gewöhnlich die Hilfe des Verwalters oder des Priesters, aber beide waren weit weg, zumal wenn man das Wetter in Betracht zog. Der Älteste war sich selbst überlassen.

›Man darf nicht mit ihm reden!‹, rief einer.

›Ruhig jetzt‹, mahnte der Älteste.

›Man darf ihm nichts zu essen geben!‹

›Er darf nicht in unseren Häusern wohnen!‹

Der Älteste starrte auf die schwarzen Füße, die aus dem Bierfass ragten, und auf die freche Schnauze des braun gefleckten Schweins, doch der Schweinejunge rührte sich überhaupt nicht, und auch Tora und ihre Mutter ließen sich nichts anmerken.

›Was gibt's denn für ein Problem?‹, erkundigte sich die Mutter.

›Er darf nicht in unseren Häusern wohnen!‹, schrie der Bauer Niels Ysted.

›Na, na.‹ Die alte Frau schüttelte verständnislos den Kopf. ›Hier wohnen nur Tora und ich.‹

›Sie lügt!‹

›Ich wünschte, es wäre so, wie ihr behauptet. Ich hätte gern ein paar männliche Muskeln im Haus.‹ Die Alte kniff die Augen zusammen. Zum ersten Mal ließ sich so etwas wie eine emotionale Regung erahnen, allerdings war es weder Reue noch schlechtes Gewissen, sondern Wut.

›Zum Beispiel um unser jämmerliches Feld zu pflügen!‹, schnaubte sie.

›Aber wir pflügen doch für euch‹, sagte der Älteste. ›Wir helfen euch in jeder Hinsicht.‹

›Ihr habt uns das schlechteste Stück Land gegeben, weil wir ein kleiner Haushalt mit nur zwei Frauen sind. In Anbetracht der Qualität der anderen Landstücke ist dies die erbärmlichste Erde, die sich überhaupt finden lässt. Und anfangs wolltet ihr uns hier ja auch überhaupt nicht haben!‹

›Es ist doch nicht unsere Schuld, dass du nie einen Mann gefunden hast.‹ Dem Ältesten gefiel die Wendung nicht, die das Gespräch nahm. Die Dinge wurden dadurch nur unnötig kompliziert.

›Jetzt ist es jedenfalls zu spät!‹, rief eine Stimme von hinten.

›Haha.‹

›Die Männer besuchen sie nachts doch nur wegen der Kräuter.‹

›Dafür stöhnen sie so laut, dass jeder sie hören kann!‹

›Der Älteste hat sie doch auch schon besucht. Oder?‹

›Der Älteste hat sie am häufigsten besucht!‹

›Ruhe jetzt!‹, rief der Älteste und wischte sich den Schweiß von der Stirn. Seine Augen flackerten. Er sah Tora an, die noch immer an der Feuerstelle saß, er schaute auf das braunfleckige Schwein, die schwarzen Füße des Schweinejungen, die aus der Tonne ragten, und er blickte die Mutter an, die ihn wütend anstarrte. Dann holte er tief Luft und fragte, um Zeit zu gewinnen: ›Soll ich das so verstehen, dass du dich über die Art unserer Hilfe beklagst?‹

›Ihr pflügt unser Feld immer als Letztes‹, erwiderte die Mutter. ›Zu diesem Zeitpunkt seid ihr alle schon stockbesoffen – die Ältesten, die am besten pflügen, sind längst nach Hause gegangen, um ihren Rausch auszuschlafen, und die jungen Lümmel, die noch da sind, malträtieren unser ohnehin schon erbärmliches Feld. Und was hinterher wächst, ist ebenso schief und krumm wie diese stockbesoffenen Lümmel, die ihr berserkerhaftes Pflügen damit beenden, dass sie mit ihren Holzschuhen alles niedertrampeln, weil sie auf unserem frisch gepflügten Land herumrennen und sich prügeln.‹

›Aber das machen sie doch nur zum Spaß‹, wandte der Älteste ein und räusperte sich.

›Meinem Korn ist das scheißegal‹, hielt die Mutter dagegen. ›Und wir sind es, die das Korn hinterher essen müssen, will ich nur noch hinzufügen. Na, vielen Dank auch!‹

›Das sind doch alles Ausflüchte!‹, rief Niels Ysted.

Wieder wischte sich der Älteste den Schweiß von der Stirn.

›Wie ich die Situation im Augenblick sehe, sozusagen von meinem bescheidenen Standpunkt aus, der Herr ist mein Zeuge, bin ich genötigt, zwischen zwei Dingen zu unterscheiden. Erstens: Darf der sogenannte Schweinejunge in unseren Häusern wohnen? Und zweitens: Muss jemand wegen berserkerhaften Pflügens gemaßregelt werden?‹

›Es geht hier nur um eine Frage‹, entgegnete die Mutter. ›Wenn ich so frei sein darf.‹

›Was meinst du?‹

›Es geht nur um die Frage des berserkerhaften Pflügens. Die Frage, ob der arme Junge in unseren Häusern wohnen darf, wurde bereits durch den Verwalter entschieden: Er darf es *nicht* – und das macht er auch nicht. Er wohnt in seiner Tonne. Sieh es dir an, er wohnt in seiner Tonne, so wie er es die ganze Zeit über getan hat.‹

›Da ist … rein praktisch gesehen … möglicherweise etwas dran‹, stöhnte der Älteste.

›Was ist los?‹, tönte es von den versammelten Dorfbewohnern.

›Die Alte haut uns übers Ohr!‹, schrie Bauer Niels Ysted. ›Darf die Tonne im Haus wohnen?‹

Der Älteste legte die Hände vors Gesicht und ließ es einen Moment vollkommen in seinen rauen Handflächen verschwinden, unendlich erschöpft von der ganzen Geschichte. Dann sprach er ein kurzes Gebet, erst im Stillen, dann murmelnd und mit flackernden Augen, die sich zu den tiefen Furchen seiner Stirn hinaufbewegten. Die Leute ließen ihn murmeln. Sie wussten, er holte sich Kraft und Inspiration und würde sie sicher in den Hafen bringen, sodass wieder weihnachtlicher Friede in das Dorf einkehren konnte. Mit geschlossenen Augen, um zu betonen, dass er als Sprachrohr einer höheren Ordnung diente, entschied der Älteste Folgendes: ›Der Verwalter hat nichts darüber gesagt, wo die Tonne zu stehen hat. Solange der Schweinejunge in der Tonne wohnt, wie es der Verwalter und der Gutsherr bestimmt haben, solange er mit niemandem spricht und nur isst, was widerwillig auf der Erde verloren wurde, kann er verdammt noch mal machen, was er will.‹

›Wie bitte?‹

›Alles ist in Ordnung. Der Älteste sagt, alles ist in schönster Ordnung. Es geschieht nichts Falsches in unserem Dorf.‹

›Schön!‹

›Hört! Hört!‹

›Was das berserkerhafte Pflügen betrifft‹, fuhr der Älteste fort, noch immer mit geschlossenen Augen, ›so soll das Feld der Kräutersammlerin das erste sein, das im Frühjahr gepflügt wird. Am Biertrinken können wir hingegen nichts ändern. Es muss Bier auf die Felder gespritzt werden, wenn sie gepflügt werden, und es gehört Bier in die pflügenden Seelen, sonst wird der Boden unfruchtbar, das weiß ein jeder.‹

So endete der Schweinejunge bei der Kräutersammlerin und Tora. Als das Frühjahr kam, schleppte er seine Tonne zu den Sechs Buchen und setzte seine Grabungsarbeiten fort, und als in diesem Jahr der erste Schnee fiel, maß der Verwalter erneut viertausendsechshundert Fuß minus hundert. Vor Weihnachten schleppte er zum zweiten Mal die Tonne in das Haus von Tora und der Kräutersammlerin, wohnte dort den Winter über, zog um zu den Sechs Buchen, als die Bäume ausschlugen, und kehrte erneut zu Tora zurück, als die Blätter fielen. Doch als das dritte Frühjahr kam, warf er die

Tonne auf den Gemeinschaftsweg und ließ sie dort liegen. Unruhe breitete sich im Dorf aus, es wurde an die Tür des Ältesten geklopft.

›*Darf* er das?‹

›Muss er nicht graben?‹

›Was wird der Verwalter sagen?‹

Der Älteste lief rasch zum Haus der Kräutersammlerin und musste sich anhören, dass der Schweinejunge und Tora drei Winter hintereinander unter dem gleichen Dach gelebt hatten – laut der Gesetze, die der Bischof eingeführt hatte, um das gottlose Treiben zu unterbinden und der Sünde und der Hurerei Einhalt zu gebieten, waren sie daher vor dem Herrn in der Höhe als Eheleute anzusehen.

›Ja, aber …‹, stöhnte der Älteste.

›Sie haben uns betrogen!‹, rief jemand.

›Das war die ganze Zeit über ihr Plan!‹, schrie ein anderer.

›Sie haben uns alle betrogen!‹

›Na, na, na‹, wehrte sich die Kräutersammlerin. ›Ist es nicht der Wille des Herrn, dass Eheleute unter demselben Dach wohnen und das Bett teilen? Seit wann ist es der Wille des Herrn, dass ein Ehemann mit seinem Schwein in einem Bierfass hausen soll?‹

Der Älteste wischte sich den Schweiß von der Stirn.

›Mit seinem Schwein in einem Bierfass zu wohnen, statt mit seiner Ehefrau in ihrem Haus, könnte man beinahe als Ketzerei bezeichnen – ja, ich habe natürlich keine Ahnung, ich bin ja nur eine einfache Frau, was weiß ich schon von diesen Dingen –, aber von meinem einfachen Standpunkt aus würde ich doch meinen, dass so etwas dem Willen des Herrn widerspricht. Oder etwa nicht?‹

›Damit könntest du … recht haben‹, stammelte der Älteste.

›Ein Ehemann soll bei seiner Ehefrau schlafen, nicht bei seinem Schwein, das ist vollständig korrekt. Alles andere ist doch ein fürchterliches Durcheinander, meine Damen und Herren. Das geht wirklich nicht.‹

Mit anderen Worten, der Schweinejunge war in unser Dorf eingezogen, und sogar der Verwalter interessierte sich nicht mehr für den Fall, als er von der Ehe hörte. Die Kräutersammlerin war zufrieden, denn nun hatte sie einen Mann für die schweren Arbeiten und musste nicht mehr von der Gnade der anderen und den Almosen leben, die man gegen Kräuterzauber eintauschen konnte. Insgesamt hatte der Schweinejunge mit dem Flaum auf der Oberlippe und dem aufsässigen Lächeln über zwölftausend Fuß Abwasserkanäle gegraben. Drei Jahre hatte er alles getan, um unsere Felder zu entwässern, und wir hätten ihm dankbar sein müssen, nur hatte er die Arbeit leider so nachlässig ausgeführt und außerdem war der Boden schon so erodiert, dass die Kanäle innerhalb weniger Jahre wieder einstürzten. Die Kinder spielten in ihnen, die Ratten vermehrten sich darin, die Leute fielen hinein und prügelten sich in ihnen, sie setzten Aalreusen an den tiefsten Stellen aus, denn die Aale kamen aus dem Moor und schwammen in den Kanälen durch die Felder. Die Moorschweine tummelten sich darin, Frösche quakten. Habe ich übrigens erwähnt, dass die Leute auch hineinpissten und die Kadaver ihrer verendeten Hühner und Schweine in die Kanäle warfen?«

»Der alte Vater des Ältesten verliert sich in fernen Erinnerungen! Wir sind von der Pest bedroht, und ein boshafter Dieb hat Knuds Seele gestohlen und macht sich damit davon!«

»Wenn die Pest uns treffen sollte, wird der Seelendieb zweifellos zurückkehren, um auch unsere Seelen zu holen. Denkt im Übrigen mal daran, dass wir alle etwas so Kostbares wie eine Seele besitzen. Knud war ein Schwein, bösartig und nicht sehr gottesfürchtig, und trotzdem soll seine Seele so hübsch und strahlend sein, das ist doch ein ganz einzigartiger und fantastischer Gedanke!«

»Ja, ja, ja, aber wir müssen jetzt diesem Stier hinterher! Bevor es zu spät ist.«

»Halt!«, rief der alte Vater des Ältesten. »Halt, halt, halt. Hört, was ich zu sagen habe. Bei dem Ei handelt es sich nicht um Knuds Seele, denn sieben Jahre, nachdem all dies passiert ist – und jetzt werde ich versuchen, mich kurz zu fassen, entschuldigt, dass ich mich ständig verliere –, sieben Jahre nachdem der Schweinejunge bei Tora einzog, war die Kräutersammlerin nicht mehr so vorlaut und flink mit dem Mundwerk. Denn der Mann im Haus hatte sich nicht nur als fauler Bursche mit einem aufsässigen Charakter erwiesen, der sich nur mit Müh und Not herumkommandieren ließ. Auch seine Männlichkeit war vollkommen kraftlos, und statt Glück und Wohlstand folgten nur viele kinderlose Jahre mit einer Menge Sorgen, was die Zukunft anging. Gleichzeitig hinterließ das Alter allmählich seine Spuren an der ehedem so energischen Kräutersammlerin. Ihr Rücken musste sich der Schwerkraft beugen und wurde nach und nach krumm wie ein Mühlrad, ihre Haut wurde runzlig und zäh wie Leder, die weißen Wolken des Alters senkten sich über die Hornhaut ihrer Augen und legten eine trübe Barriere zwischen sie und die Welt. Die Fruchtbarkeit ihrer Tochter versuchte sie mit verschiedenen Kräutern zu fördern, und als das nichts half, weil ihrem Zauber schlicht menschliche Grenzen gesetzt waren, ging sie mit der Zeit zu eher vulgären Methoden über. Bei besonders festlichen Gelegenheiten stiftete sie Tora an, besonders viel Bier zu trinken, und forderte sie auf, nicht nur mit ihrem Ehemann, sondern auch mit anderen Männern zu tanzen; und sie schickte sie zum Kräutersammeln in den sommerhellen Wald und bat sie, Wasser von einer der vielen kraftvollen Quellen zu holen, die ihren Ursprung nördlich der sumpfigen Roggenfelder und Wiesen haben. Der Schweinejunge, der sich nun einen richtigen Bart hatte wachsen lassen, wusste nichts davon und hatte sich derweil mit der Maulwurfsbekämpfung zu beschäftigen, aber keine ihrer Anstrengungen führte zum erwünschten Resultat.

Bekanntlich ist Kinderlosigkeit ein rein weibliches Problem, deren Ursache ein Fehler im weiblichen Unterleib ist; ein Fehler, der letzten Endes selbstverständlich nur ein Ausdruck des Willens des Herrn ist, während der Mann niemals direkt mit Kinderlosigkeit gestraft wird. Soll ein Mann bestraft werden, schickt der Herr seinen Fluch über die Ehefrau des Manns, aber die Alte benahm sich, als sei mit dem Schweinejungen etwas nicht in Ordnung. Indem sie ihn verdächtigte, verdächtigte sie nicht nur sämtliche Männer, sondern auch das Schöpfungswerk des Herrn insgesamt, und eines Tages besaß sie sogar die Frechheit, sich an mich zu wenden, um mich in ihren Sumpf der Verwerfungen hineinzuziehen. Sie fragte, ob ich ihr einen Topf Salbe holen könnte, der in ihrer Hütte über der Feuerstelle hing; die Salbe hätte sie frisch angerührt, sie sei aber nicht mehr glühend heiß, sondern könne direkt auf die Haut geschmiert werden.

›Aber nimm die Hintertür‹, sagte sie.

Die Hintertür war keine richtige Tür, sondern eine Öffnung in der Rückwand, bei der ein Brett beiseitegeschoben wurde, um das Vieh in der kalten Jahreszeit ins Haus zu lassen.

›Meine Beine sind so schwach‹, jammerte sie. ›Und der Nichtsnutz dort ist ein fauler Kerl.‹ Sie wies mit dem Kopf auf den Schweinejungen mit dem aufsässigen Lächeln, der in seinem Bierfass lag. Das Fass nutzte er nun als eine Art Schutzhütte, wenn er auf dem Feld arbeitete. ›Was sollen wir armen Frauen nur tun? Eines Tages tritt er in einen Maulwurfshügel und bricht sich den Knöchel, und dann steht es wirklich ernst um uns.‹

Ich selbst war zu dieser Zeit verheiratet, der Herr hatte mir bereits vier lebenstüchtige Kinder geschenkt. Die wehleidige Stimme der Alten und die unangenehme Situation schreckten mich ab und beunruhigten mich. Nun wurden die Hintertüren der Häuser im Dorf nicht nur als Stalltüren genutzt. Wenn der Priester aus Pederup in regelmäßigen Abständen nach Nielsstrup kam und uns mit monotoner Stimme beschimpfte, weil wir nicht zum Gottesdienst in Pederup erschienen, dann war die Hintertür eines der meistbenutzten Bilder für die Sünde. Häufig schlich die Sünde sich durch die Hintertür in das menschliche Leben, wir sollten sie deshalb mit Kitt verschmieren und unsere Häuser in Übereinstimmung mit den Verfügungen des Herrn bauen. Hintertüren wurden nicht nur von Schweinen, Kühen, Ziegen, Hühnern und Schafen genutzt, sondern auch Windgeister, Wichtel, Winselmütter, Trolle, Elben und Berggeister schlichen durch die Hintertür, wo fromme Christen schliefen, und verdarben ihre Seelen. Außerdem wurden die Hintertüren – das dürfen wir nicht vergessen – von untreuen Ehemännern, geilen Witwen und Lümmeln auf der Jagd nach einem raschen Liebesabenteuer genutzt. Hinter den

Stalltüren warteten untreue Weiber auf ihre heimlichen Liebhaber, hier herrschte allgemeine Zügellosigkeit, hier wurden kinderlose Paare mit Kindern gesegnet. Und nun stand die Alte vor mir und flehte mich an, diesen verdorbenen Eingang zu benutzen, ihre Bitten prallten jedoch glücklicherweise an mir ab.

›Hol sie dir selbst, Alte‹, antwortete ich.

›Tora schläft‹, fuhr sie fort. ›Es ist nicht schlimm, wenn sie ein wenig gestört wird, wenn du verstehst, was ich meine. Ja, du machst das schon, lieber Freund. Frag, ob sie erst ein wenig Salbe möchte. Du kannst ihr die Schultern oder die Schenkel einschmieren, das liegt ganz bei dir, du kannst die Salbe auch selbst ausprobieren oder sie bitten, dich ein wenig einzureiben. Na, nun aber ab mit dir. Sieh zu, dass du die Beine in die Hand nimmst, fauler Kerl.‹

Auf ihren Befehl hin ging ich zu Toras Hütte. Es war zehn Jahre her, seit ich in den fernen Winternächten meiner späten Kindheit dort gewesen war. Mir zitterten die Knie, meine Handflächen schwitzten, mein Herz klopfte, und ich will nicht verhehlen, dass eine gewisse Erregung meinen Körper durchfuhr, als ich an der Viehrampe des Hintereingangs stand, obwohl ich mir gewünscht hätte, tatsächlich so kühl und wohlbedacht zu sein, wie ich der Alten gegenüber getan hatte. Die Kräutersammlerin behielt den Schweinejungen im Auge. Er war aufs Feld gegangen, um Fallen in die Maulwurfshügel zu stecken, die im Laufe der Nacht aufgeworfen worden waren; an seinen langsamen Bewegungen sah ich, dass er keine Lust dazu hatte. Die Alte rief ihm zu, er solle sich nicht zu Hause blicken lassen, bevor nicht alle Maulwurfshügel verschwunden seien. Ihre Art, mit ihm zu reden, hatte etwas Unpassendes – er ist doch trotz allem der Herr im Haus, dachte ich, er muss sich doch nicht so von seiner buckligen Schwiegermutter herumkommandieren lassen. Dann drehte die Alte sich um und ging, auf einen Stock aus Moorweide gestützt, auf das Haus zu, und plötzlich wurde mir klar, dass sie während meines Besuchs im Haus sein wollte. Nun gut, sie war halb blind und halb taub, und doch ekelte mich der Gedanke ein wenig. Ich hörte, wie die Vordertür aufging. Die Alte war bereits im Haus, jetzt wurde der Riegel vorgelegt, der Schweinejunge würde nicht hineinkommen, es sei denn, er benutzte den Hintereingang. Lange stand ich zögernd dort vor der dreckigen Stalltür, als ich plötzlich vom Waldrand her ein leises Rumpeln hörte, als würde ein Gewitter aufziehen, und als ich mich auf die Zehenspitzen stellte, um besser sehen zu können, tauchten Fragmente einer übernatürlichen Welt am Waldrand auf und sammelten sich zu einem Traumgesicht. Es war wie eine himmlische Offenbarung. Neun Sagenkönige galoppierten über das Feld. Ihre Hellebarden glitzerten im Sonnenlicht, die Brünnen blitzten in mächtigen Explosionen aus Gold und Emaille. Ganz vorn sprang ein kleiner Hirsch, und mir ging durch den Kopf, dass es verboten war, im Wald zu jagen. Das Wild gehörte dem König. Wir anderen mussten uns mit Pilzen und Eicheln zufriedengeben, obwohl uns eigentlich auch die Eicheln nicht gehörten. Fest verwurzelt wie eine uralte Eiche stand ich da und sah, wie die Sagenkönige direkt auf den Schweinejungen zuritten. Der Hirsch war verschwunden, nun jagten sie den Schweinejungen. Wenige Ellen vor ihm änderte der Erste der Galoppierenden plötzlich die Richtung, um einen frontalen Zusammenstoß zu vermeiden. Die anderen folgten, nur der Letzte flog vom Pferd und landete mit dem Kopf zuerst vor den Füßen des staunenden Schweinejungen. Rasch schlüpfte ich durch die Stalltür und stand in der pechschwarzen Dunkelheit zusammen mit einer Schar Hühner und einigen Ziegen, die mich in die Arme bissen. Ich merkte, dass die Alte zu mir kam, konnte aber noch immer nichts sehen. Sie zog mich mit sich.

›Du siehst erschöpft aus, leg dich am Feuer ins Bett …‹, schwatzte sie, ›dort wartet jemand auf dich, der sehr lange gewartet hat, erst in der Dunkelheit der Winternächte, dann in den mondhellen Sommerwäldern …‹

Verwirrt über das merkwürdige Traumgesicht, das ich gerade gehabt hatte, ließ ich mich ans Bett führen. Toras Gesicht glühte leicht im Schein des Feuers, nur konnten leider weder die Salben, noch der Duft von Anis, der schwache Geruch nach gekochtem Hasenherz oder der Anblick einer entblößten Brust die traurige Tatsache verbergen, dass dieses Arrangement weder etwas mit Sehnsucht noch mit Lust zu tun hatte. Sie sah mich nicht mit dem hingebungsvollen Blick an, von dem ich jahrelang geträumt hatte. Das Ganze war lediglich eine Pflichtübung, die sie der Familie schuldete, daher lag sie jetzt mit entblößtem Busen im Bett, in ein Werkzeug verwandelt durch den Willen einer anderen – doch wer ist, wenn es darauf ankommt, nicht das Werkzeug eines fremden Willens? Letzten Endes sind wir doch alle Werkzeuge für den Willen des Herrn, sowohl des weltlichen auf dem Gutshof wie des ewigen im Himmelreich – es ist ein durchaus menschliches Verhalten, beharrlichen Willen aller Art nachzugeben: dem Willen des Priesters oder des Gutsherren, des Todes und der Pest, des Verwalters, des Steuereintreibers, des Ehemanns, des Vaters, na ja, ihr wisst, was ich meine. Während ich dort am Bett stand, spürte ich, wie mein Wille sich als eine Lust regte, mich für die Kränkungen zu rächen, die einem fast erwachsenen Kind zugefügt worden waren. Ich hatte es ertragen müssen, an der Grenze zum erwachsenen Leben verschmäht und von diesem Mädchen und ihrem dummen Schweinejungen lächerlich gemacht zu werden; nun wollte ich die Dinge ein für alle Mal ins Lot bringen. Ich war mir durchaus bewusst, dass ich auch anders hätte handeln können: Ich hätte wieder in die Fantasiewelt meiner Kindheit eintreten können, oder – und so hätten es wohl die meisten in meiner Situation getan – barmherzig sein können, indem ich das Mädchen befruchtete und gleichzeitig ein wenig Amüsement aus der Situation zog. Möglicherweise hätte ich sogar eine feste Absprache mit ihr treffen können, bis sie schwanger war. Nichts wäre naheliegender gewesen, aber es ging noch um etwas anderes, um eine eher teuflische Vereinigung von Lust und Macht in einem Willen, dem ich nicht Herr werden konnte. Er wuchs in meiner Hose und stieg in meinen Kopf wie der Saft in eine grüne Birke im Frühjahr. Ich stellte mich dicht neben sie, damit sie meine Erregung sehen konnte. Sie wandte den Blick ab. Ihre Brust glänzte von der Salbe der Alten. Die Zöpfe ihres Haares lagen wie ein Kranz um ihren Kopf und waren mit ein paar Kamillenblüten geschmückt. Ich zog die Hose herunter und wedelte mit meiner Männlichkeit vor der Nase des Mädchens, aber sie verschwand gleichsam in der Dunkelheit, ihre Augen waren abwesend und flackerten. Ich trat so nah an sie heran, dass sie es nicht vermeiden konnte, ihn zu sehen.

›Herrgott‹, flüsterte die Alte aus einer Ecke in der Dunkelheit, ›nun mach schon, Mann, wozu soll das denn gut sein?‹

›Sei still.‹

›Nun tu uns schon den Gefallen, mein Lieber.‹

So bedauernswert die Kräutersammlerin auch war, so

nährten die meisten doch eine gewisse Furcht vor ihr und behandelten sie mit einem zurückhaltenden Respekt, in diesem Augenblick war es mir jedoch vollkommen egal. Ich war ein Junge, der mit seinen Vorzügen prahlte. Ich gab meinem eigenen beharrlichen Willen nach. Ich hatte etwas, das sie nicht hatten. Etwas, wovon beide träumten.

›Wenn sie wie ein Vieh befruchtet werden soll, muss sie sich auch anstellen wie ein Stück Vieh.‹

Die Alte hustete in der Dunkelheit. ›Quatsch!‹

›Sonst gehe ich wieder.‹

›Hmmmfff.‹

Das Mädchen drehte sich im Bettstroh um. Das dünne flachsleinene Laken fiel ins Heu, ihr weißes Hinterteil hob sich und kam näher, die Backen waren herzförmig. Ich legte eine Hand auf jede Hinterbacke und teilte sie. Das Mädchen stieß einen wimmernden Laut aus, ich fand die Lippen und zog sie ebenfalls auseinander, nun jammerte sie erst recht.

›Höher‹, kommandierte ich.

Ihr Hinterteil hob sich weiter, die Vertiefung der Wirbelsäule senkte sich. Einen Moment lang wünschte ich mir brennend, der Schweinejunge käme jetzt herein und sähe mich. Ich wünschte, alle könnten mich sehen, daher ließ ich sie eine Weile warten, verletzlich und entblößt vor meiner männlichen Kraft.

›Hör mal …‹, meckerte die Alte aus ihrer Ecke in der Dunkelheit. ›Zum Teufel, komm endlich zur Sache.‹

Erst in dem Moment, als das Mädchen den Kopf drehte und mir zum ersten Mal in die Augen sah, stieß ich zu und rammte in einer einzigen Bewegung meine Männlichkeit, so tief ich konnte, in sie hinein.

Sie heulte auf, und bei diesem Geräusch explodierte ich in

einem so heftigen Gewitter, dass es in meinen Ohren dröhnte. Ich zog mich sofort zurück, das Mädchen sank stumm ins Bett und zog das flachsleinene Laken über sich. Sie sah mich nicht an, doch merkwürdigerweise hielt das Dröhnen an. Der Lärm kam von der Tür. Es bebte und krachte, als ob das ganze Haus zusammenfallen würde, dann sammelte sich die Welt wieder vor meinen Augen, und mir fiel das eigenartige Traumgesicht wieder ein, das ich gehabt hatte …«

»Wenn der alte Vater des Ältesten uns entschuldigen würde, aber ehrlich gesagt befinden wir uns in einer heiklen Situation. Ein Seelendieb auf einem Ochsenkarren ist auf der Flucht aus Nielsstrup, begleitet von einer unnatürlichen Menge an Tieren. Und statt uns in einer kritischen Situation wie dieser zu führen und zu beraten, liegt er auf seiner von Würmern zerfressenen Holztür und erzählt uns Liebesabenteuer. Wenn das die Art des Hirten ist, seine Herde zu führen, müssen wir uns wohl nach einem neuen Hirten umsehen. Außerdem scheint mir seine Schäferstündchengeschichte ein bisschen zu … ja, Entschuldigung … derb und grobkörnig zu sein.«

Einer der Türträger setzte die Tür ab, sodass der alte Vater des Ältesten mit dem Kopf zuerst auf dem Boden rutschte.

»Hilfe!«

»Sag mal, spinnst du? Der Alte bricht sich den Hals!«

»Ach was, warum geht er nicht so wie wir anderen auch? Er ist doch nicht krank oder so.«

»Er ist *alt*, du Trottel.«

»Aber nicht zu alt, um uns anzügliche Geschichten zu erzählen.«

»Ja, was gehen uns seine Schäferstündchen an?«

»Seid still!«

Der alte Vater des Ältesten richtete sich auf.

»Seht doch.«

»Er kann es durchaus.«

»Gebt dem armen Mann einen Stock.«

Er bekam einen Knüppel, auf den er sich stützen konnte, und blickte mürrisch in die Runde.

»Ihr habt doch alle schon mal von Thord Maulwurfsfänger gehört? *Thord, der Maulwurfsfänger, der brachte einen Ritter zu Fall*? Dieses Lied kennt ihr doch? Das war er.«

»Was?«

»Du lügst doch.«

»Er hat den Ritter des Königs gefangen?«

»Der Schweinejunge ist … *der Maulwurfsfänger*?«

»Also, wenn ihr mich fragt, habe ich da doch erhebliche Zweifel«, erklärte der Bauer Niels Ysted.

»Du bist ja auch immer so misstrauisch.«

»Bin ich nicht.«

»Du glaubst, alle lügen, aber das liegt nur daran, dass du selbst so ein großer Lügner bist.«

»Was sagst du da? Würdest du das bitte wiederholen?«

»Seid jetzt ruhig und hört zu! Der alte Vater des Ältesten wird seine Geschichte KURZGEFASST beenden und uns erzählen, was wir tun sollen. Seid ruhig, spitzt die Ohren und haltet die Klappe. Und ihr beiden beruhigt euch wieder, wir brauchen nicht noch mehr Ärger. Schon in wenigen Augenblicken wird die Weisheit der Erfahrung uns alle erleuchten …«

»Die Alte schob den Riegel zurück, und nach einer kurzen Verhandlung mit einer unbekannten Stimme an der Tür trat ein Riese ein. Er war so gewaltig, dass ich die Viehrampe hinunter floh, in die entfernteste Ecke der Hütte. Ich warf mich auf den Boden, verbarg mein Gesicht in den Händen und glaubte, mein letztes Stündlein habe geschlagen. Alles drehte sich, als er sich neben Tora aufs Bett setzte und seine Brünne abstreifte, und als sie anfingen, im Bett zu rumoren, wurde mir schwarz vor Augen. Die Angst vor dem König muss mir das Licht aus dem Kopf gesogen haben, denn alles wurde dunkel, und erst, als die Dunkelheit sich über die wirkliche Welt gesenkt hatte und der Sagenkönig verschwunden war, kam ich endlich wieder zu mir. Ich lag unter einem urinierenden Schaf. Lautlos krabbelte ich aus dem Stall, beschmiert mit Kuhfladen und Pisse.«

»Und was ist dann passiert?«

»Nachdem der Mond neun Mal fett geworden war, kam Tora mit einem Jungen nieder. Es war der Sohn des Sagenkönigs. Er brachte ein goldenes Ei mit. Das habe ich jedenfalls gehört ...«

»Er brachte ein *Ei* mit? Was meint der alte Vater des Ältesten damit?«

»Wenige Jahre später ging der Maulwurfsfänger klapperdürr von Haus zu Haus und versuchte, einen Bissen Brot zu erbetteln. Seine Wangenknochen stachen hervor, seine Muskeln waren verschwunden, er humpelte und bettelte so erbärmlich um ein bisschen Essen für ihren hungrigen Jungen, aber wir anderen waren ebenso hungrig. Dann zog er mit dem Heer der Hungernden fort, und mit ihm gingen viele andere aus dem Dorf. Seither hat ihn niemand mehr gesehen. Aber es gab ein Gerücht, dass das Ei ... eingegraben sei.«

Die Zuhörer waren einen kurzen Moment ganz still.

»Und das Licht der Erfahrung?«, fragte einer.

»Die Ratschläge?«

»Die genaue Moral von der Geschichte … die endgültige Schlussfolgerung … der exakte Plan, was wir tun sollen?«

Der alte Vater des Ältesten öffnete langsam den Mund und brüllte, so laut er konnte: »Wir müssen den Dieb FANGEN! Das Ei gehört dem Dorf! Es hat ein Menschenalter in unserem Boden gelegen. Es ist *unser* Ei und *unsere* Geschichte, niemand hat daherzukommen und *unsere* Geschichte zu stehlen!«

Nun begannen die Bauern zu laufen. Königs Schweinsteig war der Jüngste und Schnellste. Er schwang seine Heugabel und schrie: »Haltet den Dieb! Haltet den Dieb! Haltet den Dieb!«

Er rannte über Stock und Stein, während die anderen zurückblieben, und als der Weg eine Kurve beschrieb, lief er an ein paar gekappten Weiden vorbei, von denen die Leute sich seit Generationen frische Triebe abschnitten. Unten am Stamm waren die Weiden zusammengewachsen, ein schwarzes Schwein steckte dort seine Schnauze heraus. Beim Anblick von Königs Schweinsteig stieß es ein lautes Grunzen aus und folgte ihm. Königs Schweinsteig bemerkte es kaum. Er hatte das Ei entdeckt und das Dorf gewarnt, nun wollte er den Dieb auch fangen. Wenn es ihm gelang, würden die Leute vielleicht aufhören, über ihn zu lachen und ihn mit herablassenden Kommentaren zu bedenken, wenn er die Schweine hütete.

Vor vielen Jahren hatte er einmal in Tælleby gesehen, wie man mit Dieben verfuhr. Noch viele Monate später hatte er Albträume gehabt und seither Angst, durch einen Zufall oder ein Unglück irgendetwas zu stehlen. In seinen Träumen wurde er entdeckt und an den Wagen des Verwalters gebunden nach Tælleby geschleppt, noch immer wachte er bisweilen in nassgeschwitztem Bettstroh auf. Nun wollte er selbst eine Diebin fangen. Noch vor allen anderen wollte er sie überwältigen und fesseln. Er wollte es allein schaffen, daher rannte er hastig weiter, und das schwarze Schwein lief ihm hinterher. Sie kamen an ein paar Ziegen vorbei, dann an einer Schar roter Hühner und einem mähenden Schaf, dann endlich sah er den Ochsenkarren, der den Weg verlassen hatte und halb verborgen an ein paar Nusssträuchern stand. Der weiße Stier hob den Kopf, als Königs Schweinsteig sich näherte. Die Diebin war nirgendwo zu sehen. Doch als er von der anderen Seite der Nusssträucher ein schwaches Stöhnen hörte, entdeckte er sie. Sie stützte sich mit beiden Händen an eine krumme Birke. Ihre Beine waren gespreizt. Der Kopf hing vornüber. Jetzt schrie sie laut auf. Königs Schweinsteig war verwirrt. Er müsste sie jetzt eigentlich überwältigen und fesseln. Dann würde er sie auf den Weg schleppen und auf die anderen Dorfbewohner warten. Vielleicht müsste er sich auf sie setzen, um zu verhindern, dass sie entkam, oder sollte er einen Fuß auf ihren Rücken stellen und mit übergeschlagenen Armen lächelnd dastehen? Angesichts dieser Szenerie zögerte er jedoch. Er ging langsamer, und als er nur noch drei Schritte von ihr entfernt war, blieb er ganz stehen. Sie sah nicht aus wie ein Dieb. Zumindest ähnelte sie nicht den beiden Dieben, deren Hinrichtung er in Tælleby verfolgt hatte. Aber sie könnte eine nachlässige Diebin sein. Er hatte ja gesehen, wie sie das Ei ausgrub und in ihrer Schürze verbarg, aber vielleicht hatte sie geglaubt, es gehöre niemandem; möglicherweise war sie sogar der Ansicht, es sei ihr Ei. Außerdem konnte man ein Mädchen in ihrem Zustand doch nicht wie ein Schwein fesseln, auf den Weg schleppen und sich auf sie setzen.

Nun sank das Mädchen zu Boden und blieb dort liegen, sie zuckte und atmete in unregelmäßigen Stößen.

Königs Schweinsteig rang nervös die Hände und trat ein paar Schritte zurück, er stieß gegen das schwarze Schwein, das ihm auf dem Fuß gefolgt war, und stolperte.

Da bemerkte ihn das Mädchen. Sie hatte rote Flecken im Gesicht. Die Schweißtropfen schmolzen zusammen und liefen ihr über das Gesicht und den Hals.

»Was glotzt du denn so?«, stöhnte sie böse.

»Äh«, erwiderte Königs Schweinsteig.

»Wer bist du?«

»Königs Schweinsteig.«

»*Schweinsteig*?«

»Ja, ich bringe die Schweine zu den Eicheln im Wald. Der Wald gehört dem König. Also bin ich sozusagen derjenige, der sie zum Fressen auf den Weg bringt … wenn du verstehst.«

Der Blick des Mädchens war fern. Sie hörte nicht richtig zu.

»Ich kann das richtig gut«, fügte Königs Schweinsteig hinzu. »Obwohl ich das mit dem Namen auch nicht so ganz verstehe.«

»Ah ja.«

»Ich könnte auch deine Schweine mitnehmen, wenn du willst. Kein Problem.«

Die Andeutung eines Lächelns glitt über die Lippen des Mädchens: »Du heißt wahrscheinlich Schweinesteig des Königs anstelle von … Idiot.«

Sie sah nicht aus wie jemand, den er schon einmal in Nielsstrup gesehen hatte. Sie sah auch nicht aus wie jemand, den er irgendwo anders schon einmal gesehen hatte, allerdings war er auch nicht sonderlich weit herumgekommen. Zwei Mal in seinem Leben war er in Tælleby gewesen, und einmal hatte sein Vater ihn im Sommer zum Fjord mitgenommen, dort hatte er das salzige Meer zum ersten und einzigen Mal gesehen. Sie waren zwei Tage unterwegs gewesen und hatten einen Sack Korn dabei gehabt, den sie gegen Salz aus einer Siederei tauschten, dann hatten sie einen ganzen Tag Muscheln gepflückt und in einem großen Topf gekocht, den sie sich von einer der Salzsiederinnen geliehen hatten. Sie hatten die Muscheln gesalzen und zurück nach Nielsstrup gebracht. Es war harte Arbeit gewesen. Außerdem hatte er bei der Ernte auf dem Gutshof geholfen und natürlich den Gottesdienst in Pederup besucht. Sonst war er allerdings nirgendwo gewesen.

»Warum hast du das Ei gestohlen?«, fragte er.

»Was für ein Ei?«

»Ich habe es genau gesehen. Du hast es in deine Schürze gelegt. Mir kannst du nichts verheimlichen.«

»Was redest du für einen Unfug«, fauchte das Mädchen und kam auf die Beine. Königs Schweinsteig stand ebenfalls auf. »Das Ei gehört unserem Dorf. Das hat der alte Vater des Ältesten gerade gesagt.«

»Es gehört MIR!« Sie wankte zu den Nusssträuchern. »Verschwinde!«

Er folgte ihr und wollte sie packen, als sie sich plötzlich mit einem wilden Blick umdrehte und mit dem Finger auf ihn zeigte. »Ich bin krank!«, schrie sie. »Du wirst krank, wenn du mich anfasst! Dann bist du selbst schuld!«

»Glaub ich nicht.«

»Hau ab!«

»Nichts da.«

»Du stirbst.«

»Und was dann?«

»Du wirst in einen Stein verwandelt!«

»Und was dann?«

»Ich schmeiße den Stein in ein Wasserloch, damit du ertrinkst!«

Das Mädchen sammelte einen Knüppel vom Waldboden auf und hob ihn drohend in die Luft. Königs Schweinsteig trat einen Schritt zurück.

»Der schnelle Tod kann von meiner Hand auf den Knüppel überspringen, so viel wirst du doch wissen, oder? Du stirbst, wenn du ihn berührst. Dein Gesicht verwandelt sich in die Schnauze einer kranken Ratte. Dir wird hinten ein Schwanz wachsen.«

Königs Schweinsteig lächelte unsicher.

»Und *was* dann?«

»Ich hacke der Ratte den Schwanz ab. Mit dem Blut fließt dann deine Seele heraus und versickert in der Erde. Bis auf den Grund.«

»Ist mir doch egal.«

»Deine Augen werden von Schnecken gefressen, Würmer kriechen in deine Ohren und fressen die hässlichen Gedanken, die du im Kopf hast, deine dummen Schweine verwandeln sich in flügellose Maikäfer, der schnelle Tod frisst deinen erbärmlichen Leib …«, leierte sie grimmig herunter.

»Ha!« Königs Schweinsteig kam näher.

»Warte, warte!« Sie streckte die Hände aus, um zu verhindern, dass er näher kam. »Ich habe Staub von sagenhaften Steinen in den Taschen und in den Amuletten am Hals, weil ich den Heiligen Stein und den Zauberstein besucht habe, und ich habe alles eingesammelt, was glaubst du, warum ich sonst so herumreisen könnte, ich, als Mädchen, allein? Bist du dumm, Schweinsteig? Monatelang allein als Mädchen, ich habe Steinstaub mit Verwünschungen und Warzen, dem schnellen Tod, Verstümmelung und Geisteskrankheit ...«

Das Lächeln auf Königs Schweinsteig Gesicht verschwand.

»Selbstverständlich habe ich auch gute Dinge, aber oft genügt das Gute allein nicht, besondere Fälle wie deiner zum Beispiel müssen mit dem Bösen bekämpft werden. Deshalb raspele ich immer das Böse von den Heiligen Steinen, alles Schlechte, das sich dort angesammelt hat, um es den Scheißkerlen und Strauchdieben in die Fresse zu werfen, die in den Wäldern hausen und plötzlich herausstürmen, um mich zu überfallen. Also verschwinde und lass mich in Ruhe, geh nach Hause in dein dummes Dorf, oder ich schmeiße dir einen Beutel Warzen an den Kopf.«

»Das kann ich nicht«, stammelte Königs Schweinsteig.

»Und warum nicht?«

»Das ganze Dorf kommt doch angelaufen ... dort!«

»Gib uns das Ei!«, schrien die aufgebrachten Leute.

»Diebin!«

»Abschaum!«

Sie waren mit Knüppeln und Heugabeln bewaffnet. Alle waren zerlumpt, zerfetzt, blass, ungewaschen und klapperdürr.

»Ungeheuer.«

Möglicherweise sah Freja tatsächlich nicht aus wie eine Diebin, und doch war sie auf ihrem Weg aus den Hansestädten nach Fünen in unzählige Häuser eingebrochen. Sie hatte Schubläden und Schränke, Vorratsräume und Speisekammern durchwühlt, sie hatte mitgenommen, was die Toten nicht länger brauchten, unter anderem mehrere Kisten mit

Kleidern, Schuhen, Fellen, Werkzeugen, Töpfen und Pfannen, Handschuhen, Stoffen, perlenbestickten Schmuckbändern, Schalen, Tonkrügen und Gläsern. Abgesehen von dem Ochsenkarren, den sie gleich zu Beginn ihrer Reise gestohlen hatte, hatte sie auch Mehl und Korn, Geräuchertes, sieben Fässer Bier, Öl, Decken, gehäkelte Matten und eine Menge lebendiger Tiere mitgehen lassen. Zwei Drittel der Tiere hatte sie unterwegs gegessen, der Rest stand nun um den Ochsenkarren. Außerdem besaß sie die Amulette mit dem Staub der Heiligen Steine. Als sie ein kleines Mädchen war, hatte Großmutter Tora immer den Staub von den Steinen gekratzt. Von ihr hatte sie gelernt, wie man mit dem Eisenmesser quer zu den Adern arbeitete. Wenn ihre Großmutter hinterher das Abgekratzte in einem kleinen Lederbeutel sammelte, hatte Freja ihr immer aufmerksam zugesehen. Waren viele Menschen in der Nähe oder befanden sich die Heiligen Steine zum Beispiel in einer Kirche und dienten als Fundament oder Altarsteine, wie es oft der Fall war, denn die Kirche schnappte sich immer die besten Steine, musste es so diskret wie möglich geschehen. War man hingegen ganz allein, konnte man versuchen, große Stücke mit einem Meißel herauszuhacken. Nur durfte man keine Löcher in Ecksteine meißeln, denn dann wurde die Magie aus dem Stein gespült wie Wasser aus einem zersprungenen Gefäß – und der Stein würde sich hinterher rächen. Das hatte Tora ihr erzählt. Einzelne unverfrorene Priester versuchten manchmal, den Kräften der Natur zu Leibe zu rücken, indem sie mit einem Silbermeißel ein Loch in einen Eckstein schlugen; ihr Übermut nahm in der Regel allerdings ein böses Ende: Ein Gerüst stürzte ein, bei den Bauarbeiten kam es zu Unfällen, die Zeichnungen der Pläne verschwanden oder vergilbten.

Freja hörte ihrer Großmutter aufmerksam zu und prägte sich ihre Worte genau ein: *Es ist streng verboten, Ecksteine zu zerschlagen.* Eigentlich war es auch streng verboten, Steinstaub abzuschaben oder kleine Steinstückchen mit dem mitgebrachten Meißel herauszuschlagen, aber das Wesen des Steins sah diese Form des Diebstahls mit milderen Augen, wenn man ihm gleichzeitig ein Bieropfer darbrachte oder einem Huhn die Kehle durchschnitt und den Fuß des Steins mit dessen Blut bespritzte. Hinterher konnte man besonders viel Steinstaub abschaben oder besonders hart mit dem mitgebrachten Meißel zuschlagen, sodass große Stücke mit besonders starkem Zauber aus dem Stein fielen. Wohlhabende Menschen oder Menschen mit außerordentlich großen Problemen opferten auch kostbare Gegenstände aus Silber und Glas – oft pressten sie sie so tief wie möglich in die Ritzen und Spalten des Steins. Auf diese Weise wurde der Zauber des Steins nicht nur enorm reich, es kam auch zu seltsamen Prozessen in den Spalten. Kupfer färbte den Stein giftgrün, Silber färbte ihn schwarz, und die Kostbarkeiten verwandelten sich von gemeiner Handelsware zu Trägern von eigenartigen Krankheiten, Unglücken und Flüchen. Eine Frau, die sich nichts mehr wünschte, als ihre fünf Warzen loszuwerden – eine davon ziemlich groß und direkt auf der Oberlippe, sodass die Männer ihr nicht länger begehrliche Blicke hinterherwarfen –, presste zum Beispiel ein Viertel einer Silbermünze in eine der tiefsten Ritzen eines Warzensteins, und tatsächlich verschwanden die Warzen im Laufe der nächsten paar Monate, samt einer Warze ihrer Schwester und dreier Warzen ihrer alten Mutter, die zu schwach war, um selbst die lange und beschwerliche Reise durch den unwegsamen Wald zum Warzenstein zu unternehmen. Stahl man hingegen das

Silber aus dem Stein, würde der Zauber den Betreffenden mit all den Warzen bestrafen, die er bei den anderen Menschen kuriert hatte. Man musste daher darauf achten, das Silber selbst nicht zu berühren. Wichtig war, immer eine dünne Lage Stoff zwischen dem Silber und seinen Fingern zu haben, das Silber immer sorgfältig in einem Lederamulett zu verwahren und gleichzeitig daran zu denken, dem Stein besonders freigiebig Geschenke darzubringen, wenn man sich an seinem Silber vergriff. Freja konnte sich noch immer an die Namen der vielen Steine erinnern, denen ihre Familie geopfert hatte. Leider hatte sie die Amulette und Lederbeutel mit Steinstaub und Abgekratztem in der Hansestadt zurücklassen müssen, als sie aus Lübeck floh, daher hatte sie auf dem Weg nach Nielsstrup mit einer eigenen Sammlung begonnen. Einer Sammlung, die weitaus bescheidener war, als sie den aufdringlichen Jungen mit dem schwachsinnigen Namen ahnen ließ, aber es zeigte sich doch so etwas wie Furcht in seinem Gesicht, als sie anfing, von den Heiligen Steinen zu reden, und natürlich ließ sie ihn in dem Glauben.

Einst, vor langer Zeit, hatten die Giganten des Altertums auf Höhenzügen und Hünengräbern gestanden und sich mit großen Steinen beworfen. Manchmal aus Spaß und ab und an, weil sie sich erbittert um banale Dinge stritten: Einer hatte die Geliebte eines anderen gestohlen, einer hatte einem anderen ans Hosenbein gepinkelt, einer hatte einem anderen in den Hintern getreten, einer hatte schlecht über die alte Mutter eines anderen geredet. So lagen die Steine nun überall auf der Welt verstreut. Dazu kamen einige wenige Steine, die aus eigener Kraft übers Meer gekommen waren. Frejas Mutter hatte einmal gesehen, wie solch ein Stein übers Meer kam. Einzelne Steine waren durch die Kraft des Willens spontan entstanden, andere waren vor einem Menschenalter von unterirdischen Wesen aus der Erde gespuckt worden, bei den weitaus meisten aber handelte es sich um Wurfgeschosse der Giganten. Sie hießen Schwarzer Stein, Tanzender Stein, Schlafender Stein, Hundestein, Ameisenstein, Grauer Stein und Wetzstein des Teufels. Alle, auch die Priester und Mönche, wussten, dass die Steine magische Kräfte besaßen und der Diebstahl ihres Zaubers daher etwas ganz anderes war als gewöhnlicher Diebstahl. Gemeiner Diebstahl wurde körperlich bestraft, je nachdem, vor welches Gericht man gestellt wurde. Der Richter, der Vogt oder der zuständige Beamte konnten eine Strafe festlegen, die jedermann verstand: Hängen, Auspeitschen, öffentlicher Pranger, Fronarbeit auf einem Gut. Kam man hingegen vor das Gericht des Pöbels, wusste man nie, was passieren würde. Wie lange die Tritte und Schläge auf das wehrlose Opfer niederhageln würden. Ob der Zorn verraucht sein würde, bevor das Leben den Leib des Sünders durch den Mund verließ und in die himmlische Sphäre aufstieg, wo ihr Aufenthalt natürlich qualvoll kurz war – oder ob der Pöbel sich beim Anblick des hochschwangeren Leibs, ihrer ängstlichen Augen und dem ranzigen Geruch des Fruchtwassers, das aus ihrem Körper sickerte und ihr in die Stiefel lief, der Sünderin erbarmte.

Wie Königs Schweinsteig hatte Freja öffentliche Hinrichtungen erlebt, meist hatten die Verurteilten ihr Leben am Galgen lassen müssen. Aber sie hatte auch Leichenteile auf dem Rad und Köpfe auf Pfählen gesehen, zwei Mal war sie zugegen gewesen, als einem Mann der Kopf mit einem Beil abgeschlagen wurde. Es waren nur wohlhabende Herren mit guten Verbindungen, denen in der Stunde der Wahrheit die Barmherzigkeit eines Schlags mit dem Beil gewährt wurde, während weniger vornehme Wesen die Schmach erleiden mussten, vor den Augen Hunderter Neugieriger in die Hose zu scheißen und zu pissen. Und hinterher wurden sie so nachlässig auf dem Galgenberg begraben, dass ihre Arme und Beine von Hunden und Schweinen wieder ausgegraben wurden. Meist waren es Diebe gewesen. Sie hatten Dinge von weitaus weniger Wert gestohlen als ein Ei aus Gold. Der eine oder andere hatte lediglich ein Brot oder vielleicht auch zwei gestohlen. Einige waren unschuldig. Freja war nichts dergleichen. Sie hatte genau das gestohlen, was die Dorfbewohner ihr vorwarfen. Das und noch sehr viel mehr, wovon die Leute glücklicherweise nichts wussten. Auf der anderen Seite: Die Strafe für den Diebstahl eines Brotes war oft genug identisch mit der Strafe für den Diebstahl von mehreren Hundert Broten, warum sich also mit nur einem begnügen? Sie steckte die Hände in ihre Schürze und griff nach dem Ei. Vor ihrem inneren Auge zeichnete sich eine Karte all der Steine ab, die sie gesehen hatte, denen sie geopfert hatte, von denen sie etwas gestohlen hatte. Die Karte erstreckte sich von Nielsstrup bis nach Schleswig und Holstein im Süden. Sie versuchte, mit ihren Gedanken die Kraft der Steine zu mobilisieren. Sie wusste noch von einer anderen Karte, einer eher undeutlichen und ausufernden Karte, auf der Steine verzeichnet waren, die sie selbst nicht gesehen und denen sie nicht geopfert hatte. Steine, die in den großen Wäldern lagen, die sich nördlich von Nielsstrup ausdehnten, Steine am Meer, die in der Brandung standen und das Meer in Schach hielten, damit es nicht ins Land strömte und die Welt überschwemmte. Sie kannte auch deren Namen. Es gab den Hut des Berggeists, das Rote Pferd, den Inselstein, die Zwillinge, den Weiberstein, den Kinderfußstein.

Ein Stein flog durch die Luft, traf sie aber nicht. Sie dachte an den Soldaten mit den hübschen dunklen Augen, das letzte freundliche Wesen, dem sie begegnet war, sie dachte an den Grinsenden Mönch und den Albtraum von Lübeck, dem sie entflohen war – alles zog in ihrem Kopf vorbei. Sie umklammerte das Ei, während die Bewohner von Nielsstrup sich um sie drängten. Nun dachte sie an einen ganz bestimmten Stein. Den Kinderfußstein. Sie konnte ihn vor sich sehen. Es war ein Fruchtbarkeitsstein. Er hatte ein Loch von der Größe des Eies. Es war ein verrückter Gedanke in dieser gefährlichen Situation, aber sie wusste instinktiv, dass das Ei und der Kinderfußstein zusammenpassten.

Neun Männer, sieben Frauen und dreizehn Kinder hatten den schnellen Tod in Nielsstrup überlebt. Er hatte das Dorf zwei Mal heimgesucht, erntete beim ersten Mal mit harter und beim zweiten Mal mit etwas milderer Hand. Einen ganzen Winter waren sie in ihren Hütten geblieben und hatten miteinander so wenig Kontakt wie möglich gehabt. Jetzt hatten sie sich zum ersten Mal wieder versammelt.

Ein Mann trat aus der Menge und packte ihr Haar. Freja wollte sich losreißen und zischte weitere Verwünschungen: »Ich habe den schnellen Tod, ich habe Staub von Krankheitssteinen, deine Kinder werden vaterlos aufwachsen!«

Er versuchte, sie auf die Knie zu zwingen. Ein anderer Mann trat vor und schlug sie mit einem Knüppel in den Rücken. Ein Stein traf ihre Schulter, ein anderer streifte ihre Schläfe, ihr wurde schwarz vor Augen. Ihr Gesicht wurde auf den Boden gedrückt, die Knie gaben nach, sie brach zusammen und stieß einen Schrei aus. In diesem Moment hatte sie das Gefühl, als würde etwas platzen, und eine neue Welle Fruchtwasser spülte aus ihr heraus.

»Halt!«, rief der alte Vater des Ältesten.

»Was jetzt?«

»Wir haben keine Zeit für weitere Geschichten über deine Liebesabenteuer.«

»Sei ruhig. Der alte Vater des Ältesten will noch etwas sagen. Er hat noch mehr Lebensweisheit mit uns zu teilen.«

»Ach was!«

»Es gibt …« Der Alte atmete nach dem anstrengenden Lauf noch immer schwer, »gewisse Prozeduren … die man befolgen muss.«

»Welche?«

»Beweise … Geständnisse …« Er hustete. »Urteile …«

»Alle sehen doch, dass sie eine Diebin ist.«

»Ein einziger Zeuge reicht gewöhnlich«, fuhr der alte Vater des Ältesten fort, »vor allem, wenn der Zeuge verlässlich ist. In diesem Fall darf ich jedoch daran erinnern, dass der Zeuge Königs Schweinsteig ist, und dass es sich bei dem geraubten Gegenstand um ein Ei handelt, das niemand von uns gesehen hat, das aber, wie es heißt, fünfzig Jahre in der Erde versteckt war. Wir müssen uns zunächst das Ei ansehen.«

»Es ist mein Ei!«, schrie Freja und riss sich los.

»Dann zeig es uns.«

»Nichts da.«

»Sonst nehmen wir es uns selbst.«

Widerwillig zog sie es aus der Schürze: »Mein Name steht darauf. Seht selbst. Mein Großvater grub es für mich ein, mein Vater erzählte mir davon bei seiner Beichte.«

»Dein Vater …? Dein Großvater …?«

»Ja.«

»Heißt das …?«

Mit einem verlegenen Plumpsen fielen die Steine zu Boden,

die Knüppel wurden weggeworfen, die Heugabeln gesenkt, denn nun ließ es sich nicht länger ignorieren. Einzelne Männer hatten es bereits bemerkt, und den meisten Frauen war es längst klar gewesen: Aus dem Mädchen tropfte Fruchtwasser. Die Tür, auf der der alte Vater des Ältesten gelegen hatte, wurde geholt, und noch bevor die Sonne unterging, hatte Freja Zwillinge zur Welt gebracht. Eingewickelt in Flachsdecken erklang ihr Weinen gegen Abend in Knuds alter Hütte wie Musik für eine Sippe, die beinahe ausgestorben wäre.

Am folgenden Tag fand in Nielsstrup ein neues Ting statt. Auf dem Ting wurde beschlossen:

1. Freja sollte in Knuds alte Hütte ziehen.
2. Im Dorf war kein Fall von Diebstahl beobachtet worden.
3. Das »Objekt« galt nicht als gestohlen, sondern es war im übertragenen Sinn lediglich zu seinem rechtmäßigen Eigentümer zurückgekehrt. Soweit möglich, versuchte man, nicht mehr darüber zu reden.
4. Da das Mädchen nicht allein in Knuds Hütte wohnen konnte, die formal dem Gutsherrn gehörte, sollte Königs Schweinsteig bei ihr einziehen.
5. Da das Mädchen eine etwas aufsässige Natur zu haben schien, käme vermutlich nichts Gutes dabei heraus, würde man sie zwingen, das Bett mit Königs Schweinsteig zu teilen, es sei denn, sie wollte es. Er sollte daher vorläufig in einer Tonne schlafen, die ins Haus gestellt wurde.
6. Wie jedermann weiß, können Bierfässer bei einer Eheschließung hilfreich sein.

Großvater lag in seinem Gewächshaus auf der waagerechten Tür, nahm die Kassenbrille ab und versuchte, das Geplärre unserer Vorfahren in Knuds alter Hütte nachzuahmen, nachdem man die Leichen von Knud, seiner Frau und ihren drei Kindern herausgeschleppt, den Fußboden gewaschen und die Luft mit Wacholderrauch gereinigt hatte. Während seines Gebrülls warf Großvater die Bierflasche um und verlor seine Brille, und als ich mich bückte, um sie aufzusammeln, hatte ich plötzlich durchaus Verständnis für den Widerwillen meiner Mutter; ich verstand etwas besser, warum wir Großvater so gut wie nie sahen und warum sie abends manchmal den Telefonstecker herauszog, bevor wir zu Bett gingen. Er sollte nicht nachts anrufen, um uns merkwürdige Geschichten über den Anbeginn aller Dinge zu erzählen. Dann begann der Boden unter meinen Füßen zu beben, Großvaters Gesicht verschwamm und wurde undeutlich, alles um mich herum verschwand, und als ich wieder erwachte, lag ich mit dem Kopf in seinem Schoß. »Mach den Mund auf«, sagte er, »ja, so, ein bisschen weiter, so ist es gut.«

Einen kurzen Moment wusste ich nicht, ob ich gerade erst gekommen oder ob ich schon viele Male hier gewesen war, um all seine Geschichten zu hören. Er versuchte, irgendetwas Kaltes und Faseriges aus meinem Mund zu holen. Es musste sich um die Reste der Kröte handeln, die das Nachbarsmädchen und die großen Jungs mir vor meinem ersten Anfall im Moor in den Mund gestopft hatten, dachte ich.

Großvater steckte mir seine Finger tief in den Mund. Sie waren rau und schmeckten nach Erde und Tabak.

»Ist das die Kröte?«, näselte ich und unterdrückte den Drang, ihn zu beißen.

»Nein«, antwortete er. »Natürlich ist das nicht die Kröte, wovon redest du? Eine Kröte? Was soll der Unfug?«

»Grggh.«

»Es mag sein, dass das Ei ein Fruchtbarkeitsei ist«, erzählte Großvater weiter. »Es kann auch gut sein, dass darauf *Ich beschwöre dich, Freja* steht, aber was ist Fruchtbarkeit anderes als die Fähigkeit, in den Geschichten anderer weiterzuleben, ein beharrliches Festhalten am Leben, auch wenn du längst tot und verschwunden bist, was ist es anderes als ein aufdringlicher Gast, der sich weigert, nach Hause zu gehen? So, hier … jetzt haben wir's. Eine Kröte, Unsinn, so was habe ich ja noch nie gehört.«

Zwischen seinen Fingern baumelte eine faserige Wurstpelle, und mir fiel das Würstchen wieder ein, das er mir serviert hatte, bevor die Erschütterungen die Welt in seltsame Verschiebungen von Raum und Zeit aufgelöst hatten.

Mit einem zufriedenen Grunzen krabbelte er wieder auf die Tür, um sofort mit seiner nächsten Geschichte beginnen zu können.

»Setz dich«, forderte er mich auf. »Kein Grund, aus so einem kleinen Anfall eine große Nummer zu machen.«

Ich setzte mich und rieb mir ein wenig den Arm.

»Hast du dir wehgetan?«, erkundigte er sich.

»Ein bisschen.«

Er sah sich meinen Arm an. Es waren zwei blaue Flecken darauf zu sehen, aber die waren beide alt.

»An blauen Flecken muss man reiben«, erklärte er, bohrte

sofort seinen Daumen in den größeren Fleck und fing an zu rubbeln. »Ich sage dir, so gehen sie schneller weg.«

»Au!«, schrie ich auf.

»Den anderen auch. Wirst schon sehen.«

Ich riss mich los und lief zur Tür. Einen Moment sah er mich überrascht an. Dann breitete sich ein milder Ausdruck auf seinem Gesicht aus.

»Bring die Teller vom Mittagessen nach oben und hol dir eine Limo aus dem Schrank unter der Spüle. Und ein Bier für mich. Dann werde ich dir eine Geschichte über eine *wahre* Kindesmisshandlung erzählen.«

Ich achtete darauf, ihm nicht zu nahe zu kommen, als ich die Teller ins Haus brachte, vor dem ein schmaler Vorgarten mit Steingartenpflanzen bis zur Straße lag. Der Garten hinter dem Haus hingegen war enorm. Ich ging über die Terrasse an der leeren Hundehütte vorbei. Auf einem Emailleschild über der Öffnung stand der Name des Hundes: *Deutsche Dogge*. Ich blieb stehen und sah mir das Schild an.

»Zuerst war es ein Scherz!«, rief Großvater mir aus dem Gewächshaus zu. »Aber schließlich nannten wir die kleine Promenadenmischung nie anders. Übrigens war es deine Mutter, die sich den Hund damals erbettelt hat, als deine Großmutter starb!«

Ich ging mit einem nervösen Ziehen im Bauch an der Hundehütte vorbei, ich hatte Angst, der tote Köter könnte mich kläffend anfallen, dann lief ich die Kellertreppe hinunter, die Großvater benutzte, um in den Garten hinter dem Haus zu kommen. Von der dunklen Welt des Kellergangs aus konnte ich heimlich einen Blick in die Vorratskammer mit den vielen Gläsern mit eingemachten Beeren und selbst eingelegtem Hering werfen. Auf der anderen Seite war die Waschküche, und noch tiefer in der Dunkelheit des Kellers gab es zwei Räume, von denen der erste eine verlassene zusätzliche Kammer voller alter, ausrangierter Möbel war; und dahinter gab es einen noch dunkleren Raum, der auch nie genutzt wurde. Aber man musste durch beide Räume hindurchgehen, wenn man zur Haupttreppe wollte. Auf dem Regal hinter einem verschossenen Sofa stand eine Reihe ausgestopfter Maulwürfe, die mich traurig anstarrten.

Rasch lief ich durch den Keller zur Haupttreppe. In der Küche stellte ich die Teller ab, holte das Bier und die Limo aus dem Schrank unter der Spüle und ging zur Haustür wieder hinaus, um den unheimlichen Keller zu vermeiden. Auf dem Weg zum Gewächshaus kam ich an der Garage vorbei, an deren rot gestrichener Außenwand eine Maulwurfsfalle so hoch aufgehängt war, dass die Kinder sie nicht erreichen konnten.

»Zunächst lebten wir im Land unserer Vorväter, darüber wissen wir so gut wie nichts«, begann Großvater sofort, als ich zurück war und er seine Flasche Bier geöffnet hatte. Er hatte es sich mit einem Kissen als Nackenstütze bequem gemacht, die Clogs hatte er abgestreift. Seine dreckigen Füße wippten im warmen Sonnenlicht. »Wir haben nur schwache Erinnerungen, die durch den Kannibalismus vererbt wurden, unklare Bilder von feindlichen Schiffen, die uns entgegenkommen, ein Pfeil, der im Leib einer Mutter verschwindet, Scham und niedergeschlagene Blicke. Dann folgte die Zeit der Unfreiheit und der Sklaverei, darüber wissen wir auch nicht sehr viel. Wir wissen nicht einmal, wie viele Generationen wir als Unfreie lebten. Wir wissen nur, dass diese Zeit zu Ende war, als über Thords Roggenfeld Sagenkönige mit einem Ei galoppierten, das unsere Geschichte lebendig werden ließ, verstehst du? L-e-b-e-n-d-i-g. Nicht etwas, das irgendwann einmal existierte, sondern etwas, das es hier und jetzt noch gibt.« Er schlug sich mit einer Faust gegen die Brust.

»Hier drinnen in uns, verstehst du? In deinen Gedanken und Handlungen. Es lässt sich nicht trennen von dem, was du bist. Du kannst es nicht einfach ausblenden oder abschalten. *Den Sinn*!«

»Ja«, sagte ich, obwohl ich nichts verstand. Eigentlich hätte ich gern ein paar Geschichten über Mutter gehört, die aus dem Fenster gesprungen war, oder wie es so ist, mit den vielen Mietern allein in diesem großen Haus zu leben. Ich hätte gern gewusst, wie es ist, nachts anzurufen und sich mit jemandem zu überwerfen, aber an solchen Geschichten hatte er kein Interesse.

»Mit den Sagenkönigen begann also die Zeit der Heimatlosigkeit, die uns beinahe das Leben gekostet hätte. Nur eine überlebte, Freja, die sich vermehren sollte. Die Zeit der Heimatlosigkeit endete acht Monate, nachdem Freja aus der von der Pest betroffenen Stadt geflohen war, dann folgte das Zeitalter der Fruchtbarkeit. Sten, ihr Vater, hatte vor seinem letzten Atemzug noch einen Haufen Kinder vorhergesehen, doch zu Zeiten der Pest blieb es bei den Zwillingen. Mehr wurden es nicht. Und warum? Tja! Warum waren es nur diese beiden? Freja hat doch gerade das Fruchtbarkeitsei ausgegraben. In Nielsstrup hat sie zwischen mehreren leer stehenden Hütten die Wahl. Königs Schweinsteig glotzt sie verliebt an. Seine Augen haben nicht unbedingt die gleiche dunkle Tiefe wie die des Soldaten aus Lübeck, aber er kennt sich mit Schweinen und Eicheln aus und wird einmal einen Pflug seines Vaters erben. Und er scheint gleichzeitig so gutmütig zu sein, dass er nicht einmal einen Dieb schlagen kann, also warum zögert sie, und weshalb kommen nicht mehr Kinder? Los komm, antworte. Zack, zack!«

»Äh …«

»Äh, was ist denn das für eine Antwort? Hörst du nicht richtig zu? Eines Tages wirst du diese Geschichten erzählen müssen, und was willst du dann sagen? Äh? Viel zu erzählen hat man mit dem Wort nicht. Äh!« Wieder nahm er die Brille ab und sah mich verärgert an.

»Weil das Ei doch etwas anderes ist, als sie gedacht haben«, sagte ich rasch. »Es hat etwas mit den Geschichten zu tun.«

»Ja!«, rief Großvater und richtete sich begeistert auf, sodass sein Kissen auf den Boden fiel. »Ganz genau deshalb!«

Viele Jahre später bekam ein kleines Mädchen an einem späten Juniabend den Auftrag, den Vertauschten zu holen und auf Knuds altem Hof abzuliefern. Sie trug ihn über das kleine Stück Land, als es bereits dunkel war, und übergab ihn Freja mit dem grau gesprenkelten Haaren an der Tür. Freja bedankte sich leise, sah sich hastig nach beiden Seiten um und verschwand in der Hütte, wo sie den Vertauschten ganz hinten im Alkoven unter einem wollenen Schaffell versteckte. Monatelang hatte der Vertauschte auf den Küchenabfällen ihrer Tochter Signe und deren Mann Henrik Heldursohn gelegen; ein dünner Mond hatte sich drei Mal fett gefressen und allmählich wieder abgenommen. Alle nächtlichen Himmelskörper zeigten auf die Menschen, und alle menschlichen Handlungen wurden im Himmlischen registriert und waren auf eine merkwürdige Art dort, hinter dem unendlichen Sternenhimmel, vorbestimmt und zurechtgelegt. War man klug genug, konnte man in Büchern, die in Sprachen verfasst waren, die niemand in Nielsstrup verstand, lesen und sich ausrechnen, was die Anordnung der Himmelskörper zueinander bedeutete, um auf diese Weise dem Herrn sozusagen in die Karten zu schauen und Glücks- und Unglücksfälle vorherzusagen, die noch gar nicht passiert waren. Der Ausdruck *noch gar nicht passiert* war natürlich problematisch, nachdem seit Anbeginn der Welt bereits alles Mögliche passiert war. Die Menschen aus Nielsstrup und Umgebung stellten sich allerdings vor, dass sich seit den Anfängen der Welt sämtliche Ereignisse aneinandergereiht hätten, geordnet und verteilt in einem enormen System, als stünde man in einer Schlange. Sie glaubten, das Studium der Beziehung der Himmelskörper untereinander könne die Geheimnisse dieses Systems entschlüsseln, um so dem Herrn die richtige Reihenfolge abzuluchsen: Wer stand ganz vorn in der Schlange, wer sollte leben, bis er hundert Jahre alt war – nichts war zu gering, um nicht im Buch der Himmelskörper notiert zu werden. Gott wohnt in den Kleinigkeiten, sagte der Priester aus Pederup, und daher musste es auch irgendwo am klaren Nachthimmel geschrieben stehen, dass der neugeborene Sohn von Signe Mikkelstochter – nachdem sie sich mit ihrer Mutter wegen einer unglücklichen Episode mit Herrn von Weißenfels' Deutscher Dogge überworfen hatte – ein paar Jahre zuvor in einer kalten Winternacht vertauscht worden war.

Die Geburt war normal verlaufen, niemand hatte etwas Ungewöhnliches bemerkt. Jedenfalls versicherte man der frischgebackenen Mutter sofort, dass ihrem Kind nichts fehle, doch bereits am nächsten Morgen bemerkte sie die Krämpfe. Der Körper des kleinen Jungen wurde ganz steif, der Kopf hing schief, alles an dem armen kleinen Kerl bebte, er schrie wie besessen. Zum Glück nahm er Nahrung zu sich, allerdings zeigte sich das Verkrüppelte nur umso deutlicher, je älter er wurde. Ganz offensichtlich war der Junge vertauscht worden, ein Alb, eine Winselmutter, ein Moorweib oder irgendjemand sonst von dieser Sorte Gesindel musste in die Hütte eingedrungen sein und das richtige Kind in der Nacht nach seiner Geburt geholt haben. Selbstverständlich hatten sie auf ihn aufgepasst, es war indes denkbar, dass sie einen Moment eingeschlafen waren, vielleicht hatte sich der Nachtgeist aber auch unsichtbar gemacht. Jeder weiß doch, dass Winselmütter, Moorweiber und Erlenmütter in unaufmerksamen Momenten ihre eigenen hässlichen Kinder in die Wiegen der Menschenkinder legen und die richtigen Kinder stehlen. Es dauerte auch nicht lange, bis alle im Dorf wussten, was vom Augenblick der Schöpfung an vorherbestimmt war: Signe hatte sich mit einem Vertauschten abzuplagen. Und es vergingen nur wenige Wochen, bis die ersten zögernden Kommentare und vorsichtigen Andeutungen die junge Mutter entsetzten. Zunächst wies sie die barbarischsten Vorschläge zurück. Ihre Mutter besuchte sie und versuchte, ihr von Signes Großvater Sten zu erzählen, während sie das Kind hielt, Signe hatte jedoch kein Interesse an alten Geschichten. Sie wollte nicht hören, was er auf den Marktplätzen gezeigt hatte, sie wollte auch nichts von Tora und ihrer Kräuterkunst wissen, sie wollte nichts über die Alte erfahren, oder was damals vor langer Zeit, in den dunklen Hungerjahren, mit ihrem Hirn geschehen war, sie wollte sich weder etwas von Sagenkönigen noch von Maulwurfsfallen erzählen lassen. Und sie hatte kein Interesse an der Geschichte des Eies. »Genug jetzt, Mutter«, sagte sie. »Du gehst jetzt besser.«

Auch Henrik interessierten Frejas Geschichten nicht. Sein Onkel väterlicherseits arbeitete als Stallknecht auf dem fernen Gutshof und ging dem Stallmeister zur Hand, daher war dieser Onkel bei der Jagd dabei gewesen, als Herr von Weißenfels und der Verwalter Königs Schweinsteig mit seinen Schweinen tief in den privaten Wäldern des Herrn von Weißenfels erwischten.

Der Gedanke, dass das Kind möglicherweise doch ihres sein könnte, dass nur irgendetwas nicht in Ordnung war, etwas, bei dem Menschen mit größerer Einsicht und einem größerem Wissen als sie möglicherweise helfen könnten, so wie es Freja vorsichtig vorgeschlagen hatte, ließ sich nicht ohne Weiteres beiseiteschieben. Daher nahm Signe den Vertauschten zunächst einmal an wie jedes andere Kind, man wusste ja nie, wann der himmlische Vater es wieder heimrufen würde. Sie stillte es, wickelte es, schaukelte es in der Wiege, wenn es weinte, sang Lieder, wenn es schlafen sollte, und schirmte es, so gut es ging, vor den misstrauischen Blicken seiner Mitmenschen ab. Gleichzeitig versuchte sie, die Krämpfe und Muskelspasmen mit Gebeten, Beschwörungen, Frömmigkeit, Kräutermedizin sowie einer Reihe Opfer an heiligen Quellen und verschiedenen heilenden Steinen zu lindern, doch nun, nach zwei Jahren, schien der Zustand des Kindes sich verschlimmert zu haben, und Signe war nicht noch einmal schwanger geworden. Der Gedanke, dass der Vertauschte, der noch immer den größten Teil des Tages in seiner Wiege lag und lediglich gelernt hatte, sich wie ein riesiger Wurm im Schneckentempo und auf dem Bauch rutschend fortzubewegen, sie vielleicht mit Zauberkraft daran hinderte, schwanger zu werden, wurde natürlich in ihrem eigenen Haus wie in den meisten anderen Häusern des Dorfes diskutiert. Schließlich brach ihr letzter Widerstand, und sie entschloss sich, den guten Ratschlägen und der üblichen Praxis der Gegend zu folgen: An einem späten Nachmittag Anfang Mai, den viele Dorfbewohner auf dem Dorfplatz verbrachten, und der daher besonders geeignet war, nahm sie das Kind aus der Wiege, rollte es aus seiner Windel, packte es an einem Bein und trug es zum Misthaufen hinter dem Haus. Hier stellte sie sich so auf, dass möglichst viele sie sehen konnten, und warf den Jungen leichthin von sich, wie ein Ferkel, auf das sich die Sau gelegt hat. Dabei rief sie so laut, wie es ihr möglich war: »Du bist keiner von uns! Wir wollen dich nicht mehr haben! Jetzt kannst du im Mist verfaulen!«

Sie hoffte, dass die Erlenmutter es hörte. Sie betonte besonders das Wort *Mist* in der Hoffnung, dass das Weib rasch kommen würde, um ihr Kind zu retten und stattdessen Signes Kind in den Abfall zu legen. Die ganze Nacht lag sie wach – die erste Hälfte, weil der Junge so herzzerreißend weinte, dass sie mehrfach kurz davor war, ihn hereinzuholen; aber sie wusste, dass sie hart bleiben musste. Wenn der Junge nicht weinte, würde die Erlenmutter sich ihres hässlichen Kindes nicht erbarmen und es nicht heimholen. Sie musste das kalte Herz der Erlenmutter brechen, sie musste ebenso hart sein wie sie, um ihren richtigen kleinen Jungen zurückzubekommen. Die zweite Hälfte der Nacht lag sie in der Dunkelheit und horchte in die Stille. Der Vertauschte war vermutlich eingeschlafen. Sie versuchte, die Erlenmutter zu hören. Mehrfach ging sie im Laufe der Nacht zum Misthaufen, doch noch immer war dort nur der Vertauschte. Der kleine nackte Körper war eingeschmiert in Dreck und Matsch, glücklicherweise gärte der Mist, im Mondlicht war der Dampf deutlich zu sehen. Sie wusste, dass es im Mist wärmer war als auf der kalten Erde, dennoch schnitt es ihr ins Herz, den kleinen Körper so zu sehen. Sie legte ihm eine Windel über und stahl sich davon. Ging zurück ins Bett.

Am nächsten Morgen lag er noch immer dort. Nicht auf dem Mist, wohin sie ihn wie ein Stück Abfall geschmissen hatte, sondern tiefer im Mist, als hätte er in der Nacht versucht, sich vor Kälte und Wind zu schützen. Die Hälfte seines Körpers war mit Abfall und Mist bedeckt, wie ein riesiger Wurm hatte er sich in den Misthaufen gebohrt. Der Kopf und die Schultern waren noch zu sehen, den Rest bedeckten Stroh und Tierexkremente, Schierlingsfetzen, Löwenzahnblätter und die Windel, die sie ihm in einem schwachen Moment zurückgegeben hatte. Sie wusste, dass sie ihn beschimpfen musste. Sie öffnete den Mund, doch es kam kein Wort über ihre Lippen. Sie versuchte es noch einmal. Ihre Kehle zog sich zusammen. Ein heiseres Röcheln verließ ihren Mund, kaum hörbar, aber der Vertauschte hatte das Geräusch gehört, sein kleiner Körper wurde steif wie ein Flitzebogen, er kämpfte heftig, um den Kopf zu drehen. Es gelang. Sein Blick war irre, die Frau, die ihn gestern Morgen noch liebevoll in ihren weichen Armen geschaukelt und Wiegenlieder gesummt hatte, war plötzlich eine andere geworden, die ganze Welt hatte sich mit einem Schlag verändert. Und doch lag auch noch ein wenig Zuversicht und Vertrauen in diesem Blick. Er glaubte noch immer, sie würde ihn hochheben, ihn zurück ins Haus tragen, ihn mit warmem Wasser waschen, ihn in eine flachsleinene Windel wickeln und zurück in die Wiege legen. Dasselbe macht die Erlenmutter, dachte Signe. Deshalb hat sie ihr Kuckucksjunges noch nicht geholt.

Sie lief ins Haus und bat Henrik inständig, den Vertauschten zu beschimpfen, sie selbst fühlte sich nicht stark genug. Mit gesenktem Kopf und zusammengebissenen Zähnen ging Henrik Heldursohn kurz darauf zum Misthaufen. Alle in Nielsstrup hörten, wie er brüllte: »Du bist keiner von uns! Verstehst du? Wir wollen von dir nichts wissen. Du wirst im Mist verrotten! Nur deine richtige Mutter kann dich retten, armer Kerl!«

So vergingen ein paar Tage. Hätte in Nielsstrup jemand die Himmelskörper am Nachthimmel lesen können, hätten sie gewusst, ob die Erlenmutter, die vermutlich irgendwo am Waldrand, im Moor, unter den großen Heiligen Steinen, den Unglückssteinen oder noch weiter entfernt bei den Fruchtbarkeitssteinen am Meer lebte, auch hörte, wie Signe und Henrik ihr Kind beschimpften und schmähten. Aber niemand in Nielsstrup sah auch nur einen Schatten der Erlenmutter, nicht einmal als dunkle Silhouette am Misthaufen. Man vermutete, dass sie zur Abendzeit herbeischleichen würde, um ihren Sohn zu ermuntern, auszuhalten. Und er hielt tatsächlich durch. Nach ein paar Tagen wurde Signe klar, was alle Bewohner von Nielsstrup die ganze Zeit über gewusst hatten: Dass es ihr auf diese Weise niemals gelingen würde, das Herz der Erlenmutter zu brechen. In einem Misthaufen zu leben, ist für ein Erlenkind nicht sonderlich schlimm, solche Kinder sind dickhäutig, sie sind nicht so verweichlicht wie die Menschen, ihre Schmerzgrenze ist anders, normalerweise führen sie ihr Leben ja unter den Mooren und im Wald.

Als Signe zum ersten Mal mit der Birkenrute in der Hand zum Misthaufen ging, hatte sie sich kleine Wollpfropfen in die Ohren gestopft, damit das Weinen des Vertauschten nicht ihr Herz erweichte und sie nur mit halber Kraft zuschlug oder gar aufhörte zu schlagen, lange bevor die Erlenmutter sich ihres armen Sohnes erbarmte. Sie achtete auch darauf, stets hinter dem Kind zu stehen, damit sie seinen Blick nicht ertragen musste. Signe kniff die Augen zu, sodass die Welt undeutlich und wie an den Rändern ausgefranst aussah, und schlug zu. Seine Schreie waren herzzerreißend, selbst durch die Wollpfropfen, aber es fiel ihr diesmal leichter, weil sie sich vollkommen auf die Erlenmutter konzentrierte. Nun musste die wahre Mutter dieses Kindes doch endlich reagieren. Bei den Schreien hatte Signe ein seltsames Gefühl, als würde sie nicht allein das Kuckuckskind der Erlenmutter verprügeln, sondern die Erlenmutter selbst für all den Schmerz und den Kummer bestrafen, den sie mit ihrem Diebstahl verursacht hatte; und während sie prügelte, schimpfte und schmähte sie das Kind so wütend wie nie zuvor. Die Schläge hagelten auf den kleinen Körper nieder, erst schrie er, dass es allen zu Herzen ging, Krämpfe durchzuckten seinen Körper, er schrie wie ein Lamm, dem die Kehle durchgeschnitten wird, dann wurde er still, doch die Muskeln bebten noch immer. Der Anblick des nässenden Hinterns und Rückens ließ Signe nicht aufhören. Sie schlug, bis ihr Arm gefühllos war, dann wandte sie dem Wesen im Misthaufen demonstrativ den Rücken zu, durchaus bewusst, dass alle sie beobachteten, sowohl die Menschen wie das Erlenvolk – sie war das Zentrum eines seltsamen Theaters, das verlangte, dass sie eine ganz bestimmte Rolle zu spielen hatte, damit das Stück glücklich ausging, eine Rolle, mit der sie sich nach langer Weigerung nun plötzlich versöhnt hatte. Sie schrie dem leblosen Vertauschten auf dem Misthaufen zu: »Und morgen komme ich wieder und verprügele dich erneut!«

Als die Sonne unterging, wussten alle Einwohner von Nielsstrup, dass Signe alles getan hatte, was eine Mutter nur tun konnte. Anfangs hatte sie gezögert, aber das war nur natürlich, wer hätte es nicht getan? Im Grunde waren sie doch alle viel zu menschlich für diese Welt. Indem sie ihrer Verweichlichung trotzte, hatte sie einen tapferen Kampf gekämpft, nicht nur für ihren vertauschten Sohn, der mit einer hartherzigen Erlenmutter irgendwo im Unbekannten lebte, sondern auch für die noch ungeborenen Kinder des Herrn. Keine Erlenmutter würde es je wieder wagen, ihre feuchtkalten Kinder in Signes Wiege zu legen, dass wusste ein jeder. Auch in die Nachbarhäuser würden die Erlenmütter sich nicht wagen; sollte die Frau des Hauses sich als zu weich und nachgiebig zeigen, könnte es ja sein, dass man Signe herbeirief und ihr die Drecksarbeit überließ. Ja, ganz Nielsstrup war nach diesem fürchterlichen Tag ein sicherer Ort für den Herrn in der Höhe; hier konnte er seine Ungeborenen noch hinschicken, solche Nachrichten verbreiteten sich nämlich in der Erlenwelt ebenso rasch wie in der menschlichen Welt. Selbstverständlich konnte man nie sicher sein, aber niemand in Nielsstrup zweifelte daran, dass die Erlenmutter in dieser Nacht kommen würde, um ihren misshandelten Sohn vom Misthaufen zu holen. Vom Waldrand oder aus dem Moor würde sie kommen, je nachdem, was für ein magisches Wesen sie eigentlich war. Ihr hartes Herz würde nach all dem Geschrei und Jammern bluten, das sie sich den ganzen Tag hatte anhören müssen. Gehen würde sie wie ein Mann, denn so gingen Erlenmütter immer, und ihre Brüste hingen ihr dabei bis auf den Bauch wie die Euter ungemolkener Kühe – deshalb trugen sie auch den Beinamen *die mit den Hängetitten.* Sie hätte drei Brustwarzen auf jeder Brust, also insgesamt sechs, und noch eine zusätzliche Brustwarze an einer verborgenen Stelle ihres Körpers, vermutlich in der Nähe ihrer Geschlechtsöffnung. Eine dieser sieben Brustwarzen hätte Signes richtiges Kind genährt. War das richtige Kind mit einer der sechs Warzen an der Brust der Erlenmutter gestillt worden, würde der Übergang von der Erlenwelt vermutlich unproblematisch werden; hatte es hingegen von der siebten Warze getrunken – und welche Warze die Erlenmütter benutzten, wusste man nie –, würde der Übergang weitaus problematischer werden, denn schließlich konnte sich jedermann vorstellen, wie es ist, von einer Quelle ernährt zu werden, die so eng mit dem weiblichen Geschlechtsteil verbunden ist.

Wie auch immer, die Erlenmutter würde mit Signes richtigem Sohn unter dem Arm aus dem Wald oder dem Moor angestapft kommen. Sie würde am Misthaufen stehen bleiben, den richtigen Sohn in den Matsch der Schweine und die übel riechenden Abfallprodukte des Haushalts werfen und ihr dummes Kind mit nach Hause nehmen, um dessen Wunden zu verbinden. Am nächsten Morgen, wenn Signe zum Misthaufen ging, würde sie wieder mit ihrem richtigen, bei der Geburt vertauschten Sohn vereint sein, der unter dem Moor oder zwischen den mächtigen Wurzeln der hundertjährigen Bäume ein heidnisches Leben geführt hatte. Es würde ein glücklicher Tag werden.

In dieser Nacht verriegelte man die Türen besonders sorgfältig, setzte zusätzliche Läden vor die Fensteröffnungen, schloss alle Tiere ordentlich ein, sprach mehr Gebete als sonst und ging früh zu Bett, wenn man von ein paar dummdreisten Seelen absah, die aus ihren Häusern schlichen und sich in Büschen und auf Heuböden versteckten, um einen Blick auf eines dieser seltsamen Wesen aus der Unterwelt zu werfen.

Niemand in Nielsstrup konnte sich jedoch erklären, warum der Vertauschte am nächsten Morgen noch immer auf dem Misthaufen lag. Halb begraben im Dreck, blutverkrustet, übersät mit Schrammen und Wunden. Die Maden hatten bereits begonnen, sich in der aufgeplatzten Haut einzunisten. Es schmerzte alle, die an ihm vorbeigingen – und das waren viele an diesem Morgen –, in welch erbärmlichen Zustand sich das Kind befand. Wenn man es recht bedachte, konnte das Kind schließlich nichts dafür, dass eine Erlenmutter es geboren und wie ein Kuckucksküken in die Wiege eines Menschenkindes gelegt hatte. Besonders bedauerlich für das Kind war, dass es nicht nur der Sohn einer Erlenmutter war, sondern darüber hinaus einer besonders kaltherzigen Erlenmutter, der ihr Nachkomme entweder komplett egal oder die in jedem Fall besonders begriffsstutzig war.

Als Signe am nächsten Morgen zum Misthaufen kam, befiel sie ein plötzlicher Schwindelanfall, der sie auf die Knie zwang, sie musste sich zurück ins Haus helfen lassen, wohl wissend, dass sie der Kreatur auf dem Misthaufen weitere Prügel versprochen hatte, wenn sie sie noch einmal wiedersehen würde. Weder Signe noch Henrik verstanden, warum die Erlenmutter nicht gekommen war. Sie hatten doch alles getan. Es war ihnen schwergefallen, aber sie hatten es dennoch getan, und doch musste der Herr in der Höhe etwas anderes in das Buch der Himmelskörper geschrieben haben, die Qualen dienten offensichtlich einem anderen Zweck. Sie waren so versessen darauf, ihren Erstgeborenen zurückzubekommen, dass sie an eine dritte Möglichkeit gar nicht gedacht hatten, und nun, da sie der Tatsache ins Auge blicken mussten, ihr Kind möglicherweise nie wieder zu sehen, überkam sie eine seltsame Form der Handlungsunfähigkeit. Während die übrigen Einwohner von Nielsstrup ihrer täglichen Arbeit nachgingen, blieben Signe und Henrik in ihrer Hütte sitzen und starrten apathisch in die Luft. Hätte Henriks Familie ihnen nicht etwas zu essen gebracht, hätte sie nicht die Tiere versorgt und zusammen mit den übrigen Dorfbewohnern das verdammte Pfeilkraut in ihrem Roggenfeld gejätet, wäre alles um sie herum verkommen und vergangen.

Die Dörfler diskutierten anfangs, ob man den Priester aus Pederup hinzuziehen sollte. Er könnte Gebete sprechen und Weihwasser in Signes Haus verspritzen, allerdings würde er den Anblick des Vertauschten auf dem Misthaufen vermutlich nicht gutheißen. Man wusste natürlich nie, was Priester von so etwas hielten, aber die Dorfbewohner fürchteten, dass er sie schief ansehen und sie unwissend und bäurisch nennen würde. In jedem Fall waren sich die Leute rasch einig, dass es am besten war, den Priester nicht zu belästigen. Bibelglaube und Volksglaube sollten nicht mehr als unbedingt notwendig vermischt werden, und man tat, was man immer getan hatte.

Es verging eine Woche, bevor Signe und Henrik wieder zum Misthaufen gingen. Zu beider Überraschung lebte der Vertauschte noch immer. Er lag halb begraben im Schlamm, geplagt von Fliegen und Maden. Die Hälfte der blutigen Flecken war verschorft, die andere Hälfte hatte sich entzündet und war voller Eiter.

Zur großen Erleichterung der Eltern gab es keinerlei Zeichen des Wiedererkennens in seinen Augen – der Anblick der Eltern führte nur zu erneuten Krämpfen, und als die Krämpfe sich gelegt hatten, versuchte er panisch, sich tiefer in den dampfenden Abfallberg des Misthaufens zu graben. Zu einem kleinen, jämmerlichen Ergebnis hatten ihre Anstrengungen also doch geführt. Nur brauchte es leider offenbar mehr, um die Erlenmutter zu überzeugen. Wenn man doch nur im Buch der Himmelskörper lesen könnte. Dann würde man wissen, welche Ereignisse dort in welcher Reihenfolge aufgeführt waren, dann könnte man einfach nur darauf warten, dass sie von der Gegenwart ausgeführt wurden. Beiden erschien es beruhigend, dass das Vertauschen bereits bei der Erschaffung der Welt vorherbestimmt war, lange vor ihrer eigenen Geburt, sodass es im Grunde gar nichts mit *ihnen* zu tun hatte, sondern lediglich ein kleines Teilchen der großen Maschinerie war, die die Welt auf eine Weise zusammenhielt, die sie selbst nicht verstanden. Daher kehrten sie dem Wesen im Misthaufen erneut den Rücken zu und gingen zurück ins Haus, schlossen die Fensterläden und diskutierten, ob sie noch einmal zur Birkenrute greifen sollten. Vielleicht waren sie auf die eine oder andere Weise nicht hart genug gewesen? Dass Erlenkinder generell widerstandsfähiger waren als Menschenkinder, war allgemein bekannt, und doch wussten beide, dass sie es nicht schaffen würden, den armen Wurm im Misthaufen weiter zu bestrafen. Und als eine freundliche Nachbarin an die Tür klopfte und vorschlug, dass weniger geprüfte Seelen versuchen sollten, das harte Herz aufzutauen, das in der Brust der Erlenmutter schlug, atmeten sie erleichtert auf. Vielleicht könnte man eine List anwenden und nicht so hart zuschlagen, schlug die Nachbarin vor. Zum Beispiel könnte bei jedem zweiten Schlag der Misthaufen und nicht das Kind getroffen werden, man könnte laut brüllen, wenn man zuschlug, und auf den Boden stampfen, dass es bis in die tiefen Wälder gehört wurde, wo alle möglichen Arten von Erlenvolk lebten. Es gab viele Möglichkeiten. Signe und Henrik dankten für das Angebot, fragten sich aber, wie es eigentlich möglich war, dass das Erlenkind noch immer lebte? Niemand hatte ihm seit über einer Woche zu essen oder zu trinken gegeben, allein dies wies auf Zauberei hin.

In den nächsten paar Monaten wechselten die Dorfbewohner sich nun ein bis zwei Mal pro Woche ab, gingen mit einer Birkenrute zu dem Vertauschten und peitschten unter großem Radau und Geschrei das arme Kind aus, das auf dem Mist lag und auf seine richtige Mutter wartete. Sie schrien und trampelten auf den Boden, und brüllten aus vollem Hals: »Du gehörst nicht in unser Dorf, wir wollen nichts mit dir zu tun haben, nur deine richtige Mutter kann dich retten, du armes Vieh!«

Die Misshandlungen erklangen in den großen Wäldern und unter den ausgedehnten Moorgebieten wider und drangen möglicherweise sogar bis zum Meer, das nur die wenigsten Einwohner des Dorfes gesehen hatten. Glücklicherweise schien diese rituelle Misshandlung, die keinem der Beteiligten gefiel, einen gewissen Effekt zu haben, und vielleicht war es sogar ein Ergebnis, mit dem niemand gerechnet hatte: Eines Morgens, als der Bauer Peder am Misthaufen vorbeiging, roch es dort eindeutig nach Bier. An einem anderen Morgen entdeckte man Spuren von Gerstengrütze im Gesicht des Vertauschten. An einem dritten Tag war er mit einem Sud von Kirschkompott beschmiert, an einem vierten hatte er offensichtlich fetten Hering gegessen, an einem fünften Tag umringten ihn schwarze Krähenvögel, die umherhüpften und Brotkrumen aufpickten, und eines Tages hatte er plötzlich eine alte mottenzerfressene Decke, die besser wärmte als die dünne Windel, und einen zerbrochenen Krug mit Resten von Biersuppe. Das konnte nur bedeuten, dass sich das Herz der Erlenmutter doch hatte erweichen lassen, sie hatte der misshandelten Kreatur auf dem Misthaufen Essen und Bier gebracht. Aber warum sie ihn nicht mit sich genommen hatte, da sie nun schon gekommen war, ging über den Verstand der Dorfbewohner. Und der Aufenthaltsort von Signes richtigem Sohn blieb ebenso ungewiss. Normalerweise wurde ein derartiger Machtkampf relativ schnell entschieden: Entweder wurde der Vertauschte von seiner richtigen Mutter geholt, kurz nachdem er verstoßen worden war, oder er ging auf dem Misthaufen, im Schweinekoben oder wo auch immer man ihn hingeworfen hatte, zugrunde. Allerdings kam es auch vor, dass die Eltern es sich anders überlegten und den Vertauschten wieder zu sich nahmen – zur Ermunterung sämtlicher Erlenmütter, neue Kuckuckskinder in die Wiegen der Menschen zu legen, und sehr zum Kummer künftiger Väter und Mütter, die erleben mussten, wie ihre gesunden Nachkommen durch List und Zauberei mit behinderten Erlenkindern vertauscht wurden. Natürlich kannte man auch Fälle, in denen Eltern sich weder für das eine noch für das andere entscheiden konnten, und wo die Jahre einfach vergingen, bis der Vertauschte erwachsen war. Das geschah häufiger, als man es eigentlich wahrhaben wollte. Erwachsene Vertauschte konnten sehr unterschiedlich aussehen, sie konnten groß wie Trolle werden, mit groben Gliedmaßen, dummen Hühneraugen und einem Gehirn auf der Stufe eines Schweins. Sie konnten auf eine sonderbare Weise beredt sein und die gleichen Worte oder Sätze wieder und wieder vor sich hin sagen, oder sie waren stumm wie die Bäume im Moor. Sie konnten aber auch klein und unheimlich sein, außerstande, sich ordentlich zu bewegen. Manche sahen normal aus, hatten aber ein Gemüt, das alle erschreckte. Sie konnten kleine Kinder in erwachsenen Körpern sein. Der Häutehändler in Pederup zum Beispiel hatte zwischen seinen stinkenden Häuten solch eine Kreatur auf dem Hof; meist war er mit einem Strick um den Leib an die Ulme auf dem Hofplatz gebunden, sodass der Bursche höchstens fünf Meter weit laufen konnte und nicht in der Lage war, die Kinder zu fangen, die ihm irgendwelche Dinge an den Kopf warfen, wenn sie vorbeikamen. Ständig schimpften und schmähten die Eltern den armen Idioten und gaben ihm die übelsten Essensreste, vielleicht in der letzten kleinen Hoffnung, dass die Erlenmutter kam, um ihren einfältigen Sohn zu holen. Die armen Eltern waren jedoch immer zu weich gewesen, das war allgemein bekannt. Sie versohlten ihm höchstens mit einem Stock den Hintern, wie man es auch mit normalen Kindern macht, für einen Vertauschten ist solch ein Schlag aber eher ein Ausdruck von Zärtlichkeit. Die Kreatur des Häutehändlers war im Übrigen nur ein Beispiel. Überall wimmelte es von Erlenkindern, die verweichlichte Menschen zu sich genommen hatten und die sie nur pro forma und zum Schein züchtigten, allerdings handelte es sich dabei häufig eher um normale Kinder und weniger krasse Fälle als das, was man auf Signes Misthaufen betrachten konnte. Es gab sogar Menschen – mehr, als man glauben mochte –, die der Meinung waren, es sei egal, ob Menschenkinder bei dem Erlenvolk und Erlenkinder bei den Menschen lebten. Wenn ohnehin alles bei Anbeginn der Welt auf einmal geschehen und in eine Reihe gestellt worden war und nur darauf wartete, dass die Gegenwart dem Willen des Schöpfers eine Form gab, konnte das Vertauschen von Erlen- und Menschenkindern als notwendige Zirkulation zwischen ansonsten geschlossenen Systemen angesehen werden. So wie der Wind, der den Staub aus fernen Welten nach Nielsstrup blies und Staub aus Nielsstrup in ferne Welten trug, in einem bestimmten System vom Herrn ins Werk gesetzt worden war. Diese armen Teufel waren trotz allem Geschöpfe Gottes, und es gab auch niemanden in Nielsstrup, der seine Augen von der Tatsache abwenden konnte, dass Vertauschte wie Menschen aufwachsen, mit Menschen Kinder zeugen und auf diese Weise ein ganzes Geschlecht von Bastarden hervorbringen konnten, das sich in gewissen Fällen ausgezeichnet durchs Leben schlug. Nahe des Gutshofs in der Umgebung von Tælleby wusste man jedenfalls von einer Sippe, von der überall behauptet wurde, sie stamme aus einem Geschlecht von Trollen, da ein entfernter Verwandter vor mehreren Generationen eine Vertauschte geheiratet hatte. Sie kamen alle erstaunlich gut zurecht. Sie waren robust, von kräftigem Wuchs und allenfalls ein wenig wortkarg. Aber was ihnen im Mund fehlte, war dafür an anderen Stellen vorhanden. Die Frauen, so hieß es, seien in der Lage, *unten* gewisse Teile bewegen zu können, um dem Mann zusätzliche Freuden zu schenken – nun gut, hier fehlten zuverlässige Zeugen, das meiste war reine Spekulation, aber es hätte in Nielsstrup zumindest niemanden verwundert, wenn es sich so verhielt. Über die Ausstattung der Männer wusste man weit mehr. Manch einer hatte nämlich die Gelegenheit gehabt, sie aus nächster Nähe bei Frondiensten auf dem Gutshof zu betrachten, und sowohl in erregtem wie entspanntem Zustand waren es insbesondere die Dimensionen, die bewiesen, dass in ihnen das Blut von Vertauschten floss. Männer wie Frauen warfen ihnen verstohlene Blicke zu, wenn sie sich den Staub der Ernte an der Wassermühle des Gutshofs abwuschen, und es entging auch niemandem, wie die Mädchen sich bei den Erntefesten um sie drängten, wenn sich die Chance bot, einen Hauch von zaubermächtiger Ausgelassenheit und magischer Hingabe zu erleben – in einer dunklen Scheune mit Bergen von frisch eingefahrenem Stroh oder wo man sich derartige Aktivitäten sonst noch vorstellen mag. Glückliche Vertauschte und glückliche Sippen mit dem Blut von Vertauschten gab es mit anderen Worten an vielen

Orten, nur hatte Signes Vertauschter dieses Potenzial gewiss nicht. Der Herr in der Höhe hatte keinen derartigen Samen in dessen Leib gepflanzt, und auch wenn man sich von dem natürlichen Charme der Sippe nahe Tælleby verführen ließ, durfte man die armen geraubten Menschenkinder nicht vergessen, die unter dunklen Erlenhügeln, in eiskalten Torfmooren und zwischen den fauligen Wurzeln hundertjähriger Bäume verschmachteten. Dass das Erlenkind auf dem Mist Signe zudem mit Zauberkraft daran hinderte, wieder schwanger zu werden, obwohl es ihr größter Wunsch war, ließ die Situation nicht weniger ernst erscheinen, daher beteiligten sich alle in Nielsstrup an der kollektiven Bestrafung und Missachtung. Als das Resultat ihrer Anstrengungen ausblieb, griff man zu anderen Mitteln. Mit Blei in den Taschen, einer Messerspitze zerstoßenem Perlenstaub unter der Zunge und auf die Haare verspritztem Weihwasser aus der Kirche von Pederup schickte man jeden Sonntag die Kinder des Dorfes in Fünfergruppen ins Moor und in die Wälder. Sie wanderten als lebende Pentagramme umher, die, wie jedermann weiß, die beste Verteidigung gegen Zauberei sind. Die Kinder sollten im Laufe des Tages die ältesten Bäume, die größten Steine, die wichtigsten Anhöhen und die tiefsten Gruben im Moor aufsuchen. Dort sollten sie kurz innehalten, sich versichern, dass sie noch immer in der schützenden Form des Pentagramms standen, und dann so laut und mit so vielen realistischen Details wie möglich den Steinen, Moorlöchern, Bäumen und Anhöhen erzählen, wie der Vertauschte auf Signes Misthaufen litt und seine Familie vermisste. Kinderstimmen dringen nämlich leichter zur Unterwelt durch, sie sind besser geeignet, die Herzen zu erweichen, und sie sind aufrichtigere Zeugen der Wahrheit als die

Stimmen Erwachsener. Obwohl die Kinder strenge Anweisungen hatten, sich an den einzelnen Orten nur so lange aufzuhalten, wie es dauert, eine Ziege zu melken, war es dennoch lang genug, dass die Kleinsten von der Nähe des Erlenvolks und der unglücklichen Situation des Vertauschten überwältigt wurden. Einige brachen in Tränen aus, sowohl auf dem Weg in die Wildnis, wie in der Nacht nach ihrer Heimkehr. Gegen Abend warteten die Eltern der Kinderschar nervös an den Zäunen des Dorfes und hießen sie mit mehr Umarmungen und Küssen als üblich willkommen. Hände strichen über das zerzauste Haar und den warmen Nacken; derart liebevolle Stimmen und spontane Gefühlsausbrüche hörte und erlebte man normalerweise nicht. Die Kinderzüge, die von allein entstanden, ohne dass man es verabredet hätte – zunächst waren es nur kurze Ausflüge in das nächste Moor, später ganze Tagesmärsche bis in die entferntesten Wälder –, dauerten ungefähr so lange, wie der Mond braucht, um sich zwei Mal fettzufressen, dann stolperte der siebenjährige Alfred, der Sohn von Anker Schmied, in ein Moorloch und sank bis auf den Grund, als würde ihn ein Moorwesen fest an den Beinen ziehen; er verschwand in dem mahagonifarbenen Wasser und wurde nie wieder von einem Menschen in Nielsstrup gesehen. Der größte Junge sprang ihm nach, um ihn zu retten, doch auch er wurde von einer unsichtbaren Hand in die Dunkelheit des Moors hinuntergezogen und verschwand vor den Augen der entsetzten Kinder. Doch aus ungewissen Gründen wurde er, es handelte sich um Sigurd, den Sohn von Pede Lund, vom Moor wieder ausgespuckt. Die schockierten Kinder sahen seinen leblosen Leib wie ein Gespenst in Zeitlupe an die Wasseroberfläche schweben, die Haare von einer Unterströmung wie ein lebendiger Fächer ausgebreitet. Möglicherweise hing es damit zusammen, dass er ein tüchtiger Schwimmer war, in der Lage, unter Wasser mehrere Minuten die Luft anzuhalten; eine Eigenschaft, die er trainiert hatte, wenn er mit seinem Vater Aalreusen an der Stelle aussetzte, wo der Bach in die Wiese floss. Nur sind die offensichtlichsten Zusammenhänge nicht immer die wahren. Oft legt das Schicksal dem menschlichen Begreifen der Welt Hindernisse in den Weg, das Wesen der Wahrheit lebt im Verborgenen, und vielleicht hat das Moor Pede Lunds Sohn nur wieder ausgespuckt, um eine seltsame Erlenkrankheit nach Nielsstrup zu bringen. In jedem Fall war er länger verschwunden, als es dauert, eine Ziege zu melken, und keines der Kinder wagte, ihm nachzuspringen; erschüttert und ungläubig standen sie am Rand des Moors in einem Pentagramm, das zwei seiner Schenkel verloren hatte. Als seine leblose Gestalt wieder auftauchte, packten sie den Haarfächer und zogen ihn ans Ufer. Er stieß ein unheimliches Brüllen aus, erbrach Stücke von Wasserpest und Moorgras und kehrte zusammen mit den anderen Kindern gegen Abend ausgekühlt und zähneklappernd ins Dorf zurück, wo die besorgten Eltern an den Zäunen warteten – zunächst in einer panischen Verwirrung, bis allen bewusst war, welches Haus von dem Unglück betroffen war und welche Häuser es verschont hatte. Es war das letzte Mal, dass die Kinder des Dorfes als Pentagramme in die Wildnis nordöstlich von Nielsstrup geschickt wurden, um den Nervenkrieg gegen die kaltherzige Erlenmutter des Vertauschten zu führen. Zum Glück gab es mehr glückliche als unglückliche Haushalte am Abend dieses Tages, an dem Anker Schmieds Alfred aus der Welt der Menschen verschwand. Mehr Kinder als sonst schliefen eng umschlungen bei ihren Eltern, mehr Kindern als sonst wurde eine Extraportion Honig ins warme Bier gerührt, mehr Kinder als sonst bekamen ein Stück Speck und durften Hoppe-hoppe-Reiter spielen, aber natürlich konnte man nicht das Leben und die Gesundheit der Kinder aufs Spiel setzen, um ein gestohlenes Kind zu retten. Was zunächst klug und überlegt ausgesehen hatte, erschien den Bewohnern von Nielsstrup nun dummdreist; und als wäre es nicht genug, dass Anker Schmied den Sonntagsstaat seines Sohnes in der Kirche von Pederup begraben musste, so zog sich der Junge, der kopfüber ins Moor gesprungen war, um den Verunglückten zu retten, ein bösartiges Fieber zu, bei dem ihm neun Tage lang Eiter aus Augen und Ohren floss. Er steckte drei seiner Geschwister und seinen alten Großvater väterlicherseits an. Der Alte starb am Moorfieber und wurde sieben Tage nach Anker Schmieds Sohn begraben, während die Kinder sich erholten, sieht man einmal von dem Jüngsten ab, der über drei Wochen fieberheiß daniederlag und schließlich taub wurde. Niemand in Nielsstrup zweifelte daran, dass es die Rache der Erlenmutter für die Schläge war, die das Dorf ihrem Kind verabreicht hatte.

Nicht lange danach war der Vertauschte eines Morgens verschwunden. Signe bemerkte es erst, als die Sonne den dichten Morgendunst über dem Misthaufen vertrieben hatte. Unzählige Male war sie am Misthaufen vorbeigegangen. Längst hatte sie aufgehört, auf ein Wunder zu warten, längst hatte sie ihre täglichen Verrichtungen wieder aufgenommen. Obwohl es ihr unnatürlich vorkam, wusste sie doch genau, dass es natürlich war, etwas zu verlieren, es passierte jedem. Wenn ihre Hingabe für den Herrn jedoch inniger werden könnte, wenn sie zum Beispiel in den Pausen während der täglichen Arbeit einige zusätzliche Ave Marias einflechten könnte, wenn sie auf die Knie fiel, sobald die Gottesfurcht sie spontan überkam, dann würde es ihr helfen, das zu akzeptieren und zu lieben, was der Herr mit ihr im Sinn hatte. Das hatte zumindest der Priester in Pederup gesagt, als er ihr durch das kleine, mit Brettern vernagelte Fenster die Beichte abnahm; in einem wackligen Anbau der Kirche, der eher an einen Stall erinnerte, in dem man die Tiere überwintern ließ. Einmal würde sie ihm danken, dann würde sie niederknien und seine Füße küssen, wenn der Herr denn Füße hatte, es erschien ihr unnatürlich für den Herrn in der Höhe. Weit natürlicher war es, dass andere mehr oder weniger göttliche Wesen – das Erlenvolk, Moorweiber, Wassermänner und Winselmütter –, selbstverständlich Füße hatten, sogar so große und grobe Füße wie der Teufel persönlich. Sie wollte seine Füße küssen, weil er gerade sie erwählt hatte, weil er ihr diese schweren Prüfungen auferlegt hatte. »Der Herr trägt uns nur die Prüfungen auf, die zu tragen wir stark genug sind«, hatte der Priester gesagt, und seinen Worten sollte man trauen. Es hieß, er habe im Buch der Himmelskörper gelesen, er hatte große Städte in fremden Ländern besucht und wusste Dinge, die so klug waren, dass kein gewöhnlicher Mensch imstande war, sie zu verstehen. Er sprach Sprachen, die den Bauern von Pederup und Nielsstrup ebenso unverständlich vorkamen wie das Plappern der Kleinkinder. Die Heiligste davon war das himmlische *Latein*, das war nicht dasselbe wie *Latrine*, so viel wusste Signe, nachdem der Schmied ihren Versprecher korrigiert hatte. Latrine war das vornehme Wort für Lokus. In den himmlischen Sphären sprachen sie Latein und gingen nur montags auf die Latrine.

Nur war es menschlich, sich zu irren, und es war ihre fehlbare Menschlichkeit, die sie insgeheim den Herrn in der Höhe verfluchen ließ, statt sich glücklich zu preisen, dass er ausgerechnet sie für seine Prüfungen erwählt hatte, und nicht beispielsweise die Familie, die hinter der Tenne wohnte. Deren Frauen bekamen ständig Kinder, und sie waren so fantasielos, jedes zweite Mädchen Maren zu nennen. Es konnte nur mit dem Kinderfußstein weit draußen am Meer zusammenhängen, den sie nie gesehen hatte. Irgendjemand hatte irgendwann in der alten Zeit etwas in den Stein gesteckt, hatte sie gehört. Aber das war natürlich nur eine dumme Geschichte. Jedes Jahr um Johanni brach eine kleinere Gruppe von mindesten drei Frauen aus der Maren-Familie zu dem langen und gefährlichen Weg zur Mündung des Fjords auf, wo der Kinderfußstein lag. Was genau sie bei dem Stein taten, wusste Signe nicht. Sie waren meist mehrere Tage fort. Selbstverständlich wusste man, dass der Johannistag einer der besten Abende war, um Kinderlosigkeit zu kurieren, die meisten Frauen begnügten sich allerdings damit, den nächsten Holunderbusch aufzusuchen, oder, wenn man größere Diskretion wünschte und gleichzeitig vermeiden wollte, auf nahe Verwandte zu stoßen, einen etwas weiter entfernt stehenden Holunderbaum. Einmal hatte sie eine Penisattrappe aus schwarzem Holz aus dem Korb einer Frau ragen sehen. Die Attrappe hatte die Größe eines Stierpenis, vielleicht etwas kleiner. Krumm. Der Gedanke, dass die Fruchtbarkeit der Sippe von dieser Attrappe herrührte, dass sie nicht dem allgemeinen Vergnügen diente, sondern zur Nachtzeit ein magischer Strom winziger Kinder, die man mit bloßem Auge nicht einmal erkennen konnte, aus ihr herausströmte, wenn man sie vorsichtig streichelte, war ihr sofort gekommen.

Vielleicht könnten sie ihr so eine Attrappe besorgen oder leihen? Natürlich könnte sie auch ihren Mann bitten, ihr so etwas zu schnitzen, aber es brauchte auch die Magie. Woher kam die Magie? Das war eine Frage, die sie nur sehr ungern dem Priester stellen wollte, obwohl sie über alles zwischen Himmel und Erde sprechen könnten, wie er sagte. Sie hatte natürlich andere Dinge hineingesteckt, aber nichts Magisches, vielleicht hatte sie einmal etwas darin vergessen, ein Stück von einer Wurzel zum Beispiel. Vielleicht hatte diese vergessene Wurzel dem Kind geschadet, dieser Gedanke war ihr schon mehrfach durch den Kopf gegangen, aber sie hatte ihn nicht dem Priester anvertraut, ebenso wenig wie den Gedanken, dass dieses Stück einer Wurzel, das sie möglicherweise vergessen hatte, anfangen könnte zu wachsen, ermuntert von der darin wohnenden weiblichen Kraft. Es könnte doch durchaus sein, dass die Wurzel neun Monate in ihrem Leib gewachsen war, und es war nicht ausgeschlossen, dass sie deshalb ein Wesen geboren hatte, das eine sündige Mischung aus dem Tier- und Pflanzenreich war: außen Mensch, innen Wurzel. Das würde tatsächlich eine Menge erklären. Nur hatte sie nie von einem ähnlichen Fall gehört, niemand hatte ihr jemals erzählt, dass Dinge, die in den weiblichen Schoß gestopft werden, anfangen zu wachsen, daher verdrängte sie diesen ketzerischen Gedanken immer wieder. Gott prüfte sie. So einfach war es. Er prüfte sie, indem er die Erlenmutter ihr Kind vertauschen ließ. Ihre eigenen Gedanken machten alles nur noch schlimmer, sie erniedrigten sie. Menschliche Wurzeln, um Himmels willen. So hatte ihr Mann auch reagiert, als sie ihre Befürchtungen mit ihm teilte.

»Um Himmels willen!«, hatte er gerufen, als sie in dem leeren Haus neben ihm lag, um dann mit einem etwas verbissenen Ausdruck um den Mund zu fragen: »Was für eine Wurzel?«

Sie wollte es nicht sagen.

»Pastinake, Rote Bete, Karotte, Petersilienwurzel, Rübe?« Er hörte nicht auf zu bohren, als wäre das nicht vollkommen egal. Er wollte wissen, ob er in Liebesdingen künftig mit Roter Bete oder Petersilienwurzeln konkurrieren musste, denn so dachten die Männer, jedenfalls die aus Nielsstrup und Umgebung. Wäre sie nicht sofort nach draußen gegangen, um Luft zu schnappen, hätte er sie möglicherweise gefragt, ob sie, was die Größe und den Härtegrad anging, an seiner Männlichkeit etwas auszusetzen hätte, und ob sie Mittel kennen würde, womit er sich stärken könne.

Je kleiner Kinder waren, desto häufiger verlor man sie, so lautete das Gesetz des Herrn. Menschliche Wurzeln! Eine Petersilienwurzel! Um Himmels willen. Sie hatte sich entschlossen, sich ihrer täglichen Routine zu widmen: Die tägliche Plackerei würde ihre Gedanken reinigen, sie würde den Willen des Priesters umsetzen und ihrem himmlischen Herrn für die Unglücksfälle danken, die er ihrem Leben beschert hatte, winzige Samen, die größer und süßer wurden. Und irgendwann würde sie die Früchte des Unglücks ernten, denn je früher ein Kind starb, desto herrlicher klang dessen Gesang in den himmlischen Sphären. Das hatte sie schon oft gehört. Sie würde dem Herrn mit Gesang danken, sie würde das Unglück küssen, das er auf sie herabbeschwor, sie würde sich nicht länger über menschliche Pastinaken den Kopf zerbrechen oder neue Systeme erdenken, wie sie die Wesen der Unterwelt übervorteilen könnte. Solche Gedanken gingen ihr durch den Kopf, *Dank sei dem Herrn … das Unglück küssen … mit Gesang lobpreisen …*, während sie, nicht weit von dem dampfenden Misthaufen entfernt, am frühen Morgen die Ziegen molk und den Roggen mahlte. Bis die Morgensonne den Dunst vertrieben hatte und sie den Mist sehen konnte, als sie daran vorüberging. Nahezu drei Monate waren vergangen, seit sie mit einem entschlossenen Griff um die Wade ihren Sohn aus dem Haus getragen und in den Dreck geworfen hatte. Lange hatte sie absichtlich den Blick abgewandt, wenn sie am Misthaufen vorbeiging. Sie hatte ihn höchstens aus den Augenwinkeln registriert, eine Bewegung, ein Zucken, ein nacktes Bein oder ein Fuß. Als sie nun dort vorbeiging, flatterte eine Krähe auf und erwiderte ihren Blick, und tief aus ihrer Kehle entwich ihr ein Schrei, der weitere Krähen auffliegen ließ.

»Er ist weg, mein Kind ist weg!«

Sie untersuchte den Misthaufen, sie lief ums Haus, auf das kleine Stück Land der Nachbarn. Sie kehrte zurück und fing an zu graben. Aber unter den dampfenden Abfällen fand sie nicht den toten Körper ihres Sohnes, wie sie befürchtet hatte, ihre Hände ergriffen keine leblosen Arme und zogen in einem Anfall von schlechtem Gewissen kein armes, misshandeltes Wesen heraus.

Einen kurzen Moment war sie verwirrt, unglücklich: Er war verschwunden, das einzige Leben, das sie zur Welt gebracht hatte. Aber einen Augenblick später kam ihr der Gedanke, dass doch genau dies der Sinn der Sache gewesen war, und eine kleine Weile war sie überaus glücklich.

»Die Erlenmutter war hier!« Signe drehte sich im Kreis. »Die Erlenmutter hat ihr Vertauschtes geholt! Endlich haben wir ihr Herz erreicht! Heute Nacht hat sie ihren Sohn geholt! Ich hätte nie gedacht, dass es gelingen würde!«

Henrik kam aus dem Haus und schaute freudestrahlend

auf den Misthaufen. Ebenso wie die Nachbarn. Die Kinder liefen zusammen, um sich die Szenerie anzusehen. Wieder war Signe der Mittelpunkt eines seltsamen Theaters, ihre Freude hypnotisierte das ganze Dorf, unablässig drehte sie sich im Kreis; die seltsamen Wesen aus der Unterwelt weit draußen im Moor, in den Wäldern und der Wildnis sollten sie auch hören. Sie waren besiegt, der langwierige Nervenkrieg hatte ein Ende. Der Siegesrausch hallte zwischen den Häusern und Scheunen wider.

»Erlenmutter hat ihn geholt!«

Einzelne Kinder stimmten ein: »Erlenmutter hat ihn geholt! Erlenmutter hat ihn geholt!«

Später wusste Signe nicht, wie lang es gedauert hatte, bis der Siegesrausch abklang. Mitten in ihrem Strudel, mitten im Rausch der Worte, die wie heisere Krähen aus ihrem Mund flatterten und in den fernen Wäldern verschwanden, während ihr Herz wie ein Trommelstock in ihrer Brust schlug und ihr Lichtflecken vor den Augen tanzten, dämmerte ihr allmählich etwas Ungeheuerliches. Offensichtlich war es gelungen, das harte Herz zu erweichen, das in der Brust der verstockten Erlenmutter schlug. Sie hatte ihr Kuckuckskind geholt, aber wo war Signes richtiger Junge? Irgendetwas war schiefgegangen.

Bekanntlich bringt eine Erlenmutter immer das geraubte Kind zurück, wenn sie sich entschließt, ihr eigenes Kind zu holen. Das geraubte Kind würde dort liegen, wo das Vertauschte gelegen hatte. So lautet das Gesetz, das die Welt lenkt und der Herr eingesetzt hat, doch bei diesem Tauschhandel war jemand betrogen worden. *Sie* war betrogen worden. Die Erlenmutter hatte ihren Sohn geholt, ohne Signes richtigen Jungen zurückzulegen. Als ihr klar wurde, was die

Erlenmutter getan hatte, versagten ihre Beine den Dienst. Ihr Körper drehte sich jedoch weiterhin im Kreis, bis sie im Gras landete und mit der Schläfe auf eine halb verfaulte Wurzel schlug.

Im Laufe der nächsten paar Stunden wurde der gesamte Misthaufen hinter Signe Mikkelstochter und Henrik Heldursohns Haus von den Einwohner von Nielsstrup umgegraben, es gab jedoch keine Spur, weder von dem vertauschten, noch von dem richtigen Sohn. Die Dorfbewohner hatten das Gefühl, als hätte die ganze Geschichte etwas Mystisches, aber niemand wusste es wirklich zu benennen. Sie waren die Ungewissheit gewohnt. Es war das menschliche Los, sich dem Ungewissen zu ergeben, in diesem Fall aber war dennoch etwas faul, daher wurde Spaten um Spaten von gut kompostiertem Küchenabfall auf einen Haufen geworfen, der langsam in die Höhe wuchs. Bald waren sämtliche Küchenabfälle in Signe und Henriks Mist ausgegraben, zu ihren Füßen fand sich nur noch schwarze Moorerde. Wenn es noch immer jemanden unter den Grabenden gäbe, der glaube, den Vertauschten dort unten zu finden, hätte er saure Moorerde im Kopf, erklärte der Bauer Niels Ysted, dessen mürrisches Meckern man in Nielsstrup seit bald einem Jahrhundert gewohnt war.

»Da unten ist niemand«, behauptete er. »Es ist nutzlos.«

»Halt die Klappe«, ertönte eine Stimme.

»Was sagst du?«, fragte Ysted.

»Du sollst die Klappe halten und uns beim Graben helfen.«

Es war nämlich nicht ausgeschlossen, dass der Herr in der Höhe, der das Ungewisse formte, dem Ungewissen in diesem Fall die Form eines menschlichen Wurms gegeben hatte, der sich mehrere Meter tief in die Erde gegraben hatte, vielleicht um unter dem Misthaufen Eier zu legen. Dieser Formgebung des Ungewissen wollten einige Bewohner von Nielsstrup gern zuvorkommen, bevor – man konnte es sich durchaus vorstellen, das ist jedenfalls kein Gedanke, der ketzerischer ist als die Idee, dass eine Wurzel in einem weiblichen Unterleib heranwächst – die Eier im Frühjahr ausgebrütet waren, so wie es nun einmal der Natur von Eiern entspricht. Es war unbedingt vorstellbar, dass ein halbes Dutzend menschlicher Würmer sich bis an die Oberfläche des Misthaufens gruben, um die wärmende Sonne zu genießen und frischen Abfall zu fressen. Zählte man den alten Mutterwurm dazu, hätte man in Nielsstrup nicht nur ein Problem, sondern ein altes und zehn neue Probleme, das heißt elf Probleme insgesamt. Wer würde es wagen, diese Art von Problemen dem Priester in Pederup gegenüber auch nur zu erwähnen? Wer würde es wagen, während der Beichte etwas von menschlichen Würmern zu flüstern? Und würde ihnen nicht nur der Priester, sondern auch der Herr in der Höhe gegebenenfalls Vorwürfe machen ob der Tatsache, dass innerhalb eines einzigen Winters aus einem Wurm elf geworden waren? Wie viele Würmer würden Nielsstrup und Umgebung nicht im Laufe einer ganzen Generation plagen? Es war ein erschreckender Gedanke, der natürlich in letzter Instanz – wie alles andere – von Gott geformt wäre, für den sich aber die Einwohner von Nielsstrup verantworten müssten, denn so endet es ja immer wieder. Jedenfalls wurde gegraben und gegraben. Rattennester und Mauselöcher kamen zum Vorschein, daumendicke Regenwürmer wurden studiert, eine einzelne Blindschleiche war einen Moment Ursache tumultartiger Szenen, bevor sie mit einem Spaten in zwei

Teile zerteilt wurde, eine Menge Salamander und Kröten verloren ihr Leben, Ungeziefer und Maikäfer, Riesenkäfer, Puppen, Larven und was sich sonst noch an seltsamen Geschöpfen unter so einem Misthaufen befinden. Ungefähr einen Meter unter der Erdoberfläche sickerte mahagonifarbenes Wasser aus dem Boden, kleine Luftblasen stiegen aus dem Inneren der Erde auf, der Wasserspiegel bewegte sich unruhig. Ein einzelner Schritt ließ Tausende von Luftbläschen platzen, die Erde schwabbelte wie ein Pilz, die Grabenden wichen erschrocken zurück. Alle wussten, dass das dunkle Wasser etwa anderthalb Meter unter der Erdoberfläche mitten durch das Dorf floss, während das Wasser in der Nähe der Roggenfelder und Wiesen weniger als dreißig Zentimeter unter der Erdoberfläche strömte. Alle wussten, das die Oberfläche der Zivilisation dünn war, vor allem in Nielsstrup, und dass nur Gottes Barmherzigkeit verhinderte, dass das Dorf in dem dunklen Meer unter ihren Füßen versank. Es war das Meer der Sünde und des Selbstbetrugs, das hier unter Signe und Henrik Heldursohns Küchenabfällen schwappte, das dunkle Meer des Teufelswerks, das unter der ganzen Welt floss. Das Ungewisse, dem der Weltenschöpfer Form gab, könnte beim Zusammentreffen mit dem Teufelswasser den menschlichen Wurm in eine Art Fisch verwandelt haben. Seine Lungen könnten Kiemen geworden sein, sein Gesicht ein Fischmaul, der verkrümmte, spastische Körper hatte sich möglicherweise in ein herings- oder aalähnliches Ding verwandelt, das sich nun frei bewegen und überall in der weitverzweigten Unterwelt umherschwimmen konnte. So konnte der Vertauschte tief unten im Moor endlich selbst zu seiner Mutter gelangen, an den Waldrand, zu den Wiesen am großen Heil- und Unglücksstein, oder wo auch immer sich das kaltherzige Biest befand.

In jedem Fall war es das Beste, von dem Loch an der Oberfläche der Zivilisation die Finger zu lassen. Die Männer hörten auf zu graben. Kein wesentliches Wort wurde gewechselt. Man hielt die Luft an, und ein paar ungezogene Kinder, die naseweis genug waren, kleine Steine in das Loch zu werfen, kassierten dafür ein paar wohlverdiente Schläge in den Nacken. Eine alte Frau verjagte die Hartnäckigsten mit einem Knüppel, sie reagierten wie eine Herde Ziegen und liefen in alle Richtungen. Selbstverständlich war es für die meisten Dorfbewohner vollkommen klar, dass die Unterwelt sich unter ihren Füßen befand. Das verstand sich von selbst, und doch hätten sich alle gewünscht, nicht nur anderthalb Meter graben zu müssen, um dorthin zu gelangen. Auf der anderen Seite hatte der Herr ja das Loch, wie alles andere auch, im Augenblick der Schöpfung vorhergesehen. Nur ihre eigene Einfalt hinderte sie, ihn dafür zu preisen, allerdings gab es auch einen aufkeimenden Verdacht, dass der Herr in der Höhe das Ungewisse anders geformt haben könnte, einzig und allein, damit sie ein Loch in die Oberfläche der Zivilisation gruben, um sie dann alle dumm in das dunkle Meer ihres eigenen Selbstbetrugs starren zu lassen.

»Man hat uns betrogen!«, rief jemand.

»Wir sind von der Erlenmutter betrogen worden!«

Wenn der Vertauschte sich im Laufe der Nacht in einen menschlichen Wurm verwandelt hatte, wenn eine solche Transformation möglich war, und es gab niemanden in Nielsstrup, der daran zweifelte, könnte er sich auch in alles Mögliche verwandelt haben. Ihm hätten in der Nacht vier geschmeidige Hirschbeine wachsen können, er hätte jederzeit aufstehen und in Richtung Wald davonlaufen können. Die Erlenmutter könnte ihn heimlich gerufen haben: Als sie das erste Mal rief, waren ihm Hirschbeine gewachsen, als sie das zweite Mal rief, war er nach Hause gelaufen, und als sie das dritte Mal rief, sollte ein Unglück geschehen. Wenn sie ihren Geist nach eventuellen Formen des Ungewissen durchsuchten, waren die Möglichkeiten so zahlreich wie die Maden in einem verendeten Schwein.

Bereits am folgenden Tag begann Signe Mikkelstochter in den angrenzenden Wäldern umherzustreifen, um ihr Kind zu finden und die Erlenmutter zu beschimpfen. Sie trotzte allen Ratschlägen und Warnungen, durchquerte Moore, suchte unter Findlingen, die über die Wiesen verteilt lagen, steckte die Hände in Fuchsbauten und untersuchte hohle Bäume und Hohlräume unter den riesigen Wurzeln. Stundenlang stand sie mit ihrer Heugabel da und blickte in das Moorloch, in dem Alfred, der Sohn des Schmieds, verschwunden war. Ließ die Erlenmutter sich in der Tiefe blicken, würde Signe sie mit ihrer Heugabel aufspießen, aber sie sah nur ihr eigenes Spiegelbild: eine arme, kinderlose Frau in einem grauen Wollumhang, einem verwaschenen Kopftuch und einer Halskette aus gefärbten Nüssen.

Eines Abends war sie nach Einbruch der Dunkelheit noch nicht wieder zu Hause. Es war nicht ungewöhnlich, im Wald zu übernachten, doch nach dem Nervenkrieg mit dem Erlenvolk wagte es niemand, und als sie auch am folgenden Abend noch nicht wieder aufgetaucht war, fingen die Dorfbewohner an, sie zu suchen. Stundenlang gingen sie mit Fackeln durch den Wald, bewaffnet mit Spaten und Heugabeln. Sie hatten auch mehrere Hunde dabei, die meisten halbwild und nicht abgerichtet. Ließ man sie los, schnappten sie fürchterlich um sich und verhielten sich insbesondere den Kindern des Dorfes gegenüber boshaft; glücklicherweise gab es aber nur wenige Einwohner von Nielsstrup, die sich solch einen Köter leisten konnten. Wenn man sie indes zu gleichen Teilen mit Liebe und Prügeln aufzog, so wie man es auch mit seinen Kindern machte oder wie die Großgrundbesitzer mit ihren Knechten und Mägden umgingen, dann gehorchten die Hunde, wie man es kaum für möglich gehalten hätte. Der Gutsherr zum Beispiel besaß eine Deutsche Dogge, die so klug war, dass sie die meisten Menschen an Intelligenz und Geistesgegenwart übertraf. Sie konnte auf Kommando zubeißen und Wild apportieren, das der Herr mit seiner Armbrust geschossen hatte. Er musste nur einen Namen nennen, *der Bauer Mikkel Jenssohn aus Nielsstrup* – ja, der Bursche, der Königs Schweinsteig genannt wurde –, und sofort schoss der Köter davon, um den armen Mikkel in den Fuß zu beißen. So hatte es sich vor fünf Jahren zugetragen, am Vormittag des 2. Oktober, um ganz genau zu sein. Das Vieh hatte bis auf den Knochen gebissen, sodass am vierten Tag Wundbrand auftrat und der Barbier aus Pederup geholt werden musste, um das tote Fleisch aus Schweinsteigs Fuß zu schneiden. Mit seinem Kammerdiener, der dem hochnäsigen Köter auf dem Fuße folgen und ihn bedienen musste, wenn er es verlangte, sprach der Herr von Weißenfels nicht so viel. Er begnügte sich damit, mürrisch zu grunzen und zu fluchen, wenn er über Nielsstrup redete. Mit dem Köter sprach er weitaus weitschweifiger und anständiger, und wie es hieß, hatten sie viel Zeit damit verbracht, über die präventiven Vorteile zu diskutieren, die lange und beschwerliche Reise nach Nielsstrup in Gesellschaft des begriffsstutzigen Kammerdieners zu unternehmen, um den diebischen Bauernlümmel ins Bein zu beißen. Der Kammerdiener wusste nichts davon, aber auf der Heimreise hatte der Herr von Weißenfels sich dennoch des gedemütigten Dieners erbarmt, und während ein ansehnlicher Teil des Wintervorrats des durch den Biss schrecklich zugerichteten Schweinsteigs hinter ihnen auf dem Zweispänner tanzte, hatte er den Diener gebeten, das Steuerbuch zur Hand zu nehmen und zu notieren, dass der Bauer Mikkel Jenssohn, auch bekannt unter dem lächerlichen Namen Königs Schweinsteig, jahrelang die Schweine des Herrn von Weißenfels um eine schwindelerregende Zahl von guten, knusprigen Eicheln betrogen hatte. Beim nächsten Mal würde die Deutsche Dogge des Gutshofs dafür sorgen, dass ein Diebesmal auf die Stirn des Bauerntrampels gebrannt wurde.

Und obwohl der Barbier aus Pederup versucht hatte, das tote Fleisch aus Schweinsteigs gebissenem Fuß herauszuschneiden, muss doch etwas Totes in ihm zurückgeblieben sein, möglicherweise direkt am Knochen, den der Barbier mit seiner Klinge nur schwer erreichen konnte. Jedenfalls wurde es im Laufe des Sommers mit dem Fuß immer schlimmer. Hätte jemand in Nielsstrup je einen Elefant gesehen, was natürlich nicht der Fall war – nicht einmal als Bild in einem Buch, denn derartige Kostbarkeiten kannte man in Nielsstrup nicht –, dann hätten sie sofort an einen Fuß dieses unbekannten Riesenwesens gedacht; und manch einer tat es trotzdem, als wäre im Schutze der Nacht das Bild eines Elefanten auf den Schwingen der Träume herangeflogen, um so weit nördlich in Nielsstrup einen Eindruck zu hinterlassen. Aber während der stetig anschwellende Fuß mehr und mehr von Schweinsteigs Gliedmaßen verschlang, hatte der Elefant, der auf den Schwingen der Träume flog, wie der Storch jedes Jahr auf physisch realen Flügeln angeflogen kam, die Proportionen unter Kontrolle: Zuerst konnte Königs Schweinsteig nicht mehr auf dem anderen Bein humpeln, weil der Klumpfuß zu groß geworden war, er konnte die Schweine nicht mehr zu den Eicheln führen und die Eicheln auch nicht den hungrigen Schweinen zuführen, dann gelang es ihm nicht mehr, sich im Bett aufzusetzen, danach konnte er keinen Löffel mehr heben, wenn er essen wollte, der Appetit schwand, und schließlich war er nicht einmal mehr in der Lage, seine Augenlider zu öffnen, um das Tageslicht hereinzulassen. Während all dies geschah, wuchs der Fuß in einer beunruhigenden Geschwindigkeit. Wenn es so weitergegangen wäre, hätte man am Ende einen einzigen kolossalen Elefantenfuß mit dem Ochsenkarren zum Friedhof von Pederup fahren müssen, aber zum Glück starb Schweinsteig, bevor es so weit kam. Verhutzelt und ausgezehrt, obwohl er eigentlich ein Mann im besten Alter hätte sein müssen, gelang es ihm mit Hilfe des Herrn, unter die Erde zu kommen, bevor die totale Verwandlung stattgefunden hatte. Sämtliche Bewohner von Nielsstrup atmeten erleichtert auf, denn niemandem gefiel der Gedanke, dass im schlimmsten Falle ein Elefantenfuß am Jüngsten Tag in Fleisch und Blut auferstand. Denn eigentlich soll man diesen Tag ja sehnsüchtig erwarten und nicht mit der Sorge, nun ewig als Elefantenfuß in der Herrlichkeit des Herrn leben zu müssen.

Den im Gegensatz zu Herrn von Weißenfels' Köter einfacheren und weniger aufgeklärten Hunden gelang es nicht, Signe in den großen Wäldern nordöstlich von Nielsstrup zu finden. Nach einer Woche war das größte Problem nicht länger, wie sie die arme Signe finden sollten, sondern, wie sie es anstellen sollten, sie in geweihter Erde zu begraben, sollten ihre Gebeine irgendwann auftauchen. Die meisten Dorfbewohner hatten insgeheim keinen Zweifel, dass Signe selbst Hand an sich gelegt hatte, aber das durfte man natürlich auf keinen Fall dem Priester in Pederup sagen. Er würde sich weigern, eine Seelenmesse zu lesen und ihnen eine Schaufel an den Kopf werfen, um ein Loch vor dem Friedhof zu graben. Wenn sie hingegen alle lügen und eine identische Version vom Ablauf der Ereignisse erzählen würden, könnte die Lüge im Himmelreich vielleicht als Wahrheit durchgehen. Wünschten sich ausreichend viele Seelen etwas wirklich inniglich, könnte es sehr wohl wahr werden, hatte der Priester in Pederup gesagt, also warum nicht auch mit rückwirkender Kraft? Die Frage war doch eher, ob ihnen ein gemeinsames Gelübde gelang, so wie sie den Vertauschten auch gemeinsam gezüchtigt hatten; oder würden Einzelne es erfolgreich untergraben, zum Beispiel der Bauer Niels Ysted, der möglicherweise die Chance sah, sich den Zutritt ins Himmelreich zu sichern? Es war nicht unwahrscheinlich, dass so etwas geschehen würde. Daher wurde im Dorf rasch eine Geschichte über Signes Tod als Unglücksfall in Umlauf gesetzt. Man erzählte sie mehrere Male, sodass der Wahrheitswert zumindest rein quantitativ andere Versionen ausstach, und als der Siedesalzverkäufer am fünften Tag mit seinem Ochsengespann nach Nielsstrup kam, wurde auch ihm die Geschichte erzählt, damit sie sich langsam in der Welt verbreiten konnte.

Die Geschichte hatte sich jedoch erst ein paar Hundert Meter von Nielsstrup entfernt, als ein barfüßiger Junge, dem grüner Rotz aus der Nase lief, auf den Dorfplatz rannte, der später der Marktplatz werden sollte. Ihm hinterher lief ein braun geflecktes Schwein, als die Menschen damit beschäftigt waren, Säcke mit Siedesalz in ihre Häuser zu schleppen.

»Signe geht wieder um!«, schrie der Junge. Schweiß stand ihm auf der Stirn. Das Schwein schien erschöpft zu sein, als es ihm in die Beine rannte und sich überschlug.

»Ihr Geist geht um und isst Eicheln unter den Sechs Buchen!«, fügte er hinzu.

»Was?«

»Ich war dort mit meinem Schwein. Ihr könnt es selbst fragen!«

Nun gab es niemanden, der sich die Mühe machte, das Schwein zu befragen. Stattdessen liefen die Leute zu den Sechs Buchen, wo Signes Urgroßvater Thord einst drei Sommer hintereinander in seinem Bierfass gewohnt hatte. Tatsächlich kroch Signe hier auf allen vieren umher und suchte nach frisch herabgefallenen Eicheln. Ihr brauner Wollumhang war zerrissen, ihr fehlte ein Holzschuh. Freundliche Menschen halfen ihr auf die Beine und legten eine Hand auf die Stirn und eine auf die Brust, um ihren Herzschlag zu spüren.

»Liebes Kind, was machst du denn hier?«

Sie machte einen abweisenden Eindruck. Zunächst antwortete sie nicht. Ihre Augen waren abwesend. Die glühende Entschlossenheit, mit der sie in die großen Wälder und Moore gegangen war, um die Erlenmutter zu finden, war verschwunden und durch etwas Diffuses und Wahnsinniges ersetzt worden.

»Wo sind …«, ihre Stimme klang leise und belegt, »… meine Hühner?«

»Was?«

»Meine Hühner. Sie sind weg. Sie sind davongeflogen. Sie

haben unter den Blättern Eier gelegt.« Sie zeigte ihnen eine Handvoll glänzender Eicheln.

»Um Gottes willen!« Mehrere Dorfbewohner bekreuzigten sich.

»Ich habe ihnen doch gesagt, dass sie die Eier nicht unter die Blätter legen dürfen.«

Der Älteste schaute sie mitleidig an.

»Das sind keine Eier, Signe.«

»Es kommen Kinder aus den Eiern.«

»Wovon redest du?«

»Ich wollte sie nicht aufstechen, aber ich konnte nicht anders. Von der Wurzel ist ein Stück abgebrochen und lebendig geworden. Es war Zauberei.«

»Sie ist wahnsinnig«, flüsterte eine alte Frau.

»Sie steht unter einem Bannfluch!«, rief eine andere.

»Was haben sie mit dir gemacht?«

»Sie haben sich mit ihr *gepaart*!«, beharrte die alte Frau. »Das Glied eines Berggeistes ist ebenso groß und hart wie eine gut gewachsene Wurzel.«

»Hmmmfff.«

»Das ist bekannt!«

»Sag mal, woher zum Teufel weißt du das?«

»Knollig ist es auch! War es knollig, Signe, das Körperteil, das er in dich gesteckt hat?«

»Jetzt sei aber mal still, Alte!«, rief jemand.

»Lasst sie in Ruhe.«

»Komm, wir gehen nach Hause.«

»Sie wurde von einem Berggeist genommen, das sieht doch jeder!«, schrie die Alte.

Zuerst wurde der Priester aus Pederup gerufen. Er kam über den unwegsamen Pfad, der nach Nielsstrup führte. An der Seite des Priesters ging Signes Mann Henrik, der den Stock des Priesters trug, und neben Henrik ging der Älteste, der auch Kröterich-Nummer-zwei genannt wurde. Der Priester trug eine Kutte aus Wolle, wie ein gewöhnlicher Bauer. Vor Signe und Henriks Haus schlug er das Zeichen des Kreuzes. Seine Lippen sprachen ein lautloses Gebet, dann bückte er sich und ging zu Signe hinein, die auf dem Bett saß und nicht einmal den Blick hob.

Tollheit und unter einem Bannfluch Stehende zu kurieren, war keine schlechte Einnahmequelle, auch wenn man oft stundenlang laufen musste, um zu irgendwelchen abgelegenen Hütten zu gelangen, in denen unter Bannfluch stehende Männer und Frauen vegetierten. Der Priester zog es eindeutig vor, wenn die Betroffenen nach Pederup kamen, das war für sie auch weitaus billiger. In Angelegenheiten, bei denen es sich um reine Zustände von Verwirrtheit oder den Ausbruch von Wahnsinn handelte, arbeitete er ganz vorschriftsmäßig mit Weihrauch, Weihwasser und Gebeten, aber hier ging es ja um einen etwas komplexeren Vorgang. Zu allererst musste er ein paar Dinge klären, zum Beispiel, ob er nun Gast eines Mannes und einer Frau war, deren Ehe der Herr gesegnet hatte.

»Ihr seid nicht kirchlich getraut … oder?«

Henrik schaute verlegen auf die Füße des Priesters.

»Wir wollten schon …«

»Mit dem Wollen allein ist es nicht getan.«

»Nein.«

»Und du bist die Tochter von Mikkel Jenssohn? Den sie Königs Schweinsteig nannten?«, fragte der Priester und sah Signe an.

»Er war mein Pflegevater«, antwortete Signe. »Mein richtiger Vater stammt aus Lübeck.«

»Und deine Mutter … Was ist mit ihr?«

»Sie hat sich im Moment ein bisschen zurückgezogen«, mischte sich der Älteste ein und räusperte sich. »Wenn ich so sagen darf. Der Priester kennt die Geschichte. Henriks Onkel arbeitet auf dem Gutshof … für den Stallmeister. Das Ganze ist ein einziges Durcheinander. Aber gesundheitlich fehlt ihr nichts, so viel kann ich sagen.«

Obwohl der Priester nicht abergläubisch war, ging er listig vor. An Erlenvölker und Berggeister zu glauben, war etwas für Bauern, und in der Regel setzte er eine düstere Miene auf, die sie ihre Untaten bereuen ließ, während er im Stillen darüber lächelte. Verirrte Schafe führte man leichter heim in den Stall, wenn man ihnen die Überlegenheit des Herrn bewies, statt sie lächerlich zu machen oder zu beschimpfen. Man sollte den Herrn das Trollgesindel besiegen lassen, bei dem ihnen die Fantasie durchging, daher reinigte er das Haus mit Weihrauch und Weihwasser. Er rezitierte Gebete und lateinische Psalmen, kniete an der Feuerstelle des Hauses vor der Asche, küsste die verwirrte Bauersfrau auf die Stirn und bekam dafür einen Scheffel Roggen. Dieses Vorgehen betraf das Närrische. Dann war da noch die Sache mit der Wurzel. Hier mussten zunächst ein paar Dinge geklärt werden. Als Erstes: Um wie viele Male handelte es sich?

»Das weiß ich nicht, Hochwürden.« Ihre Wangen flammten auf.

»Reden wir über ein einzelnes Vergehen oder über mehrere Male, zum Beispiel zehn?«

»Wohl eher zwanzig.«

Auf dem Gesicht des Priesters zeigten sich ernste Falten.

»Und über welche Wurzel reden wir?«

»Muss der Älteste dabei sein?«

»Das ist egal, mein Kind, am Jüngsten Tag darf niemand Geheimnisse voreinander haben.«

»Pastinaken …«

»Aha.«

»Mohrrüben auch, aber meist Pastinaken.«

»Aha, ja, und was war die genaue Absicht mit den Pastinaken?«

»Was meinen Hochwürden?«

»Hast du sie deinem Mann serviert, nachdem du dich mit ihnen verlustiert hast? Viele glauben, dass dadurch die Liebe des Mannes entflammt werden kann. Hast du ihn verlockt, sie hinterher zu essen, oder hast du es ausschließlich zu deinem eigenen Vergnügen getan, um, wenn ich so sagen darf, ein eventuelles Feuer zu löschen, das in dir brannte?«

»Was ist schlimmer?«

»Das hat damit nichts zu tun.«

»Zum Vergnügen. Ich weiß nicht, wer sie hinterher gegessen hat, ich habe sie jedenfalls nicht weggeworfen. Das würde mir nicht im Traum einfallen!«

»Hm.«

»Ich wusste nicht, dass dadurch die Liebe des Mannes entflammt werden kann.«

»Das ist auch nicht so. Aber viele glauben daran. Häufig wird ein Fisch benutzt, ein lebendiger Fisch, der im Schoße der Frau stirbt, aber einige glauben, sie können sich mit Gemüse begnügen, weil es leichter und billiger ist.«

»Ist das wahr?«

»Viele unaufgeklärte Seelen glauben daran.«

»Das wusste ich nicht.«

»Bist du sicher?«

»Ich schwöre!«

»Du hast Glück. Wenn du es getan hättest, um Zauberei anzuwenden, wäre es schlimmer gewesen. Es zum Vergnügen zu tun, kostet drei Tage für jedes Mal, wenn du gesündigt hast, also zwanzig mal drei, das sind sechzig Tage Buße.«

»Bei Wasser und Brot, oder reicht eine fleischlose Buße?«, erkundigte sich Signe.

»Solange du dich von Fleisch, Eiern, Hering und Käse fernhältst, ist es in Ordnung.« Der Priester sah sie mit einem ernsten Gesichtsausdruck an. »Es sei denn, es ist an einem Feiertag passiert, dann muss die Buße verdoppelt werden. Hast du diese … Sünde … auch manchmal an einem Feiertag begangen?«

»Daran kann ich mich nicht mehr erinnern … so richtig.«

Der Priester seufzte tief. Es gehörte zu seinem Amt, tief zu seufzen, wenn er einer weiteren Sünde auf die Spur kam.

»Können wir uns auf drei Feiertage einigen, Signe?«

Sie nickte.

»Dann sind es neunundsechzig Tage Buße.«

»Danke.«

Der Priester seufzte erneut, und alle wandten verlegen den Blick ab. Wie die meisten anderen Sünder, die ihm bei der Beichte ihre Sünden ins Ohr flüsterten, glaubten auch die Bauern von Nielsstrup, dass man sie bei etwas Einzigartigem erwischt hätte. Dass ihre Sünden etwas Besonderes wären, ebenso wie sie glaubten, sie könnten den Priester mit so banalen Vergehen erschüttern, sich Gemüse in die falsche Körperöffnung zu stecken. Bereits als junger Novize hatte er im Kloster von Odense sämtliche Handbücher zur Buße studiert, in deren Nähe er kam, und er hatte verstanden, dass so gut wie alles auf der Welt niedergeschrieben war: Die Bücher waren eine Goldgrube für alle Formen menschlicher Ausschweifungen, die vollständigen Aufzeichnungen aller Arten von Sünden. Nur ein oder zwei Mal hatte ein Mensch ihm gegenüber eine Sünde bekannt, auf die er in den Handbüchern der Buße nicht gestoßen war, dann hatte er selbst ein Blatt Pergamentpapier in das Handbuch gelegt. Das Thema interessierte ihn, das menschliche Leben in all seinen Erscheinungsformen interessierte ihn. Aber im Verhältnis zur Welt der Bücher schien die Wirklichkeit, so wie der Herr sie in Pederup und Umgebung geschaffen hatte, ein wenig farblos – jedenfalls was geschlechtliche Ausschweifungen anging.

Selbstverständlich war er in seinen jüngeren Tagen überwältigt gewesen, wenn reuige Männer und Frauen ihm im Beichtstuhl ausführlich von ihren körperlichen Lüsten berichteten, nur lag das weniger an wirklich neuen Einsichten, sondern eher an der tatsächlichen Präsenz und Existenz seines theoretischen Wissens, wenn die Eskapaden von lebendigen Menschen erzählt wurden, zum Beispiel von einem hübschen, jungen Bauernmädchen, das von nächtlichen Orgien, sogar mit mehreren Personen, an einem bekannten Heilstein erzählte. Nächtliche Orgien tauchten in den Handbüchern der Buße in Dutzenden von Variationen auf. Opfer an Hexensteinen, über all das wusste er bereits viel, aber es aus dem Mund eines Menschen aus Fleisch und Blut zu hören, war für ihn zumindest bei den ersten Malen ein außerordentliches Erlebnis gewesen.

»Habt ihr weitere Fragen, bevor ich gehe?« Der Priester erhob sich.

»Kann man sich vorstellen …« Signe hielt inne.

»Ja?«

»Wenn ein Stück abgebrochen ist …«

Der Älteste schüttelte den Kopf.

»Ja?«, fragte der Priester nach.

»Ich meine, könnte ein Stück lebendig werden, wenn es abbricht und dort drinnen genährt wird, wenn es sich im Leib der Frau festsetzt?«

Der Priester setzte sich wieder.

»Was meinst du?«

»Wollten Hochwürden nicht gehen?«, fragte der Älteste.

»Ich habe vor bald drei Jahren einen Jungen zur Welt gebracht. Sie haben ihn selbst getauft, erinnern Sie sich? Aber etwas war mit ihm nicht in Ordnung, das heißt, eigentlich nicht, aber eine Erlenmutter hat ihn gestohlen und uns stattdessen ihr eigenes Kind in die Wiege gelegt. Ich kann nicht genau sagen, in welcher Nacht es passiert ist, aber eines Nachts träumte ich, dass es an der Tür klopfte und ich aufstand, um zu öffnen. Ich fragte: ›Wer klopft so spät?‹ Aber niemand antwortete. Ich öffnete die Tür einen Spalt weit. Ein kalter Wind fuhr mir ins Gesicht. Das muss die Nacht gewesen sein, in der die Erlenmutter kam.«

»Und?«

»Später in dieser Nacht träumte ich, dass ich durch einen großen Wald ging, ich wollte das Grab meines Vaters besuchen, das offenbar mitten im Wald lag. Überall standen kleine Holzkreuze, und wenn ich sie mit einem Zweig berührte, stieg leuchtender Nebel von ihnen auf, und in dem Nebel sah man das Antlitz des Toten. Ich ging von Kreuz zu Kreuz und berührte sie mit dem Zweig; erst sah ich ausschließlich unbekannte Gesichter in dem leuchtenden Dunst, doch dann tauchten Bekannte auf, Freunde aus der Kindheit, Nachbarn, Familienmitglieder, alle möglichen

Menschen, von denen ich wusste, dass sie tot sind. Jedes Mal, wenn ich ein neues Kreuz berührte, entdeckte ich, dass noch einer meiner Liebsten tot war, einer nach dem anderen, ich berührte das Grab meines Mannes, meines lieben Zwillingsbruders, dann berührte ich noch ein Grab, diesmal stieg ein leuchtender Nebel mit dem Antlitz meines Sohnes auf, und ich stieß ein Heulen aus. Alle, die ich kannte, waren tot! Nur das Grab meines Vaters konnte ich nicht finden. In meiner Verzweiflung lief ich aus dem Wald zu meinem Haus. Die Tür war verschlossen, ich klopfte. Es war mitten in der Nacht, beinahe Vollmond. Zuerst machte niemand auf. Ich klopfte und klopfte, rief und schrie. Endlich hörte ich Schritte auf der anderen Seite der Tür, winzige trippelnde Schritte. Die Tür wurde geöffnet von einer alten Frau, sie trug meine Gesichtszüge, aber sie war sehr viel älter, und ich wusste nicht, ob ich es war oder meine Mutter mir geöffnet hatte. Hinter ihr stand eine Wiege, darin lag ein braun geflecktes Schwein. Das Schwein schmatzte.«

»Das war nur ein Traum, mein Kind.«

»Ja! Das sage ich ja. In dem ersten Traum öffnete ich der Erlenmutter. In dem zweiten Traum war ich selbst die Erlenmutter. So hat sie mich verhext, damit ich ihr öffne, in einem nächtlichen Traum. Ist es leichter für übernatürliche Wesen, eine Frau zu verhexen, die sich mit ihrer Mutter überworfen hat? Wenn man sie vermisst? Kann das Vermissen so eine Art Spalt in der menschlichen Seele sein – in die der Zauber sich einschleichen kann?«

»Wo ist der Junge jetzt?«

»Wir haben versucht, die Erlenmutter dazu zu bewegen, den Tausch rückgängig zu machen«, fuhr Signe fort. »Aber sie war ungewöhnlich hartherzig … Und meine Mutter war damit nicht einverstanden. Sie kam und wollte das Kind holen, aber wie hätte das denn ausgesehen? In ihrer Situation? Schließlich hat Henrik sie rausgeschmissen und ihr erklärt, sich nie wieder bei uns sehen zu lassen …«

»Der Junge besucht im Augenblick Verwandte«, unterbrach der Älteste.

»Alle haben gesagt, es war die Erlenmutter«, erzählte Signe weiter, »aber dann kam mir plötzlich ein anderer Gedanke. Ich bin nämlich nicht sicher, dass der Junge je ganz normal war. Vielleicht war er von Anfang an so. Also muss ja etwas anderes nicht in Ordnung gewesen sein. Und da kam mir der Gedanke: Wenn nun ein Stück Wurzel durch ein Versehen abgebrochen ist, Sie wissen schon, und sich in meinem Mutterleib festgesetzt hat … könnte der Herr es irgendwie zum Leben erweckt haben?«

»Du meinst, er hat eine Petersilienwurzel lebendig werden lassen?«

»Nun ja, also … eine Pastinake.«

Der Priester zögerte einen Augenblick.

»Das ist nicht … ausgeschlossen«, erwiderte er und bereute seine Antwort sofort.

»Großer Gott«, stöhnte Signe.

»Glaubst du an Wunder, Signe?«

»Ja, Vater.«

»Das Leben ist ein Wunder. Wenn der Herr beschließt, eine Petersilienwurzel lebendig werden zu lassen, dann wird die Petersilienwurzel lebendig, so mächtig ist die Kraft des Herrn.«

»Dann war er gar nicht vertauscht?«

»Er ist auf keinen Fall vertauscht worden. Das ist Unfug. Das Leben ist, wie es ist, und wir Menschen sollten nicht versuchen, daran etwas zu ändern. Können wir uns den Jungen auf dem Rückweg einmal ansehen?«

»Das ist leider nicht möglich.« Der Älteste sprang mit einer raschen Bewegung auf.

»Er ist momentan nicht im Dorf, sondern, wie gesagt, bei Verwandten ... äh ... ziemlich weit entfernt ...«

»Na ja, dann ein andermal.« Der Priester erhob sich. Er schwitzte unter den Armen und ärgerte sich noch immer über seine Antwort. Menschliche Wurzeln! Großer Gott im Himmel! Jetzt wollte er nach Hause.

»Auf Wiedersehen, Signe.«

»Wiedersehen.«

»Beim nächsten Mal möchte ich mir den Jungen gern einmal ansehen. Du kannst ihn mit in die Kirche bringen, damit ich ihn dort segne.«

An diesem Abend klopfte es an die Tür der Maren-Familie. Draußen standen Henrik und der Älteste. Der eine hielt eine Tranlampe in der Hand, der andere zog ein braun geflecktes Schwein an einem Strick hinter sich her.

»Dürfen wir mit deiner Mutter sprechen, meine Kleine?«, fragten sie, als ein kleines Mädchen öffnete.

Maren erstarrte. Sie hatte die misshandelte Kreatur durch den dunklen Abend getragen. Sie hatte dessen Krämpfe durch ihr Kleid gespürt, bevor sie es der Frau übergab, die das Kind unter einem Lammfell im Alkoven versteckte.

Der Älteste räusperte sich, als Marens Mutter zur Tür kam: »Ist Eure verehrte Mutter zu sprechen?«

Marens Mutter holte die Großmutter, eine alte Frau mit beginnendem Star.

»Guten Abend, gute Frau, wie ist die Gesundheit Eurer

liebenswürdigen Mutter heute Abend? Hoffentlich gut. Dürfen wir sie einen Augenblick belästigen? Wir wissen, sie ist eine alte Dame, wir wollen sie auch nicht lange stören.«

Die Großmutter schüttelte den Kopf: »Sie redet nicht mehr.«

»Dann werden Sie vielleicht so freundlich sein, für uns zu übersetzen?«

»Sie teilt uns nichts mehr mit.«

»Das ist bedauerlich.« Der Älteste reckte den Hals, er versuchte, in die Dunkelheit des Hauses zu schauen und die alte Frau in einem der Alkoven rund um die Feuerstelle zu lokalisieren, wo mehrere Generationen nebeneinander schliefen; allerdings waren seine Augen auch nicht mehr das, was sie einstmals gewesen waren, es war schwer, die Familienangehörigen voneinander zu unterscheiden. Der Gedanke, die Großmutter mit dem glanzlosen Auge einzuspannen, war natürlich ihm eingefallen, aber er hielt Ausschau nach dem ältesten Familienmitglied, denn je älter sie waren, desto mehr wussten sie über derartige Dinge. Und in dieser Familie wohnte die älteste Frau von Nielsstrup.

Henrik war zunächst unwillig gewesen. »Kann sie sich denn nicht mit einer Ziege begnügen?«

Aber der Älteste war hart geblieben.

»Sie ist teurer als der Priester«, hatte Henrik auf dem Weg zu ihr bemerkt, »wer weiß, ob sie auch besser ist?«

»Menschliche Pastinaken!«, hatte der Älteste geantwortet. »Er glaubt nicht an übernatürliche Wesen. Aber er glaubt an lebendige Petersilienwurzeln!«

Jetzt zog der Älteste hart am Strick. Das Schwein grunzte, Marens Großmutter entdeckte es erst jetzt.

»Wir brauchen ihre Hilfe«, sagte der Älteste. »Glaubst du,

die Sau könnte sie dazu bringen, der Welt noch ein klein wenig mehr mitzuteilen, bevor sie für immer schweigt?«

»Hm.«

»Wir wären außerordentlich dankbar.«

Die Großmutter nahm den Strick aus der Hand des Ältesten und zog das Schwein ins Haus. Sie ging an der offenen Feuerstelle vorbei zum dunkelsten Alkoven, in dem die alte Frau lag. Die Großmutter beugte sich über die Alte – die so alt war, dass sie mit eigenen Augen gesehen hatte, wie die Sagenkönige über die sumpfigen Roggenfelder galoppierten, lange vor den Hungerjahren und der Zeit der Pest – und rief laut: »Du hast vornehmen Besuch, Mutter!«

Die Alte reagierte nicht.

»Der Älteste und Henrik Heldursohn sind hier!«, fügte die Großmutter hinzu.

Noch immer keine Reaktion.

»Sie haben eine ausgewachsene Sau mitgebracht!«

Ein leichtes Zucken durchfuhr den leblosen Körper, und eines ihrer Augen öffnete sich einen Spalt weit.

»Es geht um den Vertauschten, Mutter, Signes Vertauschten, weißt du. Sie meinen, die Erlenmutter hat ihn geholt, ohne Signes Sohn zurückzubringen, und nun ist Signe vollkommen außer sich; sie hat mit dem Erlenvolk getanzt, oder ein Berggeist hat sie genommen. Sie hatten auch schon Besuch vom Priester, aber er konnte nicht helfen. Stattdessen hat er von Gemüsewesen geredet.«

Die Alte setzte sich mühsam auf, hustete vor Anstrengung und sagte schließlich: »Wenn jemand ein Ei in dein Nest gelegt hat, sollst du das Ei nicht zerbrechen. Du sollst es nicht zertrampeln und auf den Mist schmeißen.« Sie blickte Henrik griesgrämig an. »Idiot.«

»Wie bitte?«

»Trottel.«

»Also das ... lasse ich mir nicht bieten.« Henrik schaute den Ältesten appellierend an.

»Blödmann«, zischte die Alte.

»Ich dachte, sie würde der Welt nichts mehr mitteilen«, flüsterte der Älteste der Großmutter zu, die resignierend die Achseln zuckte.

»Dummkopf!«, schrie die Alte.

Henrik hob drohend die Hand, aber die Alte im Alkoven schimpfte weiter: »Du musst nett zu den Frauen sein. Es nützt nichts, Krieg gegen die übernatürlichen Wesen zu führen oder Kinder auszuschicken, um die Jungfrauen der göttlichen Mutter in fünfeckigen Gruppen zu beleidigen. Das Fünfeck ist unwirksam, das hat der Priester in Pederup sich ausgedacht. Ich habe auch gehört, wie er die Frauen mit Dreck bewirft. Er nennt sie Hexen und Winselmütter, aber er sollte sich an die eigene Nase fassen.«

»Pst ... rede doch nicht so.«

»Ich rede, wie es mir passt«, erwiderte die alte Frau. »Außerdem kommt ihr doch und biedert euch mit einer Sau an.«

Henrik sah den Ältesten ängstlich an, der versuchte, die Wogen zu glätten.

»Wir wollen uns nicht streiten. Wir sind gekommen, um die weise Frau um Rat zu fragen. Du bist diejenige, die am meisten über die übernatürlichen Wesen weiß.«

»Es ist übrigens lange her, dass jemand etwas von mir hören wollte«, sagte die Alte, während sie sich auf die Beine kämpfte.

»Aber nun bitten wir dich ...«

»Wenn es bereits zu spät ist. Wenn Jungfrauen zu Moorweibern geworden sind. Wenn Frauen zu Weibern geworden sind. Wenn Kinder im Moor ertrunken sind. Wenn Säuglinge verschwunden sind.«

»Ruhig jetzt, Frau, wir wollen ja gern alles wiedergutmachen, nicht wahr? Henrik wird tun, was in seiner Macht steht, um ... die übernatürlichen Wesen zu besänftigen.«

»Dann muss er die Steine aufsuchen.« Die Alte sah Henrik an. »Und er soll Signe mitnehmen. Wenn sie dreißig Fuß von dem ersten Stein entfernt sind, müssen sie sich ausziehen. Dann sollen sie zu dem Stein gehen, wobei sie nicht miteinander reden dürfen. An den Fuß des Steins haben sie ein Geschenk zu legen, ein Brot oder etwas Ähnliches. Wenn sie das Brot hingelegt haben, sollen sie sich lieben, wie sie es gewöhnlich zu Hause tun, am besten auf dem Stein, wenn das aber zu kompliziert ist, sollen sie es auf der Erde vor dem Stein tun. Der Stein muss Saft und Kraft haben. Sie dürfen nicht miteinander reden, denn sie dürfen die Frauen nicht noch mehr stören, als sie es bereits getan haben. Wenn sie fertig sind, müssen sie drei Mal um den Stein herumgehen, noch immer schweigend. Das wird die Frauen und Jungfrauen freundlich stimmen. Das nennt man, sie *ehren*!«

Der Älteste nickte ernst. »Und so wird das vertauschte Kind dann zurückgebracht, nicht wahr? Verhält es sich nicht so?«

Die Alte ignorierte die Frage und fuhr fort: »Aber zuallererst müssen sie zu dem Moorloch gehen, in dem Alfred, der Sohn des Schmieds, verschwunden ist. In fünf Tagen, bei Vollmond. Sie sollen die Sau mitnehmen. Am Moorloch haben sie die Frauen auf die gleiche Weise zu ehren, wie ich es angewiesen habe. Wenn sie fertig sind, soll Henrik der Sau den Kopf abschneiden und ihn dort hineinwerfen, wo der

Junge verschwunden ist, dann soll er den Körper der Sau über das Loch halten, damit das Blut ins Wasser tropfen kann. Denkt daran, dem Schwein die Beine zusammenzubinden, damit die Klauen nicht kratzen. Den Kopf und das Blut soll die Frau im Moorloch haben. Den Rest nehmt ihr mit nach Hause. Bereitet die Eingeweide zu und esst sie, sobald ihr nach Hause kommt, und hinterher will ich den Rest des Schweins haben, gern gepökelt oder geräuchert.«

»Ist es denn klug, sich nachts so viel herumzutreiben?«, warf der Älteste ein.

»Sie sollen sich ein Hufeisen um den Hals binden, dann müssen sie keine Angst haben. Kommen sie auf dem Weg an einem Hügel vorbei, sollen sie nicht nervös werden. Auch auf dem Hügel halten sich die Frauen auf. Begegnen sie anderen Wesen, dürfen sie sie nicht als Winselmütter oder Hexenweiber beleidigen, sondern müssen sich vor ihnen verbeugen und verneigen, ihnen Respekt erweisen. Auch Fröschen und Kröten. Sie werden im Übrigen mit *Frau* angeredet.«

Henrik und der Älteste sahen sich besorgt an.

»Was ist mit meinem Sohn?«, erkundigte sich Henrik. »Bekommen wir ihn zurück?«

Die Alte zuckte die Achseln.

»Der Priester …« Der Älteste räusperte sich mehrfach. »Er meinte … ich weiß nicht recht, wie ich es ausdrücken soll, es klingt ein bisschen eigenartig, wenn ich es selbst sage, es klang richtiger, als der Priester es sagte, nun denn: Er wollte nicht ausschließen, dass es sich um ein menschliches Gemüse handelte, eine abgebrochene Wurzel, die lebendig wurde, und Signe deshalb eine Art Zwischending zur Welt gebracht hat, wenn du verstehst. Er wollte nichts von einem

Tausch hören. Er glaubt nicht an übernatürliche Wesen, obwohl er aus einer bäuerlichen Familie stammt und es besser wissen müsste.«

Die Alte rümpfte die Nase. »Davon verstehe ich nichts. Wäre es aber nicht von vornherein besser gewesen, das Kind anständig zu versorgen? Es ist doch klar, dass die Frau böse wird, wenn ihr Kind ausgepeitscht wird. Deshalb hat sie sich den Jungen des Schmieds geholt, dafür könnt ihr Dummköpfe euch selbst danken!« Die Alte hob eine Faust. »Wie ihr euch bettet, so liegt ihr! Wenn eine Frau ein Ei in euer Nest legt, solltet ihr euch darum besonders kümmern. Und das Geschenk nicht auf einen stinkenden Misthaufen schmeißen!«

»War das Ganze nicht ein wenig seltsam?«, fragte Henrik auf dem Heimweg.

»Schon«, gab der Älteste zur Antwort.

»Vielleicht sollten wir einfach dem Rat des Priesters folgen«, meinte Henrik.

»Welchem Rat? Wenn der Priester das nächste Mal nach Nielsstrup kommt, wird er nach deinem Jungen fragen. Was willst du ihm sagen? Er ist auf Familienbesuch, er hütet die Schafe, er sammelt Pilze im Wald, er angelt im Moor, er erledigt etwas für seine Mutter? Was glaubst du, wie lange wir es verborgen halten können? Eines Tages wird er erfahren, dass dein Sohn nicht mehr hier ist, und dann wird er dich fragen, warum er nicht in geweihter Erde liegt – was willst du ihm antworten?«

»Du hast recht.«

»Es ist am klügsten, sich abzusichern. Wenn du nur eine einzige Sorte auf deinem Feld pflanzt, riskierst du, alles zu verlieren.«

Als sie zu Signe zurückkamen, erklärten sie ihr, dass der Sohn wahrscheinlich zurückkehren würde, wenn sie die befohlenen Rituale ausführten. Die übernatürlichen Wesen wären ihnen wieder gewogen, die Unterwelt würde sie mit milderen Augen sehen, und die gefallenen Engel des Herrn sich ihrer erbarmen.

Fünf Tage später, als der Vollmond an einem klaren Nachthimmel aufstieg, banden Signe und Henrik sich jeder ein Hufeisen um den Hals und brachen mit einem Schwein auf. Erst suchten sie das Moorloch auf, in dem Alfred verschwunden war, und wo Signe wenige Wochen zuvor mit einer Heugabel auf der Lauer gelegen hatte, um die Erlenmutter aufzuspießen, wenn sie sich in der Tiefe zeigen sollte. Nun zogen sie sich stattdessen an dem kalten Saum des Moorlochs aus und gaben sich einander auf einer Wolldecke hin, eingehüllt in eine Dunstglocke aus dem Gebräu des Moorweibs. Hinterher schnitt Henrik dem Schwein die Kehle durch und hielt das zuckende Tier über das Moorloch, in dem der siebenjährige Junge verschwunden war; er beobachtete, wie das dunkle Blut auf den Schwingen des Unterstroms davongewirbelt wurde. Als das Röcheln der Sau verstummt war, schnitt er den Kopf ab, stopfte ein paar große Steine in die Schnauze, um das Gewicht zu erhöhen, und warf den Kopf in das Loch. Er sank sofort auf den Grund des schwarzen Wassers, als hätte ein Unterwasserwesen ihn hastig an sich gezogen. Danach zogen sie sich wieder an und gingen über die mondbeschienenen Wiesen nach Hause, wobei sie es sorgfältig vermieden, in die traurigen Reste der Abwasserkanäle zu stolpern, die der Schweinejunge seinerzeit gegraben hatte. Besonders achteten sie auf die vier Anhöhen, an denen sie auf dem Heimweg vorbeikamen, doch dort war es in dieser Herbstnacht glücklicherweise ruhig. Sie schlichen dennoch vorsichtig und mit angehaltenem Atem an den Hügeln vorbei und beeilten sich, nach Hause zu kommen. Dort verriegelten sie die Tür und schnitten den braun gefleckten Bauch der Sau auf, um das Herz, die Leber und die Milz auszunehmen. Sie kochten die Eingeweide in dem Rest Blut, der der Sau noch immer aus dem Hals tropfte, verspeisten sie hastig und liefen dann zur Maren-Familie, um die Reste des Schweins abzuliefern. Wieder daheim wuschen sie sich sorgfältig Moorerde, Liebessäfte, Blut und Tränen ab.

Sie lagen dicht beieinander, um sich gegenseitig zu wärmen, ähnlich wie der Wind in dem geschlossenen System, das der Herr eingerichtet hat, den Staub konstant vom einen zum anderen Ende der Welt bläst. Die Sorge, ob ihrem himmlischen Vater das Opfer für die Wesen des Wasserlochs gefallen würde, verflog, nachdem sie die Spuren von ihren Körpern abgewaschen hatten. Allein der Gedanke an die vielen Steine, die sie in der nächsten Zeit aufsuchen und an denen sie sich lieben sollten, erhitzte sie beide und mischte sich mit der süßen Hoffnung, dass sie irgendwann in der nahen Zukunft ihren Sohn wiedersehen würden.

Bereits am nächsten Abend banden sie sich wieder die Hufeisen um den Hals und begaben sich hinaus in die öde Landschaft um Nielsstrup. In dieser Nacht besuchten sie erst den Schwarzstein, und als sie die Rituale ausgeführt und ein Brot an seinem Fuß hinterlassen hatten, hasteten sie mit glühenden Wangen weiter in Richtung Grauer Zwerg. Hatten sie zunächst noch Vorbehalte gegenüber den Äußerungen der alten Frau gehabt, begannen nun kleine Zeichen und Ahnungen für sie zu sprechen: Lichtflecken, die vor ihren Augen tanzten, während sie Hand in Hand über die feuchten

Wiesen liefen, ein prickelndes Gefühl unter der Haut, ein Kribbeln im Zwerchfell, eine süße Empfindsamkeit, die sie mal hier, mal dort in ihren Körpern spürten. Leicht euphorisch über diese Zeichen der Veränderung kamen sie zum Grauen Zwerg, warfen ihre Kleider in einem Zustand der Erregung von sich, den sie vorher nie erlebt hatten, und liebten sich lautstark auf dem breiten Rücken des Steins. Diesmal schmierten sie nicht nur den Stein ein, wie es die alte Frau befohlen hatte, sondern hinterließen auch Zeichen mit ihren Liebessäften; Zeichen, die sie eigentlich nicht verstanden, die aber dennoch irgendeinen Sinn ergaben. Hätten sie früher gewusst, dass das Böse auf diese Weise vertrieben werden konnte, wären sie sofort zu den Steinen gegangen, statt das arme Erlenkind auf dem Mist zu bestrafen.

Mit klopfenden Herzen und euphorisierten Körpern liefen sie durch das Unterholz, den Wald und die sumpfigen Feuchtgebiete. Ihr Gemütszustand hatte sich vollkommen verändert, obwohl, objektiv betrachtet, eigentlich alles beim Alten geblieben war: Das Dorf lag noch immer dort in der Ferne, die Roggenfelder waren sumpfig und wurden von Maulwürfen, Winde und Pfeilkraut heimgesucht, die Plackerei war dieselbe, die Armut und die Kinderlosigkeit hatten sich nicht geändert, auch der Zehnte und die Pacht waren im Laufe der Nacht ganz sicher nicht aufgehoben worden, ebenso wenig wie die Arbeit auf dem Gut oder die stets vorhandene Angst vor der Deutschen Dogge des Gutshofs.

Als Signe und Henrik sich Nielsstrup über die nachtfeuchten Wiesen näherten, hörten sie in der Ferne Gesang. Sie blickten sich an, noch immer glühten ihre Wangen in dem diesigen Licht des Halbmonds.

Das Lied kam vom Waldrand her; sie wussten, dass es dort

einen Hügel gab. Nächtlicher Dunst lag wie ein dünner, heller Gürtel über der Landschaft.

»Komm«, forderte Signe Henrik auf und zog ihn in Richtung Waldrand.

Als sie sich dem Hügel näherten, sahen sie, dass nur der Fuß und die Kuppe sichtbar waren – die Mitte verschwand in loderndem Dunst. Beide wussten, was das bedeutete. Sie hatten zahllose Geschichten von Hügeln gehört, die sich auftürmten und einen Saal offenbarten, in dem das Erlenvolk tanzte und so wilde Feste feierte, dass ein Mensch tot umfallen würde, wenn er es wagte, an dem Tanz teilzunehmen. Außer Atem krochen sie hinter die Wurzel eines umgestürzten Baums. Der Gesang war hier deutlicher zu hören. Wenn sie die Augen zusammenkniffen, konnten sie auch einzelne Gestalten tanzen sehen. Dort war eine. Die Erscheinung war in dem wabernden Dunst beinahe nicht zu erkennen. Dort war noch eine. Gemeinsam zählten sie sie. Es waren vielleicht sieben oder acht. Eine von ihnen hätte durchaus die Erlenmutter sein können. Signe und Henrik zeigten mit dem Finger auf die Tanzenden und flüsterten miteinander.

»Was machen die da, was glaubst du?«

»Sie tanzen, siehst du das nicht?«

»Aber warum tanzen sie, was meinst du?«

»Ich weiß es nicht.«

»Vielleicht feiern sie ja etwas?«

»Komm, lass sie tanzen.« Sie fassten sich bei den Händen und liefen wieder über die taunassen Wiesen nach Nielsstrup. Lichtflecken flackerten vor ihren Augen, und in ihren Leibern verspürten sie ein brodelndes Gefühl, als ob die Musik sie nicht loslassen wollte.

In der nächsten Zeit suchten sie unzählige Riesensteine auf, opferten ihnen Brot und führten ihre Rituale durch. Die Hitze und die Euphorie wiederholten sich, die mystische Sprache jedoch, die sich in den Symbolen und Zeichen ausdrückte, die sie hinterher auf die Steine zeichneten, schien sich in eine neue Richtung zu entwickeln. Sie verstanden nicht nur besser, was die Zeichen bedeuteten, sie begleiteten die Zeichen auch mit Worten, die ihnen immer leichter über die Lippen zu kommen schienen.

»Es lag ein Schleier über meinen Augen, ich habe alles auf eine sonderbar verzerrte Art und Weise gesehen. Mein ganzes Leben war sonderbar und verzerrt.«

»Was meine Hände getan haben, hatte nichts damit zu tun, was in meinem Herzen vorging.«

»Ich war dumm und blind.«

»Entschuldige.«

So entschuldigten sie sich bei sämtlichen Steinen, zeichneten auf ihnen, vergossen salzige Tränen und bedauerten, was sie dem Erlenkind angetan hatten. Wenn er nur auf irgendeine Weise zurückkäme, würden sie alles anders machen. Die Bewohner von Nielsstrup bemerkten schon bald Signes und Henriks seltsame Verwandlung, doch fiel es ihnen schwer, die Ursachen zu erkennen: Die Erlenmutter hatte noch immer ihr Kind, das große Loch mit dem dunklen Wasser, das das Stück Land hinter ihrer baufälligen Hütte entstellte, lag noch immer offen, weil niemand wagte, es wieder aufzufüllen. Niemand mochte in das dunkle Meer des Selbstbetrugs hinunterschauen, das so dicht an der Oberfläche unter dem Dorf hindurchfloss. Viele träumten nachts unruhig davon, aber wenn der Herr in der Höhe das Ungewisse in ebendiese Form gebracht hatte, dann war es sicher am besten, die Finger davon zu lassen, denn niemand wusste ja, ob der Vertauschte nicht hier wieder auftauchen würde, wenn er es leid war, dort unten herumzuschwimmen. Jedenfalls war es das Beste, sich diese Option offenzuhalten, und im Übrigen unterhielt man sich momentan ohnehin über Signe und Henrik, wenn man zur Abendzeit an den Zäunen stand, auf dem Feld arbeitete oder am Sonntag auf dem unwegsamen Pfad zum Gottesdienst nach Pederup ging. »Habt ihr gesehen, wie nahe sie sich sind? Habt ihr gesehen, wie liebevoll ihre Augen strahlen, wenn sie sich anschauen?«

»Geilheit würde ich das nennen!«

»Sie schauen sich *zärtlich* an, Vater!«

»Ich finde nun eher, dass sie sich umschwänzeln wie ein paar läufige Hunde, hmmmfff.«

»Es ist *Liebe*, die aus ihren Augen strahlt. Nach zehn Jahren des Zusammenlebens haben sie sich nun endlich gefunden.«

»Du meinst, sie haben *ineinander* gefunden.«

»Der Herr hat ihnen das Gnadengeschenk des Unglücks gegeben. Versuch nicht, das herunterzuspielen.«

»Bah! Das Einzige, was sie im Kopf haben, ist, hinaus in die Wildnis zu kommen und die Kleider abzuwerfen, sobald es dunkel geworden ist.«

»Ich erinnere mich deutlich, dass ihre Väter beschlossen, sie zusammenzuführen. Sie wollten sich nicht, aber sie mussten in den sauren Apfel beißen, um das Stück Land zu bekommen.«

»Aber jetzt ist der saure Apfel süß geworden.«

»Hmmmfff.«

»Es gärt in den Geschlechtsorganen.«

»Sie *lieben* sich.«

»Sie finden vermutlich keine Ruhe, bis sie noch so ein Trolljunges gezeugt haben.«

»Du bist nur neidisch.«

»Sei still.«

»Du bist neidisch, weil deine Frau dich nicht mehr will und du die jungen Mädchen nicht mehr beeindrucken kannst. Die einzigen Wesen, die es noch ertragen, sich mit dir zu vergnügen, sind deine Schafe.«

»Das sagst du nicht noch einmal!«

»Hört auf, euch zu streiten, ihr Quatschköpfe!«

»Geilheit!«

»Liebe!«

»Geil-heit!«

Sollte irgendjemand in Nielsstrup vergessen haben, dass Steine eine starke Kraft der Verwandlung in sich tragen, so wurde er jetzt wieder daran erinnert. Sollten einzelne Seelen so intensiv den Predigten des Priesters zugehört haben, dass sie ihre Kinder lediglich aus reiner Gewohnheit mit einem Stück frisch gebackenen Brotes zum nächsten Stein schickten, weil es ja immer am besten ist, auf der sicheren Seite zu sein, und weil es ihre eigene Aufgabe gewesen war, als sie klein waren, schickten sie ihre Kleinen nun mit weitaus ehrfürchtigeren Mienen los und ermahnten sie, nicht von dem Brot zu essen, bevor die Steine ihren Teil bekommen hatten.

Bekanntlich bekommen Steine ihre Nachkommen auf die gleiche Weise wie andere lebende Wesen. Jeder, der dieser Tatsache zweifelnd gegenübersteht, braucht nur einen Blick auf den nächsten Feldstein zu werfen, der selten allein in der Landschaft liegt, sondern meist von kleineren Steinen begleitet wird, genau wie eine Mutter, die von ihren Kindern umringt aufs Feld geht. Die Steine sind gern von ihren Kindern umgeben, die mit der Zeit größer werden und bei Überschwemmungen, Sturmfluten und anderen Naturphänomenen bisweilen an neue Orte schwimmen, um selbst eine Familie zu gründen. Ebenso bekannt ist, dass alle Steine so verrückt auf Brot sind, dass sie sich begierig dem nächsten Haus zuwenden, wenn sie den süßen Duft von frischem Backwerk ahnen; dies gilt für Heilsteine und Unglückssteine, Fruchtbarkeitssteine, Schutzsteine, Buttersteine, Gleitsteine, Wetzsteine, Schwimmsteine, Wurfsteine, Zaubersteine und was es sonst noch an Steinen gibt.

Nachdem sie die verzaubernde Wirkung gesehen hatten, die die Kraft der Steine auf Signe und Henrik ausübte, überlegten mehrere Bewohner von Nielsstrup, was die Steine für *sie* tun könnten, und so zog nachts ein wachsender Strom von Menschen aus Nielsstrup jeweils zu zweit über die nassen Felder und feuchten Wiesen; einige verschwanden in den Wäldern, andere im Moor und in den Feuchtgebieten entlang der Bäche und der Wasserläufe. Es war lange her, dass die Steine in den einsamen Gegenden um Nielsstrup so gut gegessen hatten. Das gute Brot verschwand im Granit und im moosüberzogenen Feuerstein, in Gneisblöcken, in Sandstein und im Basalt, der während längst vergessener Eiszeiten aus dem fernen Norden herangeschwemmt worden war und sich nun mit Brot groß und fett fressen konnte, das man aus dem Korn der von Winde und Pfeilkraut geplagten Roggenfelder in Nielsstrup gebacken hatte.

Nachdem Signe und Henrik alle Steinen aufgesucht hatten, zogen sie zu dem großen Kinderfußstein am Meer. Zuvor befragten sie die Alte im Haus der Maren-Familie, die ihnen ganz genau den Weg erklärte und erzählte, in welcher notdürftig gebauten Schutzhütte sie in der ersten Nacht übernachten könnten, unter welchem umgestürzten Baumstamm in der zweiten Nacht, und wie sie an einem kleinen Fischerdorf vorbeikamen, bevor der Kinderfußstein, die Mutter aller Steine, sich nach einer weiteren halbtägigen Wanderung in Richtung Osten zeigen würde. Die Alte riet ihnen, reichlich zu essen und zu trinken, bevor sie aufbrachen. Ansonsten sollte jeder nur ein Brot für den Heimweg mitnehmen, mit fastenden Mägen wandern und nur ein wenig trinken, wenn die Sonne untergegangen war. So wanderten sie durch unwegsame Feuchtgebiete, durch steinige Wälder und unbestellte Wiesen, bis sie das Fischerdorf am Meer erreichten. Eigentlich hatten sie sich gedacht, stehen zu bleiben und ein wenig mit den Leuten zu plaudern, doch nun wichen sie automatisch den Hütten und Räuchereien aus und hielten sich ans Unterholz und die Schilfgebiete. Sie fühlten sich in der Wildnis wohler, zwischen Bäumen, Steinen und Wasserlöchern. Nachdem sie am dritten Tag ein paar Stunden durch Schilf und Gebüsch gegangen waren, erreichten sie einen kolossalen Stein, bei dessen Anblick ihnen sofort klar war, dass es sich um den Kinderfußstein handeln musste. Nun begriffen sie auch, warum kinderlose Paare oft tagelang wanderten, um genau diesen Stein zu erreichen, denn er war gerade dabei zu gebären. Nicht nur die kleinen Steinchen, die in einem steten Strom gleichsam aus ihm herausströmten, sondern den gesamten Strand, sämtliche Steine des Strandes hatte er geboren, das sah einfach jeder, der Augen im Kopf hatte. Signe und Henrik legten sich dicht beieinander in eine Aushöhlung am Fuße des Steins und warteten, dass die Nacht kam und der Mond aufging. Sie versuchten zu schlafen, doch die Anwesenheit des Steins hielt sie wach. Die

Sonne ging unter, und sie lagen mit weit aufgerissenen Augen in der Dunkelheit und warteten auf den Mond. Als er endlich aufging, zogen sie sich aus, gingen drei Mal rund um den Stein, erst in die eine, dann in die andere Richtung. Hinterher kletterten sie auf ihn, aber seine Kraft war so überwältigend, dass es ihnen schwerfiel, sich einander hinzugeben. Sie fühlten sich von der Herrin des Steins überwacht und kletterten unruhig darauf herum, schauten in Spalten und Öffnungen, legten die Ohren daran, lauschten, schmeckten den Stein mit der Zunge, schabten Steinstaub mit den Nägeln ab und krochen in die größte Öffnung des Steins, dorthin, wo die kleinen Steine herauskamen. Signe legte die Steine vorsichtig beiseite. Sie entfernte einen nach dem anderen und legte sie sorgfältig auf einen Haufen, bis keiner mehr übrig war. Dann kroch sie in die Öffnung, hob einen größeren Stein auf und fing an, damit gegen den Kinderfußstein zu schlagen.

»Aber was machst du denn da?«, rief Henrik.

»Ich will ein Stück mit nach Hause nehmen.«

»Bist du verrückt geworden? Du darfst kein Loch in den Stein schlagen.«

»Es passiert nichts, nur ruhig, ich schlage kein Loch hinein. Schau mal, hier ist eine Vertiefung, ganz unten in seinem Schoß.«

»Davon darfst du dir nichts nehmen.«

»Ich nehme es mir ja auch nicht, ich leihe es mir nur, sieh, es sind kleine Steinchen, die gerade geboren wurden, sie sind nicht größer als Nüsse, einige von ihnen sogar kleiner, sie werden geradezu aus dem Schoß herausgepresst. Einen nehme ich mit nach Hause und kümmere mich um ihn.«

»Wie bitte?«

»Ich werde ihn an die Hausecke legen. Wenn wir ihm Milch und Brot geben, wird er rasch groß werden.«

»Du bist doch verrückt.«

»Ich stehle ihn nicht. Ich nehme ihn mit in die Welt, ich kümmere mich um ihn und pflege ihn, ich gebe ihm einen Ort, an dem er wachsen kann.«

Signe wühlte in den Steinchen. Einzelne rollten davon. Wind und Wetter hatten dem Stein zugesetzt, plötzlich zeigte sich ein Riss, genau dort, wo Signe gestanden hatte.

»Vorsichtig!«, schrie Henrik.

Wie bei einem Erdrutsch strömte ein großer Haufen kleiner Steine aus der Mitte des Steins. Einer der Steine war nicht wie die anderen. Er hatte die Größe und Form eines Hühnereies. Er rollte heraus und landete in Signes Schoß. Er strahlte wie die Sonne, er glühte und funkelte, als wäre er aus Feuer.

Signe stieß einen erschrockenen Schrei aus und sprang auf. Der Stein fiel auf den Strand und leuchtete dort zwischen den anderen Steinen. Henrik kam angelaufen, er ging in die Knie und legte sein Gesicht ganz dicht an den Stein.

»Das ist kein Stein«, stellte er fest.

»Was ist es dann?«

»Es ist etwas anderes.«

»Was denn anderes?«

»Ich weiß es nicht.«

»Ist es ein Stern?«

»Glaube ich nicht, er hat nicht das richtige Licht. Vielleicht ist es eine Art Donnerkeil. Vielleicht hat der Blitz in den Kinderfußstein eingeschlagen und seinen Kern in Gold verwandelt.«

»Ist das denn Gold?«

»Ich glaube schon.«

»Ich habe noch nie Gold gesehen. Es ist so schön.«

»Ich habe auch noch nie Gold gesehen.«

»Herr von Weißenfels hat einen Ring aus Gold.«

»Hast du ihn gesehen?«

»Ich habe etwas glitzern sehen, als er mal angeritten kam. Vielleicht war es das Sonnenlicht, das in dem Goldring glitzerte, genau wie das Mondlicht in diesem Gold glitzert.«

»Ob wohl etwas in dem Ei ist?«

»Ein Vogel?«

»Ein Troll?«

»Wenn es denn ein Ei ist.«

»Es hat die Form eines Eies, aber vielleicht ist es etwas anderes, das nur die Form eines Eies angenommen hat.«

»Es muss die Seele des Steins sein, die herausgefallen ist.«

»Das glaube ich auch.«

»Dort, wo er seine Kraft verbirgt.«

»Wir müssen es sofort zurücklegen. Ich sagte ja, dass du nicht auf den Stein schlagen sollst.« Henrik sah sich nervös in der Dunkelheit um. »Die Herrin wird uns böse sein.«

»Wenn sie wollte, könnte sie ihr Geheimnis bestimmt bewahren. Das ist nur herausgefallen, weil sie wollte, dass wir es sehen. Sie wollte ihr Geheimnis mit uns teilen.«

»Glaubst du?«

»Vielleicht hat sie uns vergeben.«

»Glaubst du?«

»Glaubst du es denn?«

»Ich weiß nicht.«

»Ich weiß es auch nicht.«

Ohne ein weiteres Wort legten sie das Ei vorsichtig zurück, bedeckten es sorgfältig mit den Kieseln und Steinchen, die sie aus dem Stein geholt hatten, und legten schließlich die großen Steine obenauf, sodass die kleine Vertiefung in der grottenförmigen Aushöhlung wieder gefüllt war. Dann liebten sie sich flüchtig und legten ihr letztes Brot zu Füßen des Steins, bevor sie durch das Strandgebüsch und über die Wiesen verschwanden. Sie liefen mit ihren Kleidern unter den Armen und den Holzschuhen in den Händen, versetzt in eine traumartige Welt, in der Steine ebenso lebendig waren wie Menschen und in der Ereignisse, die vom Herrn längst niedergeschrieben waren und von der Gegenwart vollbracht werden sollten, umgekehrt werden konnten. Es gab eine Möglichkeit, die Natur der Dinge zu ändern: Ein Unglücksfall war nicht mehr nur ein Unglücksfall, sondern konnte mit Hilfe besonderer Zeichen und Symbole in einen Glücksfall verwandelt werden. Eine boshafte Misshandlung ließ sich wie durch einen Zauberschlag in einen Überfluss an Fürsorge verwandeln, Tote konnten lebendig, Verschwundene wiedergefunden werden.

Auf dem Heimweg kamen sie in der zweiten Nacht an einem Hügel vorbei, von dem Gesang und Stimmen erklangen, und dieses Mal näherten sie sich ohne Zögern. Mehrere Gestalten an dem Hügel ähnelten Einwohnern von Pederup, Signe und Henrik waren verwundert, hatten sie möglicherweise deren Gesichter geliehen? Es sah sehr merkwürdig aus.

Als sie direkt vor dem Hügel standen, sahen sie, dass er sich nicht wirklich geöffnet hatte. Am Fuße des Hügels war ein Feuer entzündet, und im nächtlichen Dunst und Schein des Feuers sah es nur so aus, als stünde der Hügel offen. Beide waren ein wenig enttäuscht, allerdings hielt die Enttäuschung nicht lange an. Die sieben, acht Gestalten tanzten, tranken und strahlten eine seltsame Energie aus, die sie beide verzauberte. Die meisten waren halbnackt. Zwei Männer und eine nackte Frau trugen auf dem Weg in den Wald einen Topf mit einem gekochten Schweinskopf. Signe und Henrik gingen zu ihnen, und bevor sie sich versahen, tanzten sie in dem kleinen, engen Kreis, als hätten diese Leute nur auf sie gewartet. Einer von ihnen versuchte während des Tanzes, seinen Unterleib an Signes Hinterteil zu pressen. Er hatte ein ganz gewöhnliches Glied, nicht viel größer als das irgendeines Bauern aus Nielsstrup oder dem Hinterland. Signe schubste ihn fort. Dem Mann war es offensichtlich egal, er tanzte weiter mit sich selbst. Seine Augen glänzten vor Wahnsinn, seine Beine bewegten sich wie Trommelstöcke, und sein Glied hüpfte und tanzte. Er war lediglich mit Holzschuhen bekleidet. Henrik starrte verzaubert auf den tanzenden Mann, und auch die anderen glotzten ihn hingerissen an. Der Gesang wurde lauter, die Leute klatschten und trampelten mit ihren Holzschuhen auf den Waldboden, einer schlug den Takt mit einem Knüppel auf einem umgefallenen Baumstamm. Er war innen hohl und gab ein dröhnendes Bassgeräusch von sich, das sich gleichsam in die Leiber der Zuhörer pflanzte. Ein anderer spielte auf der Flöte. Eine fette Frau mit langen Brüsten, die ihr bis auf den Bauch hingen, produzierte hohe Töne mit ihrer Zunge und ließ dabei ihre Hüften kreisen. Sie war nackt, und die Schwerkraft zog so gewaltig an ihrem dicken Wanst, dass er über ihrer Schambehaarung hing. Der nackte Mann wandte sich der Frau zu und verdrehte die Augen. Die Frau tat es ihm nach. Stampfend näherten sie sich in kreisförmigen Bewegungen an, der Mann wackelte mit seinem Unterleib, die Frau mit ihrem Hintern. Plötzlich erkannte ihn Signe, es war der Häutehändler aus Pederup. Zumindest war es sein Gesicht. Sie überlegte, ob sein seltsamer Tanz im Wald sich in Wirklichkeit abspielte, oder ob es sich um seine schlafende Seele handelte, die sich in den Wald geschlichen hatte, während der Häutehändler selbst in seinem Bett in Pederup schlief. Könnte es möglicherweise sein Traum sein, in den sie und Henrik geraten waren? War es denkbar, dass der Herr zuließ, dass die Träume der Menschen in der Nacht zu Wallfahrten in die einsamen Wälder und unwegsamen Feuchtgebiete aufbrachen, um dort ihr seltsames und eigenartiges Leben zu führen? Und wenn der Häutehändler, der mit erigiertem Glied, beschleunigtem Puls und kleinen Schweißperlen auf der Oberlippe in seinem warmen Bett in Pederup lag, nun träumte, dass er seinem Schwanz seinen Willen ließ und seinem Schwanz erlaubte, an ihrem Hinterteil zu tanzen, würde sie ihm dann in Übereinstimmung mit seinem Traum auch nachgeben? Würde man dann vollends toll, oder war man bereits toll in dem Moment, als man anfing, an der Wirklichkeit zu zweifeln, in der man sich befand? Wenn man Zweifel hatte, ob man in der wirklichen Welt vom Herrn im Himmel geschaffen worden war oder von einem schlafenden, geilen Kerl in seiner Traumwelt? Atemlos zog sie Henrik am Arm.

»Komm, lass uns weitergehen.«

Aber Henrik wollte nicht mitkommen.

»Gleich, ich will nur noch sehen …«

Sie sah seinen Augen an, dass ihn der Traum des Häutehändlers bereits verführt hatte, auch sein Glied begann sich in seiner Wollhose aufzurichten. Vor ihrem inneren Auge sah Signe sämtliche Varianten, die der Traum des Häutehändlers nun annehmen konnte, Frauen zum Beispiel, die sich ihm zu Füßen warfen, oder Männer, die sich wie Katzen an ihn schmiegten und sich in so zahllosen Stellungen anboten, dass es ihr allein bei dem Gedanken den Atem verschlug. Die Varianten umfassten auch ein akutes Anwachsen des tanzenden Schwanzes, insofern war die Ausstattung des Trolls vielleicht gar nicht real – nicht in einer von Gott geschaffenen Welt, sondern ein Fantasieprodukt, geschaffen in der Traumwelt ordinärer Männer mit kleinen Schwänzen, dachte Signe, in der Traumwelt schlafender, verschmähter Männer, die nachts ihre geilen Wunschträume in einsamen Wäldern und sumpfigen Wiesen umherschweifen ließen, um ihre Minderwertigkeitsgefühle gegenüber riesigen übernatürlichen Wesen abzubauen.

Der Schwanz des Häutehändlers jedenfalls war während des Tanzes gewachsen und hatte nun die Größe eines Unterarms. Er tanzte zielgerichtet auf die Matrone zu und schlug ihr mit seinem Riesenglied auf den Hintern. Der Anblick ließ die Augen der Zuschauer glänzen, der Rhythmus ihres Stampfens wurde schneller, die bekannte Welt schien in der Dunkelheit um sie herum zu verschwinden. Der Schwanztänzer brüllte wie eine wahnsinnige Kuh, er reckte den Unterkiefer in einem aggressiven Unterbiss vor und glotzte die Matrone an wie ein Idiot, der den Verstand verloren hatte. Gerade als Signe dachte, der geile Kerl würde die Matrone bespringen und sie zu einem Werkzeug seines Willens machen, drehte sie ihm den Rücken zu, bückte sich und fischte den Schweinskopf aus dem Eisentopf. Sie setzte sich den Schweinskopf auf ihren eigenen Kopf und schlug einmal mit ihrem enormen Hinterteil zu. Der liederliche Bursche hüpfte einen Schritt zurück. Die Matrone mit dem Schweinskopf sprang vor und versetzte dem Häutehändler einen weiteren Schlag mit ihren Hinterbacken, der Häutehändler tanzte in der Luft wie eine flügellahme Krähe. Vor Wollust grunzte sie laut. Ihre langen Brüste glänzten vor Schweiß. Wieder hüpfte sie vor, schlug ein drittes Mal mit ihrem Hinterteil zu, und diesmal traf sie genau, der Schwanztänzer fiel zu Boden. Die fette Frau setzte sich auf ihn, sodass sein Gesicht unter dem feisten Wanst verschwand. Nur die Arme und Beine tanzten. Was der Schwanz tat, konnte Signe nicht erkennen. Ein Viertel des Häutehändlers – das heißt von der oberen Hälfte des Brustkasten bis zum Kopf – waren verschwunden, und wo sein Gesicht sich genau befand, konnte man der wollüstigen Miene der Frau entnehmen, ihrer roten Zunge, die in dem fleischigen Mund umherfuhr, der bebenden Art und Weise, wie sie den gekochten Schweinskopf auf dem Kopf behielt, dem Anblick ihres tanzenden Unterleibs.

In diesem Moment wurde Signe klar, dass sie sich gar nicht in den Traum des Häutehändlers verirrt hatte, sondern in den Traum der fetten Frau, die die lange Reise von einem abseits gelegenen Dorf in die Wildnis auf sich genommen hatte, um sich in diesem dunklen Wald zu materialisieren.

»Lass uns verschwinden«, flüsterte Henrik.

»Gleich«, erwiderte Signe, »ich will nur noch sehen ...«

Nach einer Weile liefen sie weiter in die Wildnis hinein, noch ein wenig verwirrter als am Kinderfußstein, an dem sich sämtliche Zweifel in einen auf den Strand gefallenen Kern aus Gold verwandelt hatten. Zu bestimmten geometrischen Wahrheiten kann man sich nun einmal leichter verhalten als zu komplexen Problemstellungen, wie und in wessen erotischen Traum man sich verirrt hat und ob ein solches Verirren überhaupt möglich ist. Andererseits war es vermutlich so, wie es der Herr in der Höhe sich wünschte: Das himmlische Licht ist wenigen vorbehalten; es liegt in der

Natur der Wahrheit, sich unter Ampferblättern zu verkriechen wie die Sumpfschnepfe oder sich zu verpuppen wie Käferlarven unter der Baumborke. Wenn sie das nächste Mal nach Pederup kamen, würden sie entweder einen großen Bogen um das Haus des Häutehändlers machen, oder das Haus würde sie mit einer magnetischen Kraft anziehen, der sich schwer zu widersetzen war. Jedenfalls verstanden sie nun besser, warum der Häutehändler einen Sohn hatte, der den ganzen Tag an einen Baum gebunden auf dem Hofplatz stand. Und ihnen war nun auch klar, warum die Familie ihn nur zum Schein mit einem Knüppel verprügelte, so wie man seine Tiere eher der guten Ordnung halber schlug und nicht, weil man ihnen ernsthaft Schmerzen zufügen wollte. Ohne Hose, weil er sich nicht sauber halten konnte, ließen sie ihn dort ein ganz erträgliches Leben führen, am Tag an einen Baum, nachts an sein Bett gebunden, sie schmissen ihm kleine Happen zu, kitzelten ihn unterm Kinn, zogen ihn zum Ärger vieler am großen und zerknautschten linken Ohr, bis er anfing zu lachen.

Hätte der Herr in der Höhe die Einsicht ein wenig eher unter den Ampferblättern hervorkriechen lassen, wären Signe und Henrik mit ihrem Vertauschten auf dieselbe freundliche Art umgegangen, mit der der Häutehändler in Pederup seine hosenlose Brut behandelte. Sie hätten sich ganz sicher nicht von der Stimmung mitreißen lassen und seinen Rücken blutig gepeitscht, nachdem sie ihn auf den Misthaufen geschmissen hatten.

Als sie sich den alten Sechs Buchen näherten, flog ein Schatten auf und schoss in der Dunkelheit der Bäume in Richtung Nielsstrup davon. Es wunderte sie, aber sie vergaßen es, und erst als sie Nielsstrup erreichten, fiel es ihnen wieder ein. An dem Loch, wo ehedem der Misthaufen und die Küchenabfälle lagen, stand eine winzige, mit einer Kutte bekleidete Gestalt. Das Licht war so schwach, dass sie nur die Umrisse der Gestalt erkannten. Sie trug etwas in den Armen, ein Bündel oder etwas Ähnliches, und Signe dachte sofort: *Das ist die Erlenmutter.* Und Henrik dachte: *Sie ist zurückgekommen.* Lichtflecken flimmerten vor ihren Augen. Sie waren zwei Tage gewandert, ohne etwas zu essen, sie hatten sonderbare Halluzinationen gehabt, und am letzten Tag hatten sie auch nichts getrunken. Ihre Wangen glühten, sie atmeten schwer. Signe wollte Henrik am Arm ziehen und flüstern: *Sieh nur, kann das wirklich die Erlenmutter sein, die dort steht?* Aber sie konnte nichts sagen, ihr Mund öffnete sich, doch sie brachte kein Wort über die Lippen.

In diesem Augenblich wurden sie von der kuttenbekleideten Gestalt entdeckt, so war es Signe hinterher zumindest vorgekommen. Ein Ruck ging durch den kleinen Körper, als ob sie wie der Schatten im Wald überrascht worden wäre, und einen Augenblick später verlor sie oder warf sie das Bündel ins dunkle Wasser.

Zwei Schreie ertönten: Erst der Schrei der Gestalt, dann ein Schrei aus dem dunklen Meer. Signe blieb wie gelähmt stehen. Sie verstand nicht, was dort vor sich ging. Nun riss die Gestalt sich die Kapuze vom Kopf, es war die jüngste der Maren-Töchter, die wie besessen schrie und hinunter ins Wasser zeigte.

»Erlenmutter hat das getan! Erlenmutter hat das getan! Ich habe es selbst gesehen!«

Durch das Geschrei wurden zahlreiche Fensterläden geöffnet und mehrere erschrockene Gesichter starrten hinaus in die Dunkelheit. Danach erklang gleichsam ein Pulsschlag, ein kurzer Moment des Zögerns mitten in all dem Lärm, bevor die Türen den Fensterläden folgten und die Leute mit Tranlampen, Heugabeln, Küchenmessern, Knüppeln, Feuerzangen und Nachttöpfen herausgestürmt kamen.

Zu diesem Zeitpunkt waren Signe und Henrik bereits in das dunkle Loch an der Oberfläche der Zivilisation gesprungen und hatten aus dem mahagonifarbigen Wasser ein strampelndes Wesen in der Größe eines neugeborenen Kalbes gezogen. Da es zu dunkel war, um erkennen zu können, welche Form der Herr in der Höhe nun dem Ungewissen gegeben hatte, mussten sie ihre Hände zu Hilfe nehmen; und die Hände spürten, dass keinesfalls die Rede von einem menschlichen Wurm sein konnte – auch nicht von einem menschlichen Wurm, dem vier geschmeidige Hirschbeine gewachsen waren. Ebenso wenig handelte es sich um ein fischähnliches Wesen mit Kiemen und Schuppen, das nach Nielsstrup durch das unterirdische Meer geschwommen war, das die Welten verband, die der Herr in der Höhe getrennt hatte. Sie trugen das strampelnde Wesen zu dem matschigen Rand des Loches und stolperten in der Dunkelheit über die eigenen Beine, während die Lichtflecken vor ihren Augen größer wurden und einen Kreis aus tanzenden Wolken bildeten, die sie von allen Seiten umringten, bis ihnen klar wurde, dass es sich um den Schein der Tranlampen und Talglichter handelte, mit denen die herbeigeeilten Dorfbewohner gekommen waren. In deren Schein stellten sie nun fest, dass das Wesen in ihren Armen ihr dreijähriger Sohn war.

»Das war die Erlenmutter«, rief die Maren-Tochter wieder und wieder, »ich habe sie mit eigenen Augen gesehen.«

»Das ist eine Lüge«, widersprach jemand in der Menge.

»Ich habe sie wirklich gesehen!«

»Unglaublich!«

»Kam sie mit dem Kind?«

»Wie sah sie aus?«

»Sie war dick und hübsch«, behauptete die Maren-Tochter.

»Moorweiber sind hässlich, das weiß doch jeder«, erklärte der Bauer Niels Ysted.

»Aber sie hat etwas Schönes getan«, sagte ein anderer.

»Ist das schön, ein Kind ins Wasser zu werfen?«

»Sie hat ihn zurückgebracht.«

»Sie hat ihn erst einmal gestohlen, erinnerst du dich?«

»Sie hat sich des Kindes *erbarmt* und es vor seinen Eltern *gerettet*, die es verprügelt haben.«

»Das lag an den Steinen, daran, was sie dort getrieben haben, wenn sie bei den Steinen waren.«

»Was haben sie denn getrieben?«

»Das weißt du doch genau, ich will hier nicht darüber reden.«

»Weil du es nicht *weißt*.«

»Doch.«

»Nein.«

»Idiot.«

»Das nimmst du sofort zurück.«

»Tatsächlich war es Signes Mutter, die sich des Kindes erbarmt hat, das weiß jeder.«

»Das stimmt doch gar nicht.«

»Warum war sie denn nicht mit im Wald und hat gesucht? Kannst du mir das sagen ... damals, als Signe verschwunden war?«

Nur Signe und Henrik interessierten die Streitereien der Dorfbewohner nicht, das Einzige, worauf sie achteten, war das Licht der Tranlaternen, das ihnen erlaubte, ihren Sohn zu sehen, und als sie festgestellt hatten, dass das Kind noch immer an Krämpfen litt, die den einen Arm an den Brustkasten zogen und die Hand zu einer Faust ballten, die sich nicht lösen ließ, kehrten sie den Einwohnern von Nielsstrup den Rücken zu und gingen eilig in ihre Hütte, um das zurückgekehrte Kind im Alkovenbett zwischen ihren warmen Körpern zu wärmen.

Als ich meinen Großvater zum dritten Mal besuchte, konnte ich ihn nicht finden. Ich sah im Gewächshaus und in der Garage nach, ich ging die schnurgeraden Wege des Gartens ab und umkreiste ein paar Mal den großen Stein auf dem Rasen vor dem Walnussbaum. Auf den Stein konnte man klettern. In den Sommermonaten saugte er die Wärme der Sonne auf und gab sie im Laufe der Nacht nur langsam wieder ab. Grauer Granit mit einer Patina aus Algen und Moos. Großvater sagte, er sei in der letzten Eiszeit auf einem Gletscherrücken angeschwemmt worden. Der Stein war einen Meter und zwölf Zentimeter hoch – genau wie der Zwergstein –, ich habe mit dem Zollstock zwei Mal nachgemessen, er war breit und ließ sich unmöglich bewegen.

Ich suchte Großvater hinter der Bambushecke, von der aus man auf den Küchengarten und das lang gestreckte Beet sehen konnte, in dem Pastinaken und Petersilienwurzeln wuchsen. Ich sah im leeren Hühnerhaus nach und war bereits unten an der Treppe zum Bach. Der Bach war schmal und tief, und in den ersten Jahren meines Lebens, als wir Großvater noch besuchten, war es streng verboten, dort hinunterzugehen. Aus der Entfernung betrachtete ich sehnsüchtig den rieselnden Wasserlauf mit den dunklen Löchern, aus denen Wasserpest üppig bis zur Oberfläche wuchs, und in dem man hin und wieder einen Fisch entdecken konnte. Immer stellte ich mir vor, dass es Karauschen wären, die dort unten herumschwammen, obwohl ich gar nicht wusste, wie eine Karausche eigentlich aussieht.

Ich ging zurück zum Haus und schaute in die Werkstatt hinter der Garage. Hier – in diesem dunklen, vollgepackten Raum mit einem braunen Teppich, der muffig wie ein vergessener Turnbeutel roch – hingen mehrere große Meißel. Stand die Sonne gegen Ende des Tages tief am Himmel, fielen die Sonnenstrahlen durch das kleine Fenster und ließen sie wie Silber funkeln.

Aber auch in der Werkstatt war Großvater nicht, daher ging ich die Kellertreppe hinunter und durchsuchte sämtliche dunklen Kellerräume, wobei ich es vermied, allzu oft einen Blick auf die Maulwürfe zu werfen.

Ich suchte im Erdgeschoss weiter. »Großvater!«, rief ich. »Wo bist du?«

Keine Antwort.

Ich kontrollierte die Toilette und die Küche und ging die Treppen hoch in den ersten und zweiten Stock, wo die Mieter hinter dunkel gebeizten Türen wohnten. Ich stand ganz still und horchte: kein Laut. In dieser summenden Stille, die sich im ganzen Haus, dem Vorgarten und dem Garten hinter dem Haus ausbreitete, ging mir plötzlich durch den Kopf, dass das Ei sich eigentlich irgendwo im Haus befinden musste. *Das Ei zeigt sich denen, die offen genug sind, die Idee des Eies zu erfassen*, hatte Großvater gesagt.

Ich kehrte den Türen der Mieter den Rücken zu, lief zurück ins Wohnzimmer und ging über die dicken Teppiche zu dem großen Schrank. An den Fenstern hingen schwere Gardinen, die eine grüne Wildnis aus Topfpflanzen umrahmten. Ich zog die oberste Schublade heraus, sie enthielt eine Sammlung Silberbesteck, fein säuberlich geordnet in Besteckkästen. Ich nahm etwas davon heraus. Es war mit einer dünnen Staubschicht überzogen, verbogen und dunkel vor Oxidation. Ich schob die Schublade wieder zu, tauchte in die nächste ein und fand einen Stapel verblichener Tischdecken und Stoffservietten, die neben einem großen silbernen Ei lagen. Das Ei ließ sich öffnen, um die Servietten hineinzustecken. Ich hob das Ei an die Lippen, steckte die Zunge aus dem Mund und leckte daran; ein metallischer Geschmack breitete sich auf meiner Zungenspitze aus. Die nächste Schublade enthielt Papierservietten und Geburtstagsfähnchen. Eine Reihe gelber Porzellaneier lag in einer offenen Schachtel, wahrscheinlich handelte es sich um Osterschmuck. Ich meinte, die Eier schon einmal gesehen zu haben, war mir aber nicht sicher. Die vierte Schublade enthielt Postkarten und kleine Briefe. Die fünfte eine Menge polierter Steine in kleinen Kästen. In einem der kleinen Kästen lag eine Sammlung Glaseier, die meisten von der Größe eines Amseleies, einzelne hatten die Größe von Hühnereiern. Ich nahm sie heraus. Meine Hände zitterten. Es waren viel zu viele Eier.

Dann hörte ich über mir jemanden rumoren und schob die Schublade blitzschnell zu. Etwas floss durch ein Wasserrohr. Jemand führte Selbstgespräche oder sprach mit jemand anderem, dann knarrte die Treppe bedrohlich. Schritte dröhnten durchs Haus, eine Tür wurde geöffnet, dann noch eine, und eine breitschultrige Gestalt betrat mit einem erschrockenen Ausdruck in den Augen das Wohnzimmer.

»Ach, zum Teufel!«, dröhnte Boxer-Schmidt so laut, dass mir das Glasei in den Schoß und dann auf den Boden fiel. »Du bist es nur?« Er blinzelte: »Er ist zum Arzt gegangen, er hatte Kopfschmerzen und so ein Flimmern vor den Augen, hinterher wollte er am Hafen noch Fisch kaufen. Es ist ja Dienstag, da trinkt er dort immer gern einen Schnaps. Und ich muss warten … auf meinen Fisch!«

Kurz darauf fand ich Großvater im Gewächshaus. Er lag ganz still auf der alten Tür, blass und kurzatmig. Seine blanke Glatze war voller Schweißperlen. Vielleicht hat er die ganze Zeit dort gelegen, dachte ich, doch dann sah ich die Tüte mit dem Fisch auf seinem Bauch. Ich fasste sie an. Sie war kalt.

»Bring sie Boxer-Schmidt und sag, er soll alles braten und die Hälfte behalten«, flüsterte Großvater und öffnete kurz ein Auge. Ich nickte und wand ihm vorsichtig die Tüte aus der Hand, die sie nicht loslassen wollte. »Und hol einem alten Mann ein paar Bier«, fügte er hinzu, »dafür gibt's dann eine Fischgeschichte.«

Als Hans-Jørgen Hase, der Bischof von Odense, mit einem Vierspänner so früh am Morgen nach Pederup kam, konnte sich jedermann ausrechnen, dass es sich um eine sehr dringende Angelegenheit handeln musste. Normalerweise wurde ein Besuch beim Gottesdienst in Pederup so frühzeitig angekündigt, dass die Kinder zur Konfirmation geschickt werden konnten und Anders, der Priester, genügend Zeit hatte, die Gemeinde zu ermahnen, sich während der Andacht anständig zu benehmen, bei der Hase auf dem vornehmsten Platz sitzen und darauf achten würde, dass alles den Vorschriften entsprechend ablief. Also kein Schwatzen während des Gottesdienstes, kein Geflüster von unanständigen Witzen, kein Rülpsen oder lautes Furzen, nicht einschlafen, kein mitgebrachtes Bier schlürfen, keinen anderen Kirchgängern in den Schritt greifen, nicht fluchen und streiten, und unter keinen Umständen auf den Boden spucken oder pissen – Letzteres hatte der Priester bereits vor langer Zeit ein für alle Mal verfügt. Sich nicht mit Kartenspiel ablenken, nur weil man kein Latein verstand, nicht versuchen, das Weihwasser in einer Schweinsblase zu stehlen, keinen Kalk von den Innenwänden pulen, keine Schmierereien auf den hinteren Bänken hinterlassen, wie zum Beispiel: ›Ich, Nicolaus, der Häutehändler, trank reichlich Bier und ritzte diese Runen‹, oder: ›Ich, Maren aus Nielsstrup, trat meinem Schwein in den Arsch, vergib mir!‹ oder: ›Hilf mir, Jesus, Grüße Jens‹. Zum Glück konnten nur wenige schreiben oder verstehen, was an Ferkeleien auf den Holzbänken der Kirche stand, aber leider war niemand so dumm, dass er nicht Symbole einritzen konnte, die jeder zu interpretieren verstand, zum Beispiel einen Pimmel oder ein Glied zwischen zwei gespreizten Beinen – weitere Beispiele sind sicher nicht notwendig. Es sei eine betrübliche Form des Vandalismus, meinte Anders, der Priester, denn wenn es an saftigen Geschichten fehle, müsse man doch nur einen Blick auf die farbenfrohen Motive werfen, die die Wände der Kirche zierten, da habe man seinen Spaß. Die ganze Welt in all ihrer Vielfalt hatten Handwerker dort abgebildet, die weit größeres Talent hatten als die einfachen Bauern aus dem Umland von Pederup. Besondere Mühe hatten sie sich mit den Details gegeben, wenn es um die Schilderungen der Todsünden ging, um die Hölle und das Fegefeuer – es war ein Katalog der dunklen Begierden der Menschen.

Es ist allgemein bekannt, dass die Sehnsucht nach dem Himmlischen in einem Menschen, der in Keuschheit lebt, klarer brennt als in jemandem, der sich in fleischlichen Lüsten suhlt. Daher war es auch eine der traurigen Tatsachen des Daseins, dass die Gemeinde automatisch unwillig reagierte, wenn ein Priester, der natürlich eine Haushälterin brauchte, die auf seinem Pfarrhof alles in Ordnung hielt, einer jüngeren Frau seine Gunst schenkte. War diese potenzielle Haushälterin obendrein von Natur aus gut gebaut, hatte der Herr in der Höhe ihr Fleisch also mit besonderer Schönheit versehen, ja, dann war ziemlich schnell der Teufel los.

Dies hatte der Priester Anders am eigenen Leib erfahren müssen, als er vor fünfzehn Jahren nach Pederup kam, um das Amt von dem alten Priester zu übernehmen, der ihm genaue Anweisungen gegeben hatte, wie man die Tollheit kurierte. Das junge hübsche Mädchen hieß Line Høj, und sobald er seine erste vorsichtige Frage ausgesprochen hatte, ob die junge Line an der Stellung interessiert sei, begannen die Großbauern in Pederup mit dem Verwalter zu reden, und der Verwalter redete mit dem Vogt. Die Bauersfrauen, die das Ganze vermutlich in Gang gesetzt hatten, verständigten sich mit Frau von Weißenfels auf dem Gutshof, die Frau sprach mit dem Gutsherrn, und der Gutsherr schickte einen Boten zum Probst nach Tælleby. Es war kurz davor, dass die ganze peinliche Geschichte im Mittelpunkt der Welt, also in Odense, endete, doch dann kamen die Frauen der Großbauern auf die Idee, die Sache selbst in die Hand zu nehmen. Sie wollten den Priester zu einer so außerordentlich wohlschmeckenden Mahlzeit einladen, dass er hinterher kaum noch mit dem Argument kommen konnte, dass er das junge Mädchen als Hausfrau und Köchin auf dem Pfarrhof benötigte. Das Essen war ungewöhnlich exquisit und wurde mit reichlichen Mengen Starkbier serviert, und als der Priester hinterher pappsatt und leicht angetrunken verdaute, fragten ihn die gerissenen Frauen frotzelnd: »Wie war das Essen, Herr Pfarrer? Hat es Ihnen geschmeckt? Wie war die Fleischroulade? Die Sülze mit Ingwer? Der mit Gänsefett blanchierte Kohl?«

»Himmlisch«, war das erste Wort, das ihm einfiel, und da das starke Bier ihn hatte gesprächig werden lassen, fügte er munter hinzu: »An eurem Tisch zu essen, heißt, dem Himmel sehr, sehr nahe zu kommen. Wohl dem, dem es vergönnt ist, jeden Tag so zu speisen.«

Sobald die idiotischen Worte seinen Lippen entsprungen waren, lächelte das Frauenzimmer des Großbauern ihrem Mann zu, erhob sich vom Tisch und ging in die Küche. Zunächst hätte man annehmen können, dass man nun Ruhe vor ihr hatte. Der Priester lehnte sich auf dem Stuhl zurück, lächelte den übrigen Gästen am Tisch linkisch zu und überlegte, wie er sich dankend zurückziehen könne, als, um Himmels willen, die Gastgeberin wieder auftauchte. Diesmal erschien sie in Begleitung einer älteren, vertrockneten Frau, der zwei Finger an einer Hand fehlten, und der Priester begriff sofort, dass sie diese himmlische Mahlzeit gekocht und man ihn hinters Licht geführt hatte. Trotz seines Rausches wurde ihm kläglich bewusst, dass er sich mit seiner kecken Bemerkung nicht allein von dem Gedanken an eine Haushälterin verabschiedet hatte, deren Glieder der Herr in der Höhe mit besonderer Schönheit versehen hatte. Er hatte sich auch von dem Traum verabschiedet, die süßen Geräusche von Kinderstimmen zu hören, die irgendwann zwischen den Wänden des Pfarrhauses hätten erklingen können, denn die Köchin, die nun vor ihm stand und vielleicht gar nicht einmal so alt war, wie der junge Priester zunächst vermutete, hatte in jedem Fall das gebärfähige Alter hinter sich. Der junge Priester ärgerte sich, denn obwohl Pfarrerskinder eher ein Grauzonenphänomen waren, über das man nicht sprach, waren Kinder auf Pfarrhöfen eine durchaus übliche Erscheinung. Natürlich hatten sie kein Recht zu erben, was der Kirche und dem Herrn gehörte, aber dennoch bekamen sie immer eine großzügige Kompensation beim Tod eines Pfarrers. Die Kirche war großzügig, und die Gemeinde eher einfältig, jedenfalls in Pederup, so hatte es sich der Priester gedacht.

Bereits am folgenden Tag zog die Köchin, die die verflixten Frauenzimmer aus Nielsstrup geholt hatten, im Pfarrhaus ein, und der Priester behandelte sie mit leiser Verachtung, die sich rasch zu düsterer Verbitterung auswuchs. Er sprach einsilbig mit ihr, schimpfte wegen der geringsten Kleinigkeiten, scheuchte sie bei jeder Gelegenheit umher und bestrafte sie mit höhnischem Gelächter, schwierig zu erfüllenden Ansprüchen und ewiger Kritik: »Diese Suppe ist versalzen, das Brot ist nicht säuerlich genug, der Pudding ist aber von seltsamer Konsistenz, du weißt doch, dass ich keinen Rote-Bete-Saft mag ... Wieso hat dieser Teller einen Sprung? Närrin, denkst du denn überhaupt nicht nach? Wo bist du, wenn man dich braucht? Los, los!«

Früher hatte sie auf einem kleinen Hof im Nachbardorf gelebt, soweit er es verstanden hatte, doch ihr Mann hatte einen bösartigen Wundbrand in seinem Fuß nicht überlebt, und ihr einziger Sohn war bei einem Unfall an der Mühle verunglückt. Und weil sie ihrer Tochter und dem Schwiegersohn nicht zur Last fallen wollte, war sie nun jeden Tag gezwungen, sich mit den Injurien des jungen, pickligen Priesters abzufinden, die nicht weniger wurden, als die junge Line bei einem einfachen Bauern einzog, dem sie ein Kind nach dem anderen schenkte. Unter so schwierigen Umständen ließ die Kochkunst seiner Haushälterin schon bald nach, wurde unstimmig und alltäglich und bekam mit der Zeit ebenfalls einen leicht bitteren Geschmack, der von ihrem immer nachlässigeren und unsicheren Umgang mit der Speisekammer herrührte: ranzige Butter, saurer Hering, Brot, das direkt nach dem Backen anfing zu schimmeln, Bier, das selbst im erwärmten und gesüßten Zustand den Priester jeden Morgen mit den Zähnen knirschen ließ, wenn er sein Brot hineintunkte. Was heiß sein sollte, war nicht wirklich heiß, und was kalt sein sollte, war lauwarm; was in einer Tonschüssel serviert werden sollte, endete auf dem Fußboden, weil ihre Hände zitterten, und was in einer Trinkschale serviert werden sollte, landete im Schoß des Priesters, weil sie über ihre eigenen Füße fiel. Was kreisförmig angerichtet auf einem Holztablett liegen sollte, wie Pfeffernüsse nun einmal anständig serviert werden, endete mit roten Flecken in ihrem Gesicht, weil der Priester ihr die Plätzchen in einem Wutanfall an den Kopf warf. »Die Pfeffernüsse sind zu weich!«, brüllte er. »Versteh das doch endlich!«

Seine Unberechenbarkeit belastete den gesamten Pfarrhof. Wie jeder weiß, ist es die Pflicht des Hausherrn, seine Dienerschaft zu erziehen, das galt nicht zuletzt für die jungen Burschen und Mädchen, die auf dem Pfarrhof arbeiteten; jedes Versäumnis in dieser Hinsicht konnte negative Konsequenzen für das weitere Leben der betreffenden Kinder haben. Oft wird diese Pflicht der Köchin übertragen, doch da ihre Autorität auch in dieser Hinsicht sehr bald schon wackelte, musste der Priester selbst die passende Anzahl Ohrfeigen, Backpfeifen und Nackenschläge austeilen und den Stock, den noch der alte Pfarrer an der Wand der Schreibstube hatte hängen lassen, regelmäßig einsetzen. Eigentlich war es eine lästige Tätigkeit, denn es war nur schwer zu durchschauen, wer in einer bestimmten Situation einen Schlag in den Nacken verdient hatte, daher schlug er meist einfach rechts und links um sich. War die Dienerschaft in Reichweite, platzierte er eine knallende Backpfeife auf deren Wange, selbst wenn sie nur ganz brav dastanden und die Soße servieren wollten. Und einen Augenblick später bekamen sie noch eine Ohrfeige, diesmal auf die andere Wange, weil sie mit der Soße getropft hatten. Waren sie außerhalb seiner Reichweite, gingen sie meist leer aus, und waren sie besonders geschickt und bückten sich zum richtigen Zeitpunkt, entkamen sie auch den Zinntellern, Trinkbechern, trockenen Brotkanten, Hühnerknochen oder ausgelutschten Schweinsfüßen, die er nach ihnen warf. Seinen Beschimpfungen konnten sie indes nicht entfliehen, sie konnten sich lediglich gegen den Speichel schützen, der ihm aus dem Mund flog, indem sie Augen und Mund zusammenkniffen; nahmen sie allerdings die Hände zu Hilfe, bekamen sie noch eine Ohrfeige.

Oft schloss das Küchenmädchen sich weinend in die Speisekammer ein und wollte nicht wieder herauskommen. Der Küchenjunge lief häufig nach Hause zu seinen Eltern, versteckte sich im Stall und wurde erst mehrere Tage später unter Geschrei und Gebrüll wieder zurückgebracht. Die Köchin selbst schloss sich bisweilen in ihre Kammer ein und weigerte sich, auf das hysterische Klopfen des Priesters zu reagieren. Manchmal tobte er sich aus, wenn er vor der Tür stand und schimpfte. Dann wieder schlug er gegen die Tür und malträtierte sie mit ordentlichen Fußtritten. Ein einziges Mal – nach einer ungewöhnlich trockenen Gänsepastete – hatte er einen Vorschlaghammer geholt und ein Loch in die Tür geschlagen, sodass er den ganzen Kopf in die Kammer stecken und sie beschuldigen konnte, ihm eine Pastete aus verreckten Krähen serviert zu haben.

»Unerträgliches Weibsstück!«, schrie er, dass das Küchenmädchen in Tränen ausbrach und der Küchenjunge in die Dunkelheit floh. »Wenn sich das wiederholt, werde ich persönlich Pastete aus deinem nichtsnutzigen Hirn machen!«

Da sie auf seine verbalen Angriffe nicht reagierte, befahl er dem Küchenjungen, die ganze Tür aufzubrechen, nachdem er ihn in der Dunkelheit erwischt hatte. »Und wenn du sie anzünden musst«, fauchte er. Heulend ging der Küchenjunge mit seinem Kochlöffel ans Werk.

»Idiot!«

Die Ohrfeige war so hart, dass der Junge mit dem Kopf an die Tür knallte.

»Willst du sie etwa mit einem Kochlöffel öffnen?«

Der Junge antwortete nicht.

»Antworte!«

»Nein.«

Diesmal trat er ihm in den Hintern. Das Ergebnis war dasselbe: Der Junge knallte mit dem Kopf an die Tür.

»Du bist dümmer als ein Schwein!«

»Ja, Herr.«

»Kannst du nicht mal eine Tür entfernen, wenn man dich darum bittet?« Der Priester begnügte sich damit, so plötzlich die Hand zu heben, dass der Dummkopf seinen leeren Schädel ein drittes Mal gegen die Tür knallte.

»Was machst du denn da? Willst du die Tür mit dem Kopf einschlagen?«

»Nein, Herr.«

Nun war eine weitere Ohrfeige angebracht. Stand der Bengel doch da und log ihm ganz offen ins Gesicht.

»Doch, genau das tust du. Habe ich etwa keine Augen im Kopf?« Der Priester formte eine hohle Hand und knallte sie dem Dummerjan ordentlich aufs Ohr – zitternd fiel der Junge zu Boden und weigerte sich, wieder aufzustehen. Der Priester stieß ihn mit dem Fuß an.

»Hoch mit dir. Was treibst du denn da auf dem Fußboden? Habe ich dir nicht befohlen, diese Tür zu entfernen?«

Als er den Jungen leid war, holte er das Mädchen aus der Speisekammer und zog sie an den Haaren bis zur Tür der Köchin. Hier ließ er sie über den flennenden Idioten auf dem Boden steigen, stieß den Kopf des Mädchens zwei Mal an die

Tür und befahl: »Brich sie auf. Sofort, auf der Stelle! Los, los!«

Irgendwann würde die Tür aufgehen. Es war nicht nötig, alles kaputt zu machen. Letztendlich würde sich die Köchin der Kinder erbarmen und öffnen. Der Priester wusste das. Die Köchin wusste es auch, und doch zögerte sie jedes Mal lange, als hoffe sie, dass das Böse des Priesters von allein verschwinden würde.

Obwohl er für sie die größte Wut empfand, schlug er sie nicht auf die gleiche Art und Weise, wie er die Kinder schlug. Wenn sie mit flackernden Augen, verbissenem Gesicht und ihrer kleinen vertrockneten Gestalt aus der Kammer kam, schnaubte er nur verächtlich und hob die Hand, als wolle er zuschlagen. Das genügte.

Je mehr er hinter ihr her war, desto abstoßender wurde sie: Ihr Gesicht wurde runzlig, die Lippen fielen ein, um ihren Mund gruben sich tiefe Falten. Man sollte nicht glauben, dass sie einst auf dem Rücken eines weißen Stiers durch Jütland geritten war, mit erhobenem Haupt und Haaren, die wie ein herbstlicher Wald brausten. Er begnügte sich damit, ihr einen kleinen Klaps zu geben, sie an die Wand zu schubsen, sie böse anzusehen, am Arm zu packen und in die Küche zu zerren, wo er verlangte, dass sie dieses oder jenes Gericht zubereitete. Weiß glühend vor Wut ärgerte er sich den Rest des Abends über ihr Schluchzen. Es handelte sich um einen ausgesprochen schwierigen Balanceakt. Ein gewisses Maß an Schluchzern gestand er ihr zu, schluchzte sie jedoch zu laut, verteilte er Ohrfeigen, nicht an die Köchin, aber an denjenigen, der in seiner Nähe stand. Es war häufiger der Junge als das Mädchen.

Normalerweise ohrfeigte er niemanden, wenn er Gäste zum Essen hatte. In diesem Fall musste er es sich verkneifen, obwohl vermutlich keiner der Gäste auch nur eine Augenbraue gehoben hätte, wenn er dem Küchenmädchen einen Klaps gegeben oder den Küchenjungen gezüchtigt hätte, weil der Trottel die Zinnschüssel mit der Sülze hatte fallen lassen. Die Gäste wunderten sich eher darüber, dass er es nicht tat, doch dem Priester fiel es jedes Mal schwer, so eine Pflichtohrfeige auszuteilen, er musste seine gesamte Kraft und Stärke aufbringen, um seine Wut im Zaum zu halten; es war besser, darüber hinwegzusehen, obwohl die Gäste ihn entrüstet ansahen und dachten: *Was für eine Nachlässigkeit, unser Priester ist viel zu nachsichtig*. Um seinen guten Ruf nicht vollends zu ruinieren, erhob er sich dennoch hin und wieder, um unter Aufsicht seiner Gäste eine Pflichtohrfeige zu verabreichen. Doch es war ihm unangenehm, und hinterher war er stets besonders wütend. Wütend, weil das Essen schlecht oder ausnahmsweise einmal gut gewesen war, und das auch nur wegen der Gäste. Wütend, weil er seine Dienerschaft nicht geschlagen hatte. Wütend, weil er sie dennoch gezüchtigt hatte. Er war unter allen Umständen wütend, egal worüber.

Oft bat er den Herrn um Ablass für die gelbe Galle, die so giftig in seinem Körper floss, denn so war es durchaus nicht immer gewesen. Während seiner Zeit im Kloster von Odense zum Beispiel, doch mit jedem Gebet, das auf den Flügeln des Glaubens aufstieg, um im himmlischen Reich um Absolution zu bitten, hatte er das Gefühl, als würde er nur noch aufbrausender und tyrannischer. Er wusste es selbst und sah seinen Grabstein bereits vor sich: *Hier ruht der Priester von Pederup, ein dummes Schwein, das keiner vermisst.*

Ein Gebet konnte ihn eine Weile milder stimmen, wenn

der Zorn dann jedoch zurückkehrte, schien er nur einen noch boshafteren Charakter angenommen zu haben, als würde jedes Gebet ihn durchaus mit ein wenig himmlischer Milde segnen, zugleich aber immer auch das dazugehörige Abfallprodukt aus Galle mit sich bringen, das jemanden suchte, über den es hereinbrechen konnte.

Eines Tages wurde der Köchin in einem Holzbottich eine große Karausche geliefert, ein Prachtexemplar von anderthalb Kilo. Die Köchin schickte den Jungen und das Mädchen mit dem Bescheid aus der Küche, erst wieder hereinzukommen, wenn sie die beiden rief. Und als die Köchin in der Küche allein war, setzte sie sich nicht wie so oft hin und weinte, sondern packte stattdessen den breiten Rücken der Karausche, zog sie aus dem Wasser, und während sie mit der einen Hand den zappelnden Fisch festhielt, zog sie mit der anderen ihre beiden Wollröcke hinunter, fasste dann den Fisch mit beiden Händen und legte ihn ganz oben zwischen ihre Beine. Der Fisch fühlte sich kalt an. Sie atmete tief durch, bohrte dann den Kopf des Fisches zwischen ihre Beine, spreizte die Schamlippen, damit das Maul hineinschlüpfen konnte, quetschte ihn ein paar Zentimeter hinauf und blieb einen Moment ganz still sitzen, als wäre sie versteinert. Der breite Rücken und die Schwanzflosse der Karausche schlugen gegen die Innenseiten ihrer Schenkel, und in ihrem Inneren kämpfte ein verzweifelter Fischkopf, der seines sauerstoffspendenden Wassers beraubt war. Die Köchin ließ den Fisch ein wenig zappeln und drückte ihn tiefer in sich hinein, bis der ganze Kopf und der obere Teil der Rückenfinne verschwunden waren. Sie hatte ihn mit beiden Händen fest im Griff. Ihr Gesicht verriet nicht das geringste

Zeichen von Lust, sondern strahlte eine konzentrierte Entschlossenheit aus. Der Vorgang hatte auch nichts mit Lust zu tun, sondern war Teil eines genau ausgeklügelten Plans. Die Karausche war nicht zufällig lebend in dem Holzbottich angeliefert worden. Sie hatte den Fisch in einem Holzbottich und lebend bestellt, damit er in ihrem Schoß seinen letzten Atemzug tat und die Kraft der Begierde in sein Fischfleisch aufnahm.

Als der Fisch tot war, zog sie den Kopf heraus, legte ihn auf den Tisch und betrachtete ihn aufmerksam. Sie fand keinerlei Zeichen von Veränderung. Die tote Karausche sah aus wie eine tote Karausche. Ein wenig enttäuscht rief sie die Kinder wieder herein. Sie durften die Karausche unter keinen Umständen probieren, das war streng verboten, sie war für den Priester gedacht, ausschließlich für ihn. Sie bereitete den Fisch mit einer Meerrettichsoße und Wurzelgemüse zu und servierte alles mit einem Krug besonders starkem und dunklem Bier. Und als er die wohlschmeckende Karausche verzehrt hatte, war tatsächlich ein wenig von der Wut aus dem Herzen des Priesters verschwunden. Er hatte das Gefühl, als hätte sein Herz einen Schlag übersprungen, ohne deshalb aber sonderlich angespannt zu sein, nein, er fühlte sich eher eine Spur entspannter, und in diesem entspannten Zustand hob er den Blick und schaute einen Augenblick in die Augen der Köchin. Natürlich hatte er erwartet, dass diese Närrin wie gewöhnlich die Augen niederschlug, stattdessen erwiderte sie seinen Blick und schaute ihm ebenfalls in die Augen. Hinterher war er überzeugt, in ihrem Gesicht etwas gesehen zu haben, was er nie zuvor gesehen hatte – als wäre da plötzlich ein anderes Gesicht als ihre mürrische Fratze zum Vorschein gekommen, eine undeutliche Kontur, die

Andeutung eines Menschen, der weniger eine Realität in dieser Welt als eine Vision zukünftiger Möglichkeiten in einer anderen und besseren Welt war. Der Junge zuckte zusammen, das Mädchen flüchtete zur Küchentür. Nur die Köchin blieb stehen. »Gute Nacht«, sagte der Priester und drehte ihnen den Rücken zu.

»Gute Nacht.«

Am nächsten Morgen, als er sein Brot in das warme Bier stippte, überlegte er, ob mit seinen Augen möglicherweise etwas nicht in Ordnung sein könnte, denn wenn er die Köchin ansah, war da noch immer etwas Diffuses und Unzusammenhängendes in ihrem Gesicht, das nicht so recht in die gewohnten Falten und Runzeln passen wollte. Er bemerkte ihre kleinen braunen Augen. Eilig wie ein Eichhörnchen sprangen sie von einer Stelle zur anderen, bald sahen sie ihn an, bald schauten sie auf den Topf über der Feuerstelle, mal sprangen sie zu dem Tonkrug mit dem warmen Bier auf dem Tisch, mal zu den Händen und Fingernägeln, die sie vom Ruß säuberte, dann schauten sie wieder ihn an. Neugierig betrachteten sie sein Gesicht, dann sein Haar und die Umrisse seiner Tonsur, seine Hände und seine pickligen Wangen. Nicht ein Mal starrten sie wie gewöhnlich versteinert auf den Fußboden oder sahen ihn mit diesem erschrockenen, sich selbst bemitleidenden Blick an, bei dem er immer sofort Ohrfeigen austeilen und etwas umtreten wollte. Er dachte, er müsse Schlaf in den Augen haben, und versuchte, mit seinem Ärmel den Zauber des Fisches herauszureiben. Es half nichts. Wieder sah er die Köchin an, doch als sich ihre Blicke begegneten, schlug der Priester hastig die Augen nieder.

»Wohlschmeckende … Karausche … gestern«, sagte er und

ärgerte sich sofort über seine Worte. Umgehend stand er auf, denn plötzlich hatte er Angst, dass er noch mehr sagen könnte. Er wollte in der Kirche das Stundengebet sprechen. Der Herr musste sein Gebet angenommen und ihn inmitten seines Zorns mit einer Lagune der Ruhe gesegnet haben, und in diesem schützenden Windschatten, errichtet von der Güte des Herrn, hatte er bemerkt, dass er eine Köchin mit den Augen eines Eichhörnchens hatte.

Nun hastete er hinüber zur Kirche, stieß die Tür auf und trat in diesen Rubin mit seiner niedrigen Decke: In Farben erstrahlende Querbalken schmückten die Decke des Schiffs, die hoch oben sitzenden Glasmosaike ließen einen Hauch des aufziehenden Morgenlichts ein und erleuchteten schwach die Wandmalereien, in denen sich die wuselige Welt in all ihrer Vielfalt spiegelte – und doch fiel nur so viel Licht ein, dass man wissen musste, was die Malereien zeigten, um sie erkennen zu können. Ihm kam der Gedanke, dass es sich an diesem Morgen auch mit seinem Blick so verhalten hatte: Das Auge sah nur, was der Herr in seiner Weisheit ihm erlaubte zu sehen, jedenfalls, wenn es die guten Dinge betraf. Was die hässlichen Dinge anging, zum Beispiel den irritierenden Gesichtsausdruck dieses schafsköpfigen Weibs, war es eher so, dass er seine eigene persönliche Unzulänglichkeit gesehen hatte; das Niedrige und Tierische in ihm hatte sich selbst in einem anderen gesehen, als könnte das Tierische in dem einen Menschen das Tierische in einem anderen Menschen erblicken.

Im klaren Licht des Vormittags kehrte der Priester ein paar Stunden später zurück, überzeugt, dass seine Augen wieder perfekt funktionierten. Alles stand messerscharf vor ihm, die Bauernhöfe, die uralten Hütten, die im Vergleich mit den neueren Häusern aussahen wie Hutpilze auf umgeknickten Stielen. Als er allerdings den Pfarrhof betrat und noch einmal einen Blick auf seine Köchin warf, sah er nicht wie sonst eine mürrische, übellaunige Frau, sondern einen Menschen mit den Augen eines Eichhörnchens, der an diesem Morgen um halb vier aufgestanden war, um das Bier zu erwärmen und mit Honig und Zimt zu süßen, so wie sie es jeden Morgen tat, damit alles bereitstand, wenn er sich an den Tisch setzte und kurz nach vier sein Brot hineintunkte.

Sein Blick fiel auf ihre Hand, ihr fehlten zwei Finger, und zum ersten Mal sah er nicht nur die hässliche Klaue einer Frau, sondern spürte unter seinem Brustbein – dort, wo der Zorn sich gewöhnlich sammelte – ein seltsames Gefühl aufsteigen, ein Gefühl, das er aus Mangel an besserem Wissen als Neugierde bezeichnete und das, sobald sein verwirrtes Hirn es registriert hatte, Form annahm und sich zu einer Frage materialisierte: Wie waren die beiden Finger eigentlich von dieser Hand abgetrennt worden?

Als er fragte, war sie nicht beleidigt, wie er es erwartet hatte. Sie lächelte nachsichtig, wie jemand, der eine lustige Geschichte erzählen soll, und sagte: »Den ersten, den hier …«, sie wippte mit dem linken Zeigefinger, oder besser mit dem zwei Zentimeter langen Stumpf, der davon übrig war, »hackte meine Großmutter väterlicherseits mit einer Axt ab, als ich ein Kind war. Es klingt verrückt, ich weiß. Es war vor der Zeit des schnellen Todes – auf dem Markt von Rostock, wo mein Vater … arbeitete. Wir reisten viel umher, das kann ich Ihnen sagen. In der Zeit nach der großen Hungersnot, bis der schnelle Tod ins Land kam. Wir hackten Brennholz, Großmutter Tora und ich. Sie hackte, ich sammelte es auf. Normalerweise war es die Arbeit meines kleinen Bruders, aber Großmutter und ich hackten oft die kleinen Anfeuerhölzer, und sowie die kleinen Stücke vom Hieb der Axt geflogen kamen, waren meine Finger da, zack. Ob ich zu schnell nach dem Stöckchen greifen wollte, bevor es gespalten war, oder ob meine Großmutter zu langsam oder schräg hackte, weiß ich nicht, aber plötzlich lag mein Finger auf dem Hackklotz wie ein Stück Anfeuerholz. Mein Vater tobte. ›Du sollst mit deinen Augen doch kein Holz hacken!‹, brüllte er. Meine Großmutter litt an Star. Sicher, der Starstecher hatte das graue Häutchen aus ihren Augen entfernt, aber bei einem Auge hatte er zu tief gestochen, sodass sie doppelt sah. Es störte sie nicht sonderlich. ›Jetzt ist doch immer doppelt so viel in meiner Essensschale‹, sagte sie stets. ›Das muss das Geschenk des Herrn in schweren Zeiten sein.‹«

»Hm, das war der eine Finger, was ist mit dem anderen?«

»Den habe ich mir selbst abgehackt, damals, als mein Sohn an der Mühle von Tælleby starb.«

»Großer Gott!«, rief der Priester.

Eine Weile sagte niemand etwas.

»Was ist übrigens heute im Topf?«

»Eine Brasse.«

Nachdem der Priester die dampfende Fischsuppe und die gebackene Fischpastete gegessen hatte, überkam ihn wieder dieses Gefühl, als wäre etwas in ihm verschwunden, nur rührte das Gefühl diesmal nicht nur vom Brustbein her, wo der Zorn gewöhnlich aufwallte, sondern von einer tiefer gelegenen Stelle, von der er bisweilen meinte, dass der Zorn dort endete, wenn es am schlimmsten war: eine Handbreit über den Geschlechtsteilen, etwas tiefer im Körperinneren. Genau dort spürte er eine seltsame Form der Entspannung, als wäre etwas herausgefallen. Später wallte dann ein warmes, prickelndes Gefühl auf, als würden verfrorene Hände an einer heißen Feuerstelle aufgetaut. Möglicherweise liegt es an der heißen Fischsuppe, dachte er, nur drang das Gefühl viel zu tief in den Körper ein und verlagerte sich auf die Umgebung seines Geschlechtsteils, als hätte die heiße Suppe genau dort ihre Bestimmung gefunden, als erwärmte sie dunkle Zonen, die er nie richtig kennengelernt hatte. Dazu tauchten neue Fragen auf, die er seiner Köchin unter keinen Umständen zu stellen wagte. Sie hatten mit ihrem Mann zu tun, der vor einigen Jahren gestorben war, aber seine Fragen reichten länger zurück: Wie hatte sie ausgesehen, als sie ihm begegnete, wie alt war sie gewesen, welche Kleider hatte sie getragen, wie war der Ausdruck in ihren Eichhörnchenaugen gewesen, welche Art Lächeln hatte sie ihm zugeworfen, wie hatte sie ihn das erste Mal berührt, hatte sie ganz nebenbei eine Hand auf seinen Arm gelegt, als hätte das nichts zu bedeuten, oder hatte sie ihm einen Klaps auf den Hintern gegeben, als er vorbeiging; hatte sie hinterher den Kopf lachend zurückgeworfen, so wie er es einige Male bei ihr gesehen hatte, wenn sie meinte, mit den Kindern allein zu sein? Hatte sie ihm Augen mit der Glut eines Eichhörnchens zugeworfen, wo waren sie das erste Mal spazieren gegangen, in welchem Gebüsch, verborgen vor den Blicken der Umwelt, unter welchem heruntergebogenen Holunderbüschen, an welchem Teich voller Seerosen? Als die Fragen erst einmal auftauchten, wollten sie kein Ende nehmen.

Er hob den Kopf, bisher hatte er auf die Reste der Fischsuppe gestarrt, und ließ seine Augen zur Köchin wandern, die auf einem Schemel in der dunkelsten Ecke saß. Weder der

Junge noch das Mädchen waren im Haus, sie waren allein, ein Mann und eine Frau, was hielt sie eigentlich davon ab, sich einander hinzugeben, dachte der Priester plötzlich, welche vom Herrn gegebene und seither von der Gemeinde bestätigte Regeln und Normen standen zwischen ihnen? Alles begann so seltsam vor seinen Augen zu flimmern. Vergeblich versuchte er, sich die Augen zu reiben, es wurde nur noch schlimmer. Stünde er jetzt auf, würde er fallen.

Ihre Eichhörnchenaugen betrachteten ihn aufmerksam. Er spürte es, wagte aber nicht, ihren Blick zu erwidern. Er hatte das Gefühl, dass sie nicht nur seine Bewegungen und Mimik verfolgte, sondern auch sehen konnte, was in seinem Inneren vor sich ging, sie konnte seinen Gedanken folgen, zum Beispiel wie es wäre, seinen Kopf in ihren Schoß zu legen und das Gesicht in ihren Röcken zu vergraben? Erst war es nur eine Frage in seinem Kopf, ein Gedanke in der Welt der Gedanken. Wie es zu einer Handlung in der realen Welt werden konnte, war dem Priester Anders nicht klar. Er lag auf den Knien, das Gesicht in die grobe Wolle des Rocks gepresst, er spürte ihre warme Hand an seinem kühlen Nacken, sie streichelte ihn sanft. Die Röcke rochen nach Fisch. Karausche und Brasse. Rauch, Urin, Frau. Woher die Tränen kamen, wusste er nicht.

Nachdem er in der nächsten Nacht stundenlang schlaflos dagelegen hatte, stand er mit einer Tranlampe in der Hand vor ihrer Tür. Er zog das kleine Tuch, das sie vor das Loch in der Tür gehängt hatte, beiseite und schaute in die Dunkelheit, bis er plötzlich ihr Gesicht ganz dicht vor sich spürte. Sie schaute aus dem Loch heraus, ihre Eichhörnchenaugen betrachteten ihn. Es überraschte und überrumpelte den Priester, dass sie beide allein auf dieser Welt waren. Dass sie es schon seit mehreren Jahre waren, ohne dass es ihm bewusst gewesen war.

Sein Hals schnürte sich zusammen, er brachte kein Wort heraus, nur wusste er ohnehin nicht, was er sagen sollte. Das übernahm sie.

»Zwei Bedingungen«, flüsterte sie.

Der Priester nickte.

»Wenn du das Bedürfnis hast zu schlagen, gehst du in den Schweinestall und schlägst ein Schwein.«

Stille.

»Hörst du, was ich sage?«

»Ja.«

»Ist das eine Vereinbarung?«

»Ja.«

»Bedingung Nummer zwei: Hast du das Bedürfnis, etwas Hässliches zu sagen oder zu brüllen, gehst du in den Hühnerhof und beschimpfst die Hühner.«

Stille.

»Hörst du zu?«

»Ja.«

»Dann versprich es. Ich will hören, wie du es versprichst.«

»Ich werde alles tun.«

»Ich will nicht, dass du alles tust. Ich will, dass du diese zwei Dinge tust.«

»Das ist eine Vereinbarung.«

»Dann schwöre es bei Gott.«

Der Priester schwor, und die Köchin, die ja Freja hieß, das dürfen wir nicht vergessen, öffnete die Tür, nahm seine zitternden Hände, zog ihn mit zum Bett, hob die Bettdecke, küsste ihm die Tränen von den Wangen und trocknete seine Nase mit ihren Fingern, bevor sie sich zusammen unter die

Decke legten. Es war kalt in der ungeheizten Kammer, es dauerte eine Weile, bis sie anfingen, sich auszuziehen, Freja mit ruhigen Bewegungen, der Priester Anders mit fieberhaft fummelnden Fingern und galoppierendem Herzen. Unter der Beichte war er es gewohnt, vom Leben zu hören, und er hatte viel darüber gelesen. Er selbst glaubte, die dunklen Ecken der Seele besser zu kennen als die meisten, doch in der Praxis gehorchte sein Körper nicht den Gedanken. Vielleicht war ja genau dieser Widerspruch für das Ungleichgewicht in ihm verantwortlich, ging ihm flüchtig durch den Kopf, als ihre Hände seine Hose aufschnürten und das Hemd auszogen. Sie ließ ihn unter ihrem Rock verschwinden, den sie mit ebenso ruhigen Bewegungen löste, erst den roten und grünen Wollstoff, dann den ungebleichten Flachs, der ihren Schoß verbarg; ein kräftiger Geruch nach Wacholderrauch, mit dem sie jede Woche die Luft des Pfarrhauses reinigte, stieg auf und ließ den Priester so kurzatmig werden, dass er beinahe ohnmächtig wurde. Es war dieser reale Duft, diese physische Dimension und ihre überwältigende Nähe, die in den vielen Erzählungen fehlte, denen er sein Ohr geliehen hatte. Einen Moment überlegte er, ob sein Geruch ebenso heftig auf sie wirken würde. Er hatte bisher nie daran gedacht. Ganz gewiss hatte er vor vielen Jahren in Odense weibliche Gesellschaft aufgesucht, aber da war er immer betrunken gewesen und konnte sich am darauffolgenden Tag nur vage erinnern, was passiert war. Diesmal hatte er einen weitaus klareren Kopf.

Im Laufe des Abends erinnerte sich Freja mehrfach an den Soldaten aus Lübeck, der sich so alberne Namen gegeben hatte wie Odin aus Schleswig-Holstein und Katechismus des Papstes. Sie erinnerte sich an seine Augen, in denen sie verschwinden konnte, die weiche Stelle an seinem Hals, in die sie ihr Gesicht legte, wenn sie nachts schlafen sollten, in der kurzen Zeit, bevor die Beulen sich durch die Haut pressten. Sie hatte sich auf ihn *geworfen*. Sie war damals ein wenig wie der Priester gewesen, wild und bebend, als sollte sie in dieser Nacht sterben. Mit Königs Schweinsteig war es anders gewesen. Sie hatte einen Mann gebraucht, einen Ort, wo sie hingehörte, und das hatte er ihr gegeben. Er war ein guter Mann gewesen. Er war auch ein guter Vater für die Pestkinder Signe und Sigfred gewesen. Er hatte gute Schweine gezüchtet. Gut, er hatte keine Augen, in denen sie verschwinden konnte, und wenn sie ihr Gesicht an die weiche Stelle seines Halses legte, überkam sie nicht das gleiche schwindelerregende Gefühl, sich daheim zu fühlen. Aber er hatte die Schweine und den Pflug mit dem Ochsen, und wie jedermann weiß, ist so etwas wichtiger als die flüchtigen Gefühle, die man verspürt, wenn man tief in ein Augenpaar schaut oder seinen Kopf an die Wange eines anderen Menschen legt. Sie hatte diese Augen und diesen Hals praktisch vollkommen vergessen, bis der Priester sie nun plötzlich daran erinnerte. Auch das Ei hatte sie fast vergessen, das sie wegen der Erscheinungen, die sie jahrelang quälten, beiseitegeschafft hatte, nachdem sie nach Nielsstrup zurückgekehrt war. Als hielte das Ei die Tür für eine allzu aufdringliche Erinnerung offen: Sie erinnerte sich nicht nur detailliert an die Beichten ihrer Familie, sie *sah* sie auch abends vor sich, wenn sie im Bett lag und das Ei sich gut im Stroh versteckt unter ihrem Kopf befand. Dann hatte sie das Gefühl, als würde es anfangen zu glühen. Es war das Einzige, was ihr von ihrer Familie geblieben war. Es leuchtete und stieg ihr gleichsam zu Kopf, vielleicht sank sie aber auch im Schlaf zum Ei hinab – dieser

Gedanke war ihr auch schon mal gekommen. In jedem Fall befand das Ei sich mit einem Mal *in* ihrem Kopf. Es leuchtete darin. Es erfüllte sie, und dann *sah* sie die Beichten vor sich. Sie sah Sten und Großvater Thord im Bett liegen, während die dunklen Flecken des schnellen Todes sich langsam über ihre Körper ausbreiteten und das schwarze Blut aus allen Körperöffnungen sickerte; sie sah ihre eigene liebe Mutter, ihren kleinen Bruder und die Mädchen sterben, bevor jemand davon wusste. Tag für Tag hörte sie die Glocken läuten. Sie sah die leeren Gesichter der Pestknechte, sie roch den süßlichen Gestank des Weihrauchs, der sich über die Erinnerungen ihrer Kindheit legte: Ihr Vater auf der Flucht vor einer rasenden Volksmenge und später am Pranger auf dem Markt, die lärmenden Markttage und hinterher die Stille bei den großen Steinen, zu denen ihre Großmutter Tora sie mitnahm, um ihnen zu opfern und dabei etwas Staub zu stehlen, all dies und noch mehr sah sie: Sequenzen eines Lebens, das sie selbst nicht gelebt hatte und an das sie keine Erinnerungen haben sollte, sie sah Sagenkönige galoppieren, einen wahnsinnigen König, der sich die Brünne herunterriss, sie spürte den Geschmack von pulverisiertem Hasenherz und sah die Alte, die Rohrkolbenwurzeln im Moor sammelte und im nächsten Augenblick in der gefrorenen Erde des Friedhofs als Torso lag, dem man Arme und Beine geraubt hatte. Sie öffnete gleichsam den Mund für die salzige Hirnmasse und sah das Schiff der Veränderungen durch den morgendlichen Nebel brechen, ein kleines Mädchen, das sich im Stall versteckte, einen Pfeil, der sich in einen aufgeblähten Bauch bohrte, der Strand übersät mit blutigen Taubeneiern, Eisenringen, aufgeschnittenen Nasenflügeln, Deutsche Doggen mit spitzen, kräftigen Zähnen.

Wenn sie diese Erscheinungen sah, war das Ei immer in ihrem Kopf, es erhellte alles, und sie begriff, dass ihr Vater sich geirrt hatte. Das Ei brachte weder Glück noch Fruchtbarkeit. Sie ging ja bereits mit den Zwillingen schwanger, bevor sie Nielsstrup auf Fünen gefunden hatte. Nein, das Ei hielt sie fest in den dunklen Erinnerungen der Hungerjahre und der Zeit des schnellen Todes, es zog sie fort vom Leben, sie wollte es nicht in ihrem Kopf haben. Sie wollte sich nicht länger nach ihrer Familie sehnen, sie wollte sich nicht nach dem Soldaten mit den Augen sehnen, in denen sie verschwinden konnte. Sie hatte Königs Schweinsteig, ihn hatte ihr das Leben gebracht. Er war ein guter Mann, und nun wollte sie das wirkliche Leben führen, hier und jetzt. Sie musste sich von dem Ei trennen, um weiterzukommen und die dunklen Bilder aus Lübeck, die Albträume, Erscheinungen, das Chaos, die Unruhe und die Unzufriedenheit zu vergessen. Daher hatte sie die Maren-Familie zum ersten Mal aufgesucht. Sie konnte mit dem Ei nicht zur Kirche gehen, es war gefährlich, sie musste damit zu den Frauen des Moors und der Steine gehen, sie musste die stärkste Frau in der Gegend aufsuchen und ihr das Ei geben, sie musste sie bitten, darauf aufzupassen und sie aus dem Bannfluch des Eies zu entlassen. »Der Kinderfußstein«, hatte die Alte mit dem glanzlosen Auge gesagt – denn auch damals gab es eine Alte mit einem glanzlosen Auge im Haus der Maren-Familie. Es war der Kinderfußstein, den sie vor sich gesehen hatte, als der Pöbel sie bei ihrer Ankunft in Nielsstrup überfallen hatte. Seitdem hatte sie nicht mehr an ihn gedacht. »Ein so kostbares Geschenk musst du so tief wie irgend möglich in den Kern des Steins stecken, damit es nicht gestohlen wird«, hatte die Alte hinzugefügt. »Ich gehe mit dir dorthin.« Sie waren zwei Tage unterwegs gewesen, danach wurden die Erscheinungen seltener, nicht sofort, aber doch allmählich, und nach und nach dachte sie immer weniger an die Zeit in Lübeck, an den Geruch des schnellen Todes, an ihre tote Familie, an den Soldaten, in dessen Armen sie sich daheim gefühlt hatte.

Jetzt ist es genauso wie damals mit Königs Schweinsteig, dachte sie. Nur ist es bloß ein neuer Mann, ein junger, pickliger Priester, der seine pure Jugend bereits hinter sich hat. Man musste sehen, wie man am besten zurechtkam. Sie wusste genau, dass nicht ihre Kochkunst sie zu der Arbeit beim Priester qualifiziert hatte. Es waren ihr Alter und die beiden Finger, die ihr an der rechten Hand fehlten. Die Frauen von Pederup hatten ihr bei dem famosen Abendessen in der Küche geholfen. So feines Essen hatte sie ja nie zuvor zubereitet, mit der Zeit aber lernte sie und wurde besser. Wenn man es genau betrachtete, war sie dem Priester eine Lehre, der Spaß, den die vornehmen Damen mit ihm getrieben hatten, weil er während eines Festes im Mai in betrunkenem Zustand die Nichte einer der Damen betatscht und hinterher versucht hatte, sie im Pfarrhof anzustellen. Man musste zurechtkommen. Das hatte sie immer getan. Und nach Königs Schweinsteigs Tod mit seinem Elefantenfuß hatte es nicht sehr viele andere Gelegenheiten gegeben, um zurechtzukommen.

*

Erst viele Jahre später, an einem frühen Morgen – der Priester Anders war in die Kirche gegangen, um die Sonntagsmesse zu lesen, und hatte bemerkt, dass die Tranlampen leer waren, daher musste er noch einmal zurück, um Tran zu holen – fand er heraus, was in all den Jahren vorgegangen war.

Er holte die Trankrüge aus der Speisekammer, und bevor er zurück zur Kirche ging, wollte er gerade noch in der Küche vorbeischauen, ob alles in Ordnung war. Wie gewöhnlich wollte er ihren Nacken küssen, denn nun hatte er keine Angst mehr, seine Zuneigung zu zeigen, obwohl der Küchenjunge und das Küchenmädchen in der Nähe waren. Selbst wenn sie tratschten, würde niemand in Pederup sie ernst nehmen. Genau deshalb hatten sie ihm doch eine Köchin aufgeschwatzt, deren Lebensfunke durch die Trauer über den Tod ihres Mannes und ihres Sohnes erloschen zu sein schien. Es waren nur Gemeindemitglieder mit einer ungewöhnlich lebhaften Fantasie, die sich vorstellen konnten, wie der junge, picklige Priester begierig stöhnte, wenn er ihren Hals küsste und ihr Hinterteil streichelte. Und niemand, nicht einmal diejenigen mit einer schmutzigeren Fantasie, konnte sich den Priester vorstellen, wie sie ihn so oft beim Beten in der Kirche gesehen hatten: Auf Knien vor seiner leicht bekleideten Köchin, die ihr Damenhemd hochgezogen hatte, ein Strumpf auf dem Boden, die Beine gespreizt, eins etwas angezogen, damit der Schnullermund leichter seinen Weg fand, ihre Hände im Nacken des pickligen Priesters, ein fester Griff in sein dünnes Haar, während er detaillierte Instruktionen bekam.

»Zunge raus.«

Der Priester bohrte seine Zunge in ihren Schoß.

»So?«

»Aaaah. Und länger rauf.«

»So etwa?«

»Du sollst sie kreisen lassen.«

»Mach ich es richtig?«

»Hmmm. Und hoch und runter.«

»Ist es jetzt besser?«

»Halte einen Finger vor deinen Schnurrbart, es kitzelt.«

»So?«

»Mmmm. Aaaah.«

So entfalteten ein paar Süßwasserfische eine größere Wirkung als die Tausend Gebete, die der Priester auf den Schwingen des Glaubens entsandt hatte, und man sieht, wie ungerecht die Gnade des Herrn verteilt ist: Einige verbringen ein ganzes Leben mit Gebeten und in Askese, und ihnen ist dennoch keine klare Antwort vergönnt, während anderen großzügig Visionen geschenkt werden, die ihr Leben verändern, obwohl sie es sich gar nicht verdient haben. Sie knien zum Beispiel vor einer Frau mit gespreizten Beinen, »Zunge raus«, befiehlt sie, und sofort versteht man, was der Herr meint, wenn er von Liebe spricht, sofort versteht man, was der Herr mit »ehren« und »gedenken« meint, mit »Gnade« und »Vergebung«, sofort versteht man, wie es ist, ein Kind des Herrn zu sein.

Als er sie in der Küche mit dem Fisch sah, drehte er sich auf der Stelle um und verschwand. Beim Knall der zuschlagenden Tür fiel ihr die Bachforelle auf den Boden. Der Fisch zuckte, japste nach Luft und schlug ein paar Mal mit dem Schwanz, als sie sich bückte, um ihn aufzuheben. Seine kleinen Zähne waren scharf, die Schnauze musste geschlossen bleiben, wenn er hinaufglitt. Sie hatte beschlossen, den Fischzauber zweimal jährlich anzuwenden, um sich gegen das gewöhnliche Schicksal von Leidenschaft zu wappnen. Selbstverständlich konnte eine eher zurückhaltende Liebe aus den Ruinen einer Leidenschaft wachsen, zog man allerdings den

Altersunterschied in Betracht, würde es höchstwahrscheinlich anders verlaufen. Und konnte sie wirklich sicher sein, dass er zu den Hühnern und Schweinen gehen würde, so wie er es bisher zwei Mal gemacht hatte? Das erste Mal, als der Bischof von dem Plan sprach, im Nachbarflecken Nielsstrup eine neue Kirche zu errichten – da ging er zu den Hühnern. Das zweite Mal, als ein Bote aus Tælleby mit der Nachricht vom Tod seines Vaters kam. Sie bemerkte es erst, als sie das Quieken aus dem Schweinestall hörte. Er hatte die Schweine nicht sehr lange geschlagen, bevor er den Knüppel fortwarf, zu ihr kam und den Kopf in ihrem Schoß begrub. Sie hatte seinen Nacken gestreichelt und gedacht, dass der nun vaterlose Anders das Alter ihres eigenen Sohns haben musste.

Doch nun war sie entlarvt, und der picklige Priester lief hastig über den Hofplatz, Steine und Kiesel spritzten von seinen Lederstiefeln, das Herz hämmerte, die Wangen glühten. Als er den Holzbottich mit Wasser gesehen hatte, ihre Hand mit der Bachforelle, die roten Flecken, die schimmernden Schuppen, die im Schein der Feuerstelle glitzerten, der Schlag der Schwanzflosse gegen die Innenseite der Oberschenkel und den konzentrierten Ausdruck in ihren Augen, verstand er sofort, was in der Küche vor sich ging. Er erkannte, was ihm widerfahren war und heute wieder passieren sollte, hätte er nicht vergessen, die Tranlampe aufzufüllen. Und sofort bereute er, dass er sie nicht schon gestern aufgefüllt hatte. Er verfluchte sich selbst, während er zur Kirche hastete. Die Leute strömten bereits in den Gottesdienst, schon bald würde der Raum mit der niedrigen Decke voller Menschen sein. Einige würden wie immer versuchen, das Weihwasser zu stehlen, andere würden Kalk von den Wänden kratzen, wieder andere würden betrunken sein. Hatte er besonderes Pech, und das kam ungefähr jeden dritten Sonntag vor, würden einige sich sogar streiten und prügeln, vielleicht weil die Kuh eines Mannes den Zaun eines anderen durchbrochen und von dessen Wintersaat gefressen hatte.

»Das war nicht das erste Mal, ich werde dich lehren, deine verfressene Kuh absichtlich auf mein Feld zu schicken!«

»Es sind doch deine Zäune, die kaputt sind.«

»Mit meinen Zäunen ist alles Ordnung.«

»Sie sind ebenso löchrig wie deine Socken.«

»Das sagst du nicht noch mal!«

»Du sitzt im Schatten deines Birnbaums und trinkst Schnaps, wenn wir anderen unsere Zäune reparieren, da ist es doch klar, dass meine Kuh auf dein Feld läuft. Tatsächlich bin ich es leid, meine Kuh ständig durch deine schlampig reparierten Zäune zu zerren.«

»Jaja, rede nur. Wenn du das nächste Mal deine Kuh auf mein Feld schickst, bekommt sie von mir eine Tracht Prügel, die sie so schnell nicht vergessen wird.«

»Jetzt sage ich dir ein für alle Mal …«

»Ich glaube, ich gehe rüber und erledige das sofort. Damit es ihr eine Lehre ist.«

»Wage es nur.«

»Ich höre nicht auf, bis sie sich entschuldigt.«

»Wären wir hier nicht vor dem Priester, dann würde ich …«

»Ziehst du es vielleicht vor, die Stelle deiner Kuh einzunehmen?«

»Was meinst du?«

»Du kannst gern die Prügel beziehen, die deine Kuh verdient.«

»RAUS MIT EUCH!«, rief der Priester Anders gewöhnlich.

Oder sie schlugen sich, weil die Tante eines Mannes ein Schwein mit dem bösen Blick bedacht hatte, das der Schwester eines anderen Mannes gehörte.

»Das Schwein meiner armen Schwester verschwand im Wald und kam nicht wieder heraus. Das ist *ihre* Schuld.«

»Deine Schwester muss halt besser auf ihre Schweine aufpassen. Damit hat meine Tante nichts zu tun.«

»Sie hat es mit dem bösen Blick angesehen, sage ich!«

»Pah!«

»Sie hat das Schwein meiner Schwester verhext!«

»Nein, sie hat es nur so mürrisch angesehen, weil das Schwein auf ihren Stiefelschaft gepisst hat, und das war ausgesprochen großmütig. Ich selbst hätte nicht bloß mürrisch geguckt.«

»Das Schwein meiner Schwester ist nicht das einzige Schwein, das sie verhext hat. Sie schuldet meiner Schwester ein neues Schwein.«

»Ich polier dir gleich die Nase, wenn du nicht bald still bist. Ich sage dir, meine Faust kann ganz leicht deine Schnauze verhexen.«

»RAUS MIT EUCH, IM NAMEN DES HERRN!«

Oder sie schlugen sich, weil die Schwester eines Mannes im Stall eines anderen Mannes verschwunden war, oder weil man die Frau eines Mannes im Bett eines anderen Mannes erwischt hatte, oder weil der Bruder eines Mannes die Schwester eines anderen Mannes im Schritt betatscht hatte, als der Ehemann gerade wegsah.

Das Schlimmste aber waren die Streitereien, die sich zu einem lautstarken Schluchzen entwickelten, wenn eine unglückliche Frau sich auf den Boden warf, weil ihr Verlobter … Oder wenn ein verschmähter Mann flennte, weil seine Herzallerliebste … Das war das Allerschlimmste, weil Anders, der Priester, in diesem Fall nicht brüllen konnte: »RAUS!«

Stattdessen musste er es mit anderen Mitteln versuchen, zum Beispiel flüstern: »Sei jetzt in Gottes Namen still.« Solche Äußerungen erforderten häufig größeres Einfühlungsvermögen, daher zog es der Priester Anders vor, wenn die Leute sich prügelten. Das erzählte er natürlich niemandem. Doch, Freja hatte er es erzählt, aber sonst gab er seinen Gemeindekindern immer zu verstehen, dass Raufbolde sofort aus Gottes Haus verwiesen wurden, während schluchzende Frauen und flennende Männer bedauerlicherweise in irgendeiner Form getröstet werden mussten. Leider war er jetzt spät dran. Er hastete über den matschigen Weg voller Pfützen und Tierexkremente. Am Wildgatter wäre er beinahe gestolpert. Vor seinem inneren Auge flackerte eine zappelnde Bachforelle.

An der Kirche stand Niels Ysteds Enkelkind Katrine mit ihrem Heidenkind im Arm, der Wind fuhr ihr durch den dünnen Wollrock, und ein Ministrant stand mit ausgestreckten Armen da, um zu verhindern, dass sie den Vorraum der Kirche betrat. Beide sagten kein Wort, aber die roten Flecken auf ihren Gesichtern verrieten, dass sie sich gerade gestritten hatten. Als der Priester auftauchte, zeigte sich ein erleichtertes Leuchten auf dem Gesicht des Ministranten, während Katrine ihn irritiert ansah, weil sie hier in Kälte und Wind auf ihn hatte warten müssen, während alle anderen Kirchgänger behaglich und warm in dem dunklen Kirchenschiff mit der niedrigen Decke saßen.

»Hochwürden, bitte nehmen Sie dieses Kind entgegen«,

flüsterte sie mürrisch, schlug den Blick nieder und blickte auf ihre Füße. Er ging hastig an ihr vorbei.

Zum Ministranten gewandt sagte Anders: »Die Tranlampen, schnell, ich warte.«

»Hochwürden, bitte, es ist kalt heute, und wir haben bereits lange gewartet, könnten wir nicht einfach …« Aber der Priester Anders hatte sie bereits stehen lassen.

Aus der Kirche drang ein lautstarkes Murmeln, als er eintrat. Es war nicht das erste Mal, dass er zu spät zum Gottesdienst kam, oder richtiger: Es war nicht das erste Mal, dass der Kirchendiener an den Bronzeglocken gezogen hatte, bevor der Priester bereit war. Auch heute hatten die Glocken viel zu früh geläutet.

Der Ministrant schloss die Tür vor der Nase der frierenden Frau und ging in die Kirche, um die Lampen mit Tran zu füllen. Der Priester trat vor den Altar und stellte sich mit dem Rücken zur Gemeinde. Jetzt, da der erste Schock sich gelegt hatte, überraschte es ihn eigentlich nicht, dass bei dem Fisch etwas Hinterhältiges im Spiel war. Es waren nicht die gesalzenen Heringe, die geräucherten Makrelen oder die luftgetrockneten Klieschen gewesen, sondern immer lebendig in Holz- oder Tonbottichen gelieferte Süßwasserfische, denen es gelungen war, ihn in einen Zustand zu versetzen, in dem er dem Herrn besonders nah war. Was er bisher ausschließlich als ein Zeichen von Qualität empfunden hatte, war also Teil eines ausgeklügelten Plans gewesen. Abergläubischere Personen hätten möglicherweise behauptet, dass die Köchin den Priester von Pederup durch Hexenmagie verzaubert hatte.

Während er noch vor dem Altar stand und seinen Gedanken nachhing, klopfte es an der Tür.

»Was ist?«, flüsterte Anders, der Priester.

»Katrine klopft, sie will es hinter sich bringen, damit sie wieder nach Hause gehen kann.«

Der Priester sah den Ministranten desinteressiert an, und der Ministrant ging zur Tür, öffnete sie einen Spalt und flüsterte: »Im Namen des Herrn, Katrine muss sich also noch ein bisschen gedulden, die Andacht hat noch nicht einmal begonnen, gib uns doch wenigstens eine Chance.«

»Ich möchte eine Fabel erzählen«, begann der Priester, drehte sich um und betrachtete die Gemeinde. »Eines Nachts träumte ein gottloser Mann von einem Fisch. Um genauer zu sein, von einer Karausche. Das tut eigentlich nichts zur Sache, denn ein Fisch ist ein Fisch, und wie hoffentlich jeder weiß, ist Christus ein Fisch, der im Wasser des Lebens schwimmt. In diesem Fall war der Fisch nun eine Karausche, aber in einem anderen Traum könnte es eine Brasse sein, und in einem dritten eine Bachforelle, wie gesagt, es tut nichts zur Sache. Christus ist nämlich nicht ein Fisch, sondern er ist *alle* Fische. Und er ist nicht nur *alle* Fische, er ist die eigentliche *Idee* des Fischs, er ist der *Sinn* des Fischs und darüber hinaus das *Wasser*, in dem der Fisch schwimmt, das Wasser des Lebens, er ist der *Sinn* des Wassers des Lebens; also ein Fisch.«

Wieder klopfte es.

»Aber EIN FISCH, DER IM TRAUM EINES MENSCHEN SCHWIMMT, ist nicht notwendigerweise der gleiche Fisch, der im Traum eines anderen Menschen schwimmt. Dem Herrn gegenüber sind wir alle gleich, aber das Bild des Herrn im Geist eines Menschen kann sich wesentlich vom Bild des Herrn im Geist eines anderen Menschen unterscheiden. Selbst wenn wir auf Knien beten und uns gemeinsam dem Herrn zuwenden, unterscheidet sich sein Bild im Geist deines Nachbarn vermutlich von deinem eigenen Bild; sein Bild ist im Geist deines Sohns und deiner Ehefrau nicht notwendigerweise gleich. Nun gibt es, wie jedermann weiß, nur einen Herrn, aber es gibt, wie hoffentlich auch jeder weiß, nicht nur einen Fisch. Es gibt viele. Und in jedem Fisch findet sich die Idee Christi. Wenn Menschen im Wasser des Glaubens fischen, kann man verschiedene Fische an den Haken bekommen. Vielleicht fangen wir Stichlinge, wenn wir von alten Hechten träumen. Aber auch die Stichlinge tragen die Idee Christi in sich, also seid dankbar für die Stichlinge, wenn ihr sie fangt. Wenn es die Meinung des Herrn ist, dass du Christus zuerst in der Gestalt eines Stichlings begegnest, dann akzeptiere diese Gestalt, danke dem Herrn, dass du seinem Sohn in der Gestalt eines Stichlings begegnen darfst, akzeptiere, dass der Stichling die Form ist, die der Herr beschlossen hat, damit dein Geist am besten die Idee Christi aufnehmen kann. Und danke dem Herrn, dass du nicht einem alten Hecht begegnet bist, denn dein Verstand würde es noch gar nicht begreifen können. Die Zeit wird möglicherweise kommen, diese Freude wird dich möglicherweise erwarten, aber nicht, wenn du den Stichling ignorierst, wenn du ihn aus Trotz wieder ins Wasser wirfst oder der Katze gibst, oder wenn du ihn mit deinen dreckigen Holzschuhen zertrittst …«

Klopf, klopf, klopf.

»EIN MANN BEGEGNET WIE GESAGT EINER KARAUSCHE IM WASSER SEINER TRÄUME. Sie kommt ihm entgegengeschwommen. Es ist nicht die Art Fisch, von der der Mann geträumt hat. Es ist nicht so, dass der Mann geträumt hat, die Gnade des Herrn zu finden, dem Fisch aber ist das egal. Er kommt zu ihm.«

Klopf, klopf, klopf.

»WO DIESE KARAUSCHE vorher war, in welchem Wasser sie schwamm, hat mit der Sache nichts zu tun, also frag sie nicht. Ihr Gnadengeschenk wird dich reinwaschen, die Wahrheit, die sich hinter den glänzenden Fischschuppen verbirgt, wird durch dich hindurchstrahlen, auch wenn du es nicht verstehst, denn so ist die Gnade des Herrn …«

KLOPF, KLOPF, KLOPF!

Jetzt wurde der Priester endgültig aus seiner Fischfabel herausgerissen. Er verlor den Faden, ging rasch durch das Kirchenschiff, trat in den kleinen Vorraum und öffnete die Tür.

Katrine hatte endlich das richtige, das demütige Gesicht aufgesetzt. Ihre Stimme hatte den kommandierenden Ton verloren. Sie blickte auf die Stiefel des Priesters und reichte ihm das Bündel mit dem Säugling: »Im Namen des Herrn, nimm dieses ungetaufte Kind entgegen. Im Namen des Herrn, erlaube ihm gnädigst, durch die Taufe in den Pferch Christi einzutreten.«

Erst sah er sie mit verschränkten Armen streng an, wie es sich gehörte. Er taxierte sie skeptisch und ließ sie sich selbst demütigen, während die Gemeinde zuhörte.

»Habt Mitleid mit diesem armen, verlorenen Kind.«

Dann zog der Priester die Augenbrauen hoch, sah die Mutter des Heidenkindes streng an und brüllte, so laut er konnte: »Raus aus dem Haus des Herrn! Diese Türschwelle darf nur von Christen überschritten werden!«

Sofort drehte die Frau sich um.

»Hinaus!«, schrie er. »Raus!«

Stumm lief sie den Kirchweg hinab. Der Säugling weinte. Der Priester warf die Kirchentür zu. Es war bereits der zweite Sonntag hintereinander, an dem er sie abgewiesen hatte. Wie jeder weiß, gebot die Tradition, dass er das Kind am nächsten Sonntag annehmen musste, beim dritten Mal musste er einwilligen, es zu taufen, er war jedoch versucht, sie auch ein drittes Mal abzuweisen. Man hatte nicht so einfach ungestraft den Gottesdienst zu stören, wann immer es einem passte, das Heidenkind würde schon noch rechtzeitig getauft werden. »WO WAR ICH STEHEN GEBLIEBEN?«, fuhr der Priester fort. »EINE KARAUSCHE … DAS WASSER DER TRÄUME … EIN STICHLING … EIN ALTER HECHT … WIE GESAGT, EINE KARAUSCHE … IM WASSER DER TRÄUME KOMMT DEINE KARAUSCHE angeschwommen. Sie glitzert im Sonnenlicht. Sie gleitet durchs Seegras. Sie wartet zwischen dem Schilf. Du glaubst, du hast eine wohlschmeckende Mahlzeit gefangen, entdeckst aber, dass es ein Gnadengeschenk des Herrn ist, der sich für dich verkleidet hat, wie der Dornbusch, der den Engel in der Wüste verbirgt. Wenn der Engel in seinem Strahlenglanz hervortritt, wenn das Licht der Gnade auf dich fällt, fragst du nicht, wo war es denn noch vor einem Augenblick? Du fragst nicht, wie es ihm genau gelungen ist, sich in diesem Dornbusch zu verstecken. Du fragst nicht, welche weitverzweigten Wege und Pfade er gegangen ist, um dir in dieser Allmende zu begegnen, die als Aufenthaltsort immer dein Schicksal gewesen ist. Nein, du kniest stattdessen. Du dankst dem Herrn mit einem Gebet. Sed libera nos a malo, amen. Danke, Herr, dass du mir diesen Fisch gesendet hast.«

Er aß die Bachforelle, ohne Fragen zu stellen, und gewöhnte sich an zu klopfen, bevor er die Küche betrat. Er wartete anständig eine Antwort von der anderen Seite der Küchentür ab und akzeptierte die Fügung des Herrn: Dass die Gnade des Herrn alle halbe Jahre in Form eines Süßwasserfischs zum Pfarrhof kam. Und dasselbe tat er zwei Jahre später, als das Krötenkind kam: Er akzeptierte es. Diese missgestalteten Froschschenkel ohne richtige Füße. Dieser schleimige Faden aus Kröteneiern, der dem Kind aus dem Bauch wuchs und in einem blutigen Klumpen dort endete, wo der Mutterkuchen es mit dem Puls des Lebens hätte verbinden sollen. Diese Hände, die auf dem Nagel seines Daumens Platz fanden, das Gesicht, dessen Augen nicht richtig herausgewachsen waren. Er sah die beiden Augen hinter der dünnen Haut.

Erst hatte er den Barbier gerufen, weil er glaubte, es ginge um eine Art Geschwür. Aber der Barbier hatte in aller Heimlichkeit Karen, die Hebamme, hinzugezogen. Karen hatte angeboten, das Krötenkind mit heim zu nehmen und aus dem Weg zu schaffen, aber der Priester bat sie, es in ein Leinentuch eingewickelt ans Fußende des Betts zu legen.

Als alle gegangen waren und Freja eingeschlafen war, nachdem sie auf Karens Anweisung reichlich Branntwein getrunken hatte, wickelte er das Krötenkind aus dem Tuch, wusch es und streichelte seine Wange. Hinterher wickelte er es in eine Altardecke, steckte es unter seine Kutte und lief in Richtung Kirche.

Das Krötenkind hätte die fröhliche Stimme im Pfarrhof werden können, dachte er während des Laufs. Es hätte unter den Apfelbäumen schaukeln können, es hätte im Kohlgarten Schmetterlinge fangen können.

In der dunklen Kirche hob er den Holzdeckel des Taufbeckens und taufte es drei Mal. Das Krötenkind war kein Heidenkind, das zwei Sonntage hintereinander abgewiesen und am dritten in Gnade angenommen wurde. Es konnte in voller Größe in seiner Hand liegen. Unmittelbar danach verabreichte er ihm die letzte Ölung, hielt seine Ankunft wie seinen Fortgang im Kirchenbuch fest, obwohl es in Wahrheit ja schon fortgegangen war, bevor es überhaupt ankam. Dann schlich er in die Dunkelheit hinaus und grub ein kleines Loch dicht am hölzernen Glockenturm, damit die Musik des Herrn in dem kleinen Körper widerhallen konnte; und das war auch wirklich nötig, denn wie jeder weiß, finden Säuglinge, die bei einer heimlichen Niederkunft gestorben sind, keine Ruhe, sie werden Wiedergänger, auch wenn ihr Vater ein Priester sein sollte. Jeder weiß das. Tatsächlich war es denkbar, dass sie sogar noch schlechter gestellt waren, da die Diener des Herrn keine Kinder bekommen dürfen; daher war es durchaus vorstellbar, dass der Herr die Kinder seiner Diener zu Kröten werden ließ, die aus dem Leib ihrer Mütter glitten, lange bevor sie lebensfähig waren. Es könnte die Strafe dafür sein, seine Köchin als Liebhaberin genommen zu haben. Es könnte auch die Strafe dafür sein, dass sie wie Mann und Frau zusammenlebten – mit einer Frau, die seine Mutter sein könnte und nicht länger in fruchtbarem Alter war. Es könnte eine besondere Strafe für den Fischzauber sein, vielleicht war es aber auch nur eine Fügung des Lebens, etwas, das auch andere als ihn betraf und das ihn nur in dem Maß anging, wie er davon berührt wurde. Vielleicht war es aber auch ein verkapptes Gnadengeschenk, ein Glücksfall, den zu verstehen er zu beschränkt war?

Als der Priester kurz vor dem Morgengrauen nach Hause kam, trank auch er reichlich Branntwein und legte sich neben Freja. Wenn er es gewagt hätte, hätte er ein Kreuz in die Erde gesteckt, ein strahlendes und leuchtendes Kreuz, stattdessen hatte er nur ein winziges, selbstgemachtes Kreuz *unter* die Erde gelegt, damit es die Dunkelheit erleuchtete. Das Krötenkind würde es nötig haben. Im besten Fall würde das Kind für immer in geweihter Erde liegen bleiben. Er legte die Arme um die schlafende Frau. Morgen würden sie Blumen pflanzen. Was mit ihm passieren würde, wusste er nicht genau, er hatte Zweifel; und obwohl es in der Natur der Wahrheit lag, sich vor den Menschen zu verbergen, hatte er weit größere Zweifel als gewöhnlich, und daher trank er noch mehr Branntwein. Und wie jeder weiß, ändert Schnaps selten etwas am Glauben, allerdings beeinflusst seine Kraft den Zweifel weit mehr; und als er ein paar Tropfen auf ihre Wange verschüttete, erwachte sie.

»Wo ist …« Ihre Eichhörnchenaugen sahen sich verwirrt um, »… es hin?«

»Es ist dort, wo es sein soll, denk nicht weiter darüber nach.«

»Es war so klein. Es ist so lange her, dass ich die Zwillinge zur Welt gebracht habe. Es war so eigenartig – als wäre ich plötzlich wieder jung und ritt auf dem Rücken eines Stiers durch das Land. Und das Fruchtwasser ging mir vor den Augen all dieser Menschen ab, doch nun ist einer der Zwillinge tot, und die andere will nichts von mir wissen.«

»Du siehst Signe doch … manchmal«, sagte der Priester.

»Ja, hin und wieder. Aber es steht etwas zwischen uns. Sehr viele Geschichten … Aber nun musst du mir erzählen, was du mit dem Kind gemacht hast.«

»Es liegt auf dem Friedhof.«

»Es hat nicht gelebt.«

»Ich weiß.«

»Es war nicht christlich getauft.«

»Es ist getauft geworden.«

»Wirklich?«

Der Priester nickte hinter ihrem Rücken, sie spürte seinen Atem an ihrer Schulter.

»Geht das denn?«, flüsterte sie.

»Ich bin der Priester. Ich würde schon sagen, dass ich das am besten beurteilen kann.«

Ihre Augen blinzelten einen kurzen Moment. Ihrer Miene sah man die Zweifel an, als wäre sie gerade aus einer anderen Wirklichkeit erwacht und müsse sich in der neuen Umgebung erst zurechtfinden.

»Das stimmt. Daran habe ich nicht gedacht, entschuldige.«

»Du musst auch nicht daran denken, schließ einfach wieder die Augen.«

»Hat dich jemand gesehen?«

»Das hoffe ich nicht.«

»Ich habe Angst, dass es meine Schuld war. Ich dachte nicht, dass ich schwanger werden könne, ich habe aufgehört, einmal im Monat zu bluten, deshalb habe ich nicht damit gerechnet, dass es möglich ist.«

»Es war ja auch nicht möglich.«

»Nein.«

»Schlaf jetzt.«

»Ich habe Angst.«

»Wovor?«

»Ich habe Angst, dass es meine Schuld ist. Ich finde, es sah ein wenig aus wie eine Karausche, der untere Teil ähnelte einer Karausche. Meinst du nicht auch?«

»Es sah eher aus wie eine Kröte.«

»Karen, die Hebamme, sagt, sie sehen immer so aus, ein

bisschen wie Kröten. Sie hat so viele tote Krötenkinder gesehen, dass sie immer einen Knicks macht und *guten Tag, gnädige Frau*, sagt, wenn sie einer Kröte begegnet. Ich habe es selbst einmal gesehen. Sie redet mit den Kröten, als wären es feine Damen, das klingt verrückt, aber hatte es nicht auch etwas Fischartiges? Ich habe es ja nur kurz gesehen, es war ganz blutig, Karen hat es mir gezeigt, bevor sie es in das Leinentuch wickelte. Es war so klein, so karauschenhaft, finde ich … Ich würde dir gern etwas erzählen, aber ich traue mich nicht, ich habe Angst.«

Ihre Haut war bleich, das Haar klebte ihr an der Stirn und den Wangen. In einem ihrer Mundwinkel hatte sich Speichel gesammelt, der Priester tupfte ihn ab.

»Wenn ich es jetzt sage, ist alles vorbei, dann ist es aus mit mir … aber ich fürchte, ich kann es nicht lassen. Ich *muss* es sagen, oh …« Sie fasste sich an den Bauch und stöhnte laut auf.

»Sag es nicht.«

»Ich muss es sagen.«

»Du kannst mir nichts erzählen, was ich nicht bereits weiß.«

*

Am nächsten Tag kam Hans-Jørgen Hase mit seinem Vierspänner aus Odense, früher als angekündigt und bevor der Priester Blumen auf das Grab des Heidenkindes legen konnte. An seiner Seite saß die Deutsche Dogge des Herrn von Weißenfels und hinter ihm der verbiesterte Kammerdiener, doch Hans-Jørgen hatte glänzende Laune.

»Sie soll in dem neuen Stil errichtet werden, sie soll hoch

und leicht sein, nichts Prunkvolles, ich will große Fenster, ich will Licht im Chor«, erklärte er.

Sie hielten vor dem Pfarrhof und überraschten den schlaftrunkenen Priester Anders, der seine Morgentoilette verrichten wollte, auf dem Weg über den Hofplatz. Er hatte verschlafen, und bei dem Anblick des Vierspänners ging ihm der Gedanke durch seinen noch nicht ganz wachen Kopf, dass die Strafe, einen Heiden in geweihter Erde und mit priesterlichem Segen begraben zu haben, nicht nur, wie er wusste, hart sein würde, sondern auch prompt erfolgte, weil Verbrechen und Strafe als parallele Handlungen zusammenhingen: Die Pferde mussten aus dem Stall des Bischofs geführt worden sein, als er das Abschiedsgebet für das ungeborene Kind sprach, und in den wenigen Stunden, die er in dieser Nacht geschlafen hatte, war die Strafe in einem Vierspänner näher gekommen und hatte darauf gewartet, die Ereignisse, die der Herr in fernen Welten erschaffen hatte, in Zeit und Raum zusammenzuführen und zu vereinen. Jeder, der die vierspännige Kutsche aus schwarzem Holz mit ihren unübertroffenen Schnitzereien, dem Wappenschild und der vorn und hinten wehenden Bischofsfahne des seligen Hans-Jørgen sah, hatte bemerkt, dass der Abgeordnete des Herrn in Gesellschaft von Herrn von Weißenfels' Köter reiste.

Möglicherweise, weil etwas Ungewöhnliches bevorstand, und das hieß natürlich etwas ungewöhnlich *Unangenehmes*, es sei denn, der gute Herr von Weißenfels hätte seine irdischen Besitztümer für immer verlassen, worüber jeder in Pederup oder im fernen, unaufgeklärten Nielsstrup nur Krokodilstränen geweint hätte. Auf der anderen Seite war der Tod eines von Weißenfels auch nichts, worüber man sich lange freuen konnte, denn nach einem von Weißenfels kam stets ein neuer. So lauteten die Gesetze, die die Welt lenkten und regulierten und die gesamte Ordnung aufrechterhielten.

Anders, der Priester, stand beim Anblick der vornehmen Kutsche, der sich ihm so unvermittelt und plötzlich offenbarte, wie gelähmt da. Er hatte den Nachttopf in der einen Hand und zog sich mit der anderen die Nachtmütze von seinem kahlen, pickligen Kopf.

Hühner hüpften zur Seite. Der Hofhund bellte. In der Ferne quiekte ein Schwein. Die vier Pferde blieben so abrupt stehen, dass die Steinchen sprangen wie Funken vor einem Blasebalg.

»Wir sollen herzlich vom Herrn grüßen!«, brüllte Hans-Jørgen, sowie die Pferde stillstanden, und der Priester sank auf die Knie und vergoss den Inhalt seines Nachttopfes auf dem steinigen Hofplatz, während er inständig versuchte, so wenig wie möglich auf den Köter zu starren. Alle hatten ihn so fest zubeißen sehen, dass die Knochen knackten, alle hatten gesehen, wie er Diebe und aufsässige Bauern auspeitschte, wie er junge Männer und ältere Familienväter in Ketten legte und in die Keller des Gutshofs schleppte, aus denen sie nie wieder herauskamen, es sei denn, ihr Elend wurde an den Markttagen zur Warnung anderer öffentlich zur Schau gestellt.

»Zieh deine Arbeitskleidung an!«, brüllte Hans-Jørgen munter weiter und sprang vom Wagen. »Ich habe einen ganz neuen Pfarrbezirk für dich!«

Im Pfarrhof servierte Freja eine leichte Mahlzeit und hielt nervös den größtmöglichen Abstand zu der Deutschen Dogge. Erkennt er mich wieder?, fragte sie sich, war es wirklich möglich, dass sie so wenig Eindruck bei ihm hinterlassen hatte, obwohl sie gejammert und geklagt und um das Leben ihres Mannes gebettelt hatte, während der Hund mit seinen spitzen Zähnen den Samen des Elefantenfußes so tief in seine Knochen versenkt hatte, dass der Barbier ihn hinterher nicht wieder hatte herausschneiden können. Aber das war inzwischen lange her. Sie sah heute anders aus. Sie war grau geworden, und sicher erwartete niemand, eine arme Frau aus Nielsstrup an der Seite des Priesters von Pederup vorzufinden – auf einem so vornehmen Hof. Nein, die Deutsche Dogge kann mich überhaupt nicht wiedererkennen, dachte sie. Von Weißenfels' Köter ahnt nicht, wer ich bin.

Anders, der Priester, hingegen dachte, dass eine Degradierung zu einer noch nicht einmal errichteten Kirche in dem unschicklichen und unaufgeklärten Nielsstrup – wer war eigentlich auf diese Idee gekommen, sich im Ungewissen zu verlieren und eine Kirche für eine Gemeinde zu bauen, die aus Dummköpfen bestand, die Steinen Bier opferten? – eine weitaus mildere Strafe war, als er zu hoffen gewagt hatte. Kniend küsste er dem Bischof die Hand und dankte ihm mit einer Inständigkeit, die sowohl den Bischof wie den Köter, den Kammerdiener, Freja und ihn selbst überraschte.

»Es ist mir eine große Ehre«, erklärte er.

»Ich habe sofort an dich gedacht«, sagte Hans-Jørgen. »Ich fragte den Herrn in meinem Abendgebet: Wer könnte eine Gemeinde lenken, die so weit entfernt lebt, dass sie selten den langen Weg bis zur nächsten Kirche gehen mag? In derselben Nacht träumte ich, dass ich auf einer Wiese zwischen riesengroßen Steinen lag. Ich betrachtete die Wolken, und plötzlich sah ich dein Gesicht dort oben, dann erwachte ich.«

Der Priester warf dem Köter einen Seitenblick zu und sah prüfend den übellaunigen Kammerdiener an, als sie alle vier am Vormittag der holprigen Wagenspur nach Nielsstrup folgten. Als sie sich dem ehemaligen Aussiedlerdorf näherten, schaute Hans-Jørgen nervös in Richtung der Steine, die ihm größer als beim letzten Mal vorkamen. Nur erinnerte er sich nicht mehr an den genauen Zeitpunkt, es musste mehrere Jahre her sein, seit er diesen Ort das letzte Mal besucht hatte.

»Hat keiner von ihnen als Eckstein Verwendung gefunden ... bisher?«, erkundigte er sich.

Die Steine *waren* deutlich größer als beim letzten Mal, denn sie hatten gut gegessen. Aber sie hatten nicht nur zugenommen, auch ihre Anzahl war gewachsen. Groß und mächtig türmten sie sich in der sumpfigen Landschaft auf.

Die Deutsche Dogge schüttelte den Kopf. Den Bischof schauderte es, er fühlte sich wie ein Bauer, der ein vergessenes und vernachlässigtes Stück Land entdeckt, das von Winde und Pfeilkraut in einem Maß überwuchert ist, dass es die herbstliche Ernte beeinträchtigt. Der Priester schaute auf die Schuhe des Bischofs.

»Lass uns anfangen«, forderte Hans-Jørgen ihn auf, ließ den Kutscher die Zügel anziehen und sprang vom Wagen. Der Silbermeißel lag in einer Holzkiste auf der Ladefläche.

In rascher Reihenfolge bearbeiteten sie den Warzenstein, die Trollkirche, den Wunschstein und den Brautstein, bevor sie eine kurze Pause machten. Dann begannen sie mit dem Graustein, dem Weihnachtsstein, dem Fünffingerstein, dem Rotstein, dem Hut des Berggeistes und dem Zwillingsstein. Am nächsten Tag meißelten sie als Ecksteine den Drachenstein, den Wetzstein des Teufels, den Hundestein, den Grauen Zwerg, den Räuberstein, den Ameisenstein, den Inselstein, den Schwarzen Stein, den Tanzstein und den Schlafstein.

Zwischendurch überraschte sie eine staunende Gestalt mit einem Krug voll Bier oder ein erschrockenes Kind mit einem frisch gebackenen Brot im Arm, und im Laufe der Tage wurden sie aus der Entfernung von einer wachsenden und immer erregteren Menschenmenge beobachtet, die ihnen von Weitem Unverschämtheiten zuriefen wie: »Ihr macht sie euch alle zu Feinden! Die Herrinnen werden toben! Ihr schadet euch nur selbst!« Niemand von ihnen wagte jedoch, sich den hohen Herren zu nähern, oder riskierte, im Buch des Köters notiert zu werden.

Der Bischof sprach Gebete, verspritzte Weihwasser über dem harten Granit und zündete Weihrauch an. Dann bearbeiteten sie die Ecksteine abwechselnd mit dem Meißel, bis der Zauber vertrieben war, woraufhin der Stein gleichsam ein wenig zusammensank und weniger furchteinflößend aussah. Der Herr machte sich die Erlenwelt untertan, und mit einem Mal erschien es weit unwahrscheinlicher, dass die Steine einmal als Wurfgeschosse gigantischer Wesen gedient hatten, aus eigener Kraft aus dem Norden über das Meer herangeschwommen oder spontan, nur durch die Kraft der Gedanken, entstanden waren, um dann mit Brot groß und mächtig zu werden, das aus dem Korn der von Winde und Pfeilkraut geplagten Roggenfelder Nielsstrups gebacken worden war. Es war gleichzeitig ein großartiger und trauriger Tag, ging es dem Priester aus Pederup durch den Kopf. Ein Tag, den er nie vergessen würde. Am nervenzerreißendsten war es, den ersten Stein als Eckstein herauszumeißeln, den Warzenstein. Niemand von ihnen wagte daran zu denken, wie viele Warzen der Stein in sich gesaugt und in seiner unendlichen Tiefe seit Anbeginn der Zeit bewahrt hatte; alle fürchteten, wie sie aussehen würden, wenn sie am nächsten Morgen erwachten.

»Die Steine benutzen wir als Fundament«, erklärte der Bischof. »Ich gebe dem Bautrupp Bescheid, sie einzusammeln und so einzumauern, dass sie von den Kirchgängern gesehen werden können.«

Obwohl Hans-Jørgen nicht gekommen war, um den Gottesdienst zu überwachen und die Bauernkinder aus dem Umland von Pederup, aus Nielsstrup und Tælleby, zu konfirmieren, wie er es sonst tat, richtete er sich im Gästeflügel des Pfarrhofs ein und nahm am sonntäglichen Gottesdienst teil. Am Abend davor tauchte ein Messdiener in Gesellschaft von zwei älteren Franziskanern auf und trug einen Stapel Reisekisten in die Gästezimmer, in denen sich unter anderem eine silberne Schachtel mit einem Knochensplitter vom Fuß Christi und ein Stück aus dem Leichentuch des heiligen Georg befanden, die in der Kirche gezeigt wurden und der neuen Kirche geschenkt werden sollten. Vieles konnte schiefgehen, wenn ein Bischof zu seiner alljährlichen Visite kam, doch glücklicherweise schlief diesmal niemand ein und fing unter diesen außergewöhnlichen Umständen an, lautstark zu schnarchen, aber die Vorstellung, dass der Kirchenraum besonders heilig war, weil ein Bischof den Ehrenplatz zierte, verursachte allein schon gewisse Probleme.

»Ich pisse ins Bett, ich pisse ins Bett, ich pisse ins Bett!«, schrie zum Beispiel Marie Ellen aus Nielsstrup, als der Gottesdienst ungefähr so lange gedauert hatte, wie es braucht, um ein Huhn zu rupfen. Splitternackt lief sie drei Mal um das Taufbecken herum, und bevor der Priester und der Kirchendiener sie zu fassen bekamen, war sie wieder hinausgelaufen und hatte die Kirchentür hinter sich zugeworfen. Durch den Anblick ihres weißen Hinterteils, das über den

Kirchweg verschwand, wurde der Priester abgelenkt, und dass der Bischof Zeuge seiner Probleme wurde, die Gemeinde im Zaum zu halten, ärgerte ihn weit mehr, als die eigentliche Tatsache, dass eines seiner Gemeindekinder nackt in der Kirche herumlief. Das hatte er unzählige Male erlebt. Um die Wahrheit zu sagen, es schmeichelte ihm sogar, dass dem Taufbecken und ihm persönlich so große magische Kraft zugeschrieben wurde, durch seine bloße Anwesenheit Bettnässerei kurieren zu können, ja, dass er in der Glaubensvorstellung anderer Menschen ein so fester Fels war.

Am selben Tag kamen die ersten Vortruppen einer langen und lärmenden Schar von kirchlichen Beigeordneten, Beamten, Maurern und Handwerkern, Steinmetzen, Franziskanern mit Schreibutensilien, Vorarbeitern des Bautrupps und Tagelöhnern. Die muskulösesten Tagelöhner wurden zusammen mit einem Dutzend Ochsen und großen Mengen geölter Hanfseile, die nach fernen Hafenstädten rochen, die niemand aus Nielsstrup je gesehen hatte, ausgesandt, um die Steine zu transportieren. Sie wurden von einem protokollierenden Franziskaner genau überwacht. Sorgfältig schrieb der Franziskaner die Namen sämtlicher Steine auf, die in einem großen Haufen nahe des Lochs in der Oberfläche der Zivilisation landeten, das einstmals bei Signes und Henrik Heldursohns Misthaufen gegraben worden war.

»Ich höre Gerüchte von einem weiteren Stein«, sagte Hans-Jørgen.

»Das muss der … wie hieß er noch gleich … der Kinderfußstein direkt am Meer sein«, antwortete Anders, der Priester. »Einige Gemeindemitglieder unternehmen bisweilen eine Wallfahrt dorthin, vor allem an Mittsommer und in der Walpurgisnacht. Es heißt, er sei die Mutter aller Steine.

Einfältige Seelen meinen sogar, er sei der mächtigste aller Steine.«

»Ja, ja«, unterbrach ihn der Bischof. »Auch das haben wir schon mal gehört.« Er räusperte sich kräftig und schüttelte dann den Kopf. »Diesen sogenannten Kinderfußstein holen wir sofort.«

»Er soll enorm sein«, gab der Priester zu bedenken.

»Der *Herr* ist enorm. Wir holen ihn auf der Stelle. Wenn er auf dem Bauplatz ankommt, zerschlagen wir ihn in zwei Teile. Wir verwenden ihn als Altar. Das übernimmst du. Ich ziehe mich in meine Gemächer zurück. Nur der Messdiener darf mich stören ... Und denk daran, auch der größte Stein ist nur ein Sandkorn im Schuh des Herrn.«

Als sie eine Woche später den gigantischen Kinderfußstein in Anwesenheit sämtlicher Einwohner auf dem Marktplatz von Nielsstrup in zwei Teile spalteten, fiel ein kleiner leuchtender Kern aus Gold aus seinem Inneren und landete vor dem Priester auf der Erde.

Die Steinmetze japsten erschrocken, doch der Priester bückte sich instinktiv und hob ihn auf. Er steckte ihn in die Tasche und ließ sich nichts anmerken, das Spalten des Steins sollte möglichst nicht zu neuen verrückten Ideen über den Stein führen.

Während das Ei in seiner Tasche brannte, nahm er sich viel Zeit, um den gleichmäßigen Schnitt zu begutachten. Er bewunderte das Gewicht des Materials, das ihm in vieler Hinsicht vorkam, als sei es das genaue Gegenteil des flüchtigen Lebens der Menschen.

Er ließ seine Hände über die kleinen schimmernden Körnchen gleiten, die in das feine Muster des Granits eingelagert waren. Er wusste, dass alle ihn beobachteten. Mit seiner ganzen Kraft musste er sich darauf konzentrieren, den Stein als das zu behandeln, was er war: ein Stück Baumaterial.

Als sie am Abend im Bett lagen, zeigte er Freja das Ei. Sie zuckte zusammen.

»Woher hast du das?«, flüsterte sie und wog das Ei in den Händen. Es sah aus wie immer, obwohl sie es seit mehreren Jahrzehnten nicht gesehen hatte. Nicht seit sie es zusammen mit der Ältesten der Maren-Familie in den großen Stein am Meer gesteckt hatte. Sie hätte nie gedacht, es noch einmal wiederzusehen, doch das Ei war zurückgekehrt. Sie schloss die Augen, während sich vor ihrem inneren Auge Bilderteppiche ausrollten und sie zittern und beben ließen.

»Was ist denn?«, erkundigte sich Anders, der Priester.

Ihre Familienmitglieder lagen wieder in ihren Betten, betroffen vom schnellen Tod, sie beichteten ihre Sünden und Geschichten auf eine Weise, dass diese Geschichten sie nie wieder losließen. Alles flackerte durch ihren Kopf.

»Was ist denn das bloß?«, schrie sie und warf das Ei fort.

»Das ist ein Ei«, meinte der Priester.

»Das auf jeden Fall nicht von einem Huhn gelegt wurde! Das sehe ich auch!«, schrie Freja. »Und ich will es nicht haben, denn ich hatte es schon einmal! Es ist verhext und voller Geschichten. Es ist das Ei der Erinnerungen und des Gedächtnisses. Es lässt dich niemals in Ruhe!«

»Es lag im Kinderfußstein«, erklärte der Priester beruhigend. »Es muss dessen eigentlicher magischer Kern gewesen sein. Ich habe eigentlich nicht an Steine geglaubt, aber Steine sind ja auch vom Herrn geschaffen, also warum nicht? Ich möchte, dass du es immer bei dir trägst. Es ist ein Fruchtbarkeitsei. Das steht auf dem Ei. Ich habe die Runen gedeutet. *Dein* Name steht darauf. Ist das nicht merkwürdig? Ich glaube, wir werden noch ein Kind bekommen, wenn du es trägst, und ich glaube nicht, dass es wieder ein Krötenkind wird, vor dem die Hebamme in der Dämmerung knickst. Es wird ein richtiges Kind, das glaube ich. Das *hoffe* ich. Du wirst dich vermehren. Dein Name steht schließlich auf dem Ei.«

»Du hast alles missverstanden«, erwiderte Freja. Sie stand aus dem Bett auf, ging zu dem kleinen Fenster und stieß die Läden auf, um in die abendliche Dunkelheit zu schauen. Der Himmel war klar und dunkel, der Mond war noch nicht aufgegangen. Ein dunstiger Lichtgürtel erstreckte sich über den Himmel und gab ihr das Gefühl, ein Sandkorn in einem sich so unendlich weit erstreckenden System zu sein, dass es ihren Verstand überstieg. *Man kann dem Ei nicht entfliehen*, dachte sie. Ihr wurde schwindlig. Nun war es wieder in ihrem Kopf. Leuchtend, ungeduldig. Allgegenwärtig.

Als ich Boxer-Schmidt wiedersah, bewegte er sich vorsichtiger, er wirkte verlegen, als wollte er sich entschuldigen, so hatte ich ihn noch nie erlebt. Ich wühlte in der Kommode mit den chinesischen Verzierungen, noch immer auf der Jagd nach dem Ei. Ich hatte alles herausgenommen und auf dem Boden ausgebreitet. Das ganze Haus stand auf dem Kopf.

»Schade um deinen Großvater, es tut mir leid, Kamerad«, sagte er und trat über das Chaos. Er griff in die Hosentasche und reichte mir eine Fünfkronenmünze. Als er meine Enttäuschung sah, gab er mir noch einen Fünfer und sagte: »Kauf dir auf dem Heimweg ein paar Süßigkeiten.«

Unruhig öffnete ich weitere Schubläden und Schränke. Ganz hinten im Wohnzimmer stand eine Anrichte, die ich durchsuchte, im Schlafzimmer machte ich den Kleiderschrank auf und krabbelte in dessen dicht gepackte Welt aus Kleidern, die vor vielen Jahren zu besonderen Gelegenheiten getragen worden waren. Ich schaute in die Taschen, roch den Duft von Pfeifentabak, fand Kleingeld und einen zerknüllten Zettel, den ich auseinanderfaltete. Es sah aus wie ein Einkaufszettel, der untere Rand war abgerissen. Ich stellte mir vor, dass es der obere Teil einer alten Einkaufsliste war, von der nur das Wort *Ei* geblieben war. In der Ferne hörte ich ein leises Rumpeln, vielleicht war es Boxer-Schmidt, der Schläge und Stellungen trainierte. Ich dachte, ich müsste in den Keller und auch dort alles durchsehen. Ich warf einen Blick ins Wohnzimmer und sah die offenen Schubläden und Schränke;

Tischtücher, Eier, Steine und Silbergeschirr lagen auf dem Boden verstreut, als hätte ein Einbrecher alles durchwühlt. Ich selbst stand in einem großen Haufen Kleider, der mich regelrecht aufgesogen hatte. Ich riss mich los und lief in den Flur, wo meine Mutter mit dem Rücken zu mir einen Umzugskarton auseinanderfaltete. Sie hatte wieder geweint. »Was für ein Chaos«, seufzte sie. Ihr großer Bruder, Onkel Otto aus Jütland, kam mit mehreren Kisten die Treppe herunter, sein Gesichtsausdruck war traurig und düster. Aber zum ersten Mal schien Mutter nicht sauer zu sein, wenn sie über Großvater redete.

»Der erste Schlaganfall hätte eine Warnung sein sollen«, sagte sie zu Onkel Otto, »aber damals wurde er nur ein wenig wunderlich im Kopf und redete noch mehr dummes Zeug als sonst. Sag mal, hat er dich auch nachts angerufen, um dir seinen Unfug zu erzählen?«

Ich suchte im Esszimmer weiter. Auf einem Regal, das ich die ganze Zeit hätte sehen können – eine Stelle, die so sichtbar und zugänglich war, dass es nicht notwendig gewesen wäre, das ganze Haus abzusuchen –, stand ein Ei aus Gold von der Größe eines Hühnereies. Ich nahm es herunter und untersuchte es. Die Oberfläche war glatt und glänzte. Mir wurde schwindlig. Das Ei! Mein Herz galoppierte. Es stand direkt vor meiner Nase! Vielleicht hatte Großvater es für mich dorthin gestellt.

Ganz oben in dem Ei war ein länglicher Spalt. Und am Boden eine Öffnung, für die man so einen besonderen Schlüssel brauchte. Es hätten Runen sein sollen, doch es waren ganz gewöhnliche Buchstaben, die ich problemlos verstand. Ich las sie mehrmals – und mein Schwindelgefühl nahm zu. *Dänische Provinzbank* stand da. Dann war ich nicht mehr im Wohnzimmer, ich stand wieder im Schlafzimmer, in dem Kleiderhaufen. Ich weiß nicht mehr, wie ich dorthin gekommen bin. Das schwache Rumpeln in der Ferne wuchs zu einem seltsamen Beben, und ich hielt noch immer das Goldei der Provinzbank in der Hand, als die Unordnung sich für mich aufzulösen begann. Mein Mund öffnete sich, als ob ein Brüllen aus einer nicht entschlüsselbaren äußeren oder einer sich ausdehnenden inneren Welt aus mir herausbrechen und sich den Zugang zur Unverständlichkeit der Welt erzwingen wollte. Die drapierten Gardinen flatterten, die Tapetenmuster bekamen langsam Risse, der weiche Lichteinfall sammelte sich in geometrischen Formen, alles wurde brüchig und platzte auf: der Fußboden, das Haus, die Wände, und ich befand mich in einem gigantischen Misthaufen, während widerspenstige Krähen mich umflatterten und jemand grub, bis schwarzes Wasser hervortropfte. Dann begann ich zu sinken, der Mist, die Kleider, der Haufen, der Fußboden, alles unter mir gab langsam nach. Ich sank wie damals im Moor, als jemand nach mir schlug und Krämpfe durch meinen Körper zuckten, nun sank ich durch die dicken Teppiche. Ein schwerer Geruch nach Mottenkugeln und Tabak breitete sich aus und empfing mich in der Dunkelheit, wo das ausrangierte Inventar eines gelebten Lebens, Regale mit ausgestopften Maulwürfen in langen Reihen, eingelegte Karauschen in großen Gefäßen und ein unendliches Lager von Moorwurzeln, mich umschloss; dann sank ich weiter, durch den Zementboden des Kellers, durch in Spiritus eingelegte Krötenkinder, durch Bierfässer, aus denen die trägen Schnauzen braun gefleckter Schweine lugten, hinunter in das schwarze Meer, das unter der Welt floss und mich mit allem verband, hinunter zu einem Sarg, der auf einer von

Würmern zerfressenen Tür stand. Hier unten lag Großvater mit dunklen Flecken im Gesicht in einem Duft von Blumen und Vergänglichkeit, und an seiner Seite standen der Zwerg und der Kuttenträger mit der Maulwurfsfalle. Sie sahen mich mit betrübten Blicken an. »Diesen Weg müssen wir alle gehen«, sagten sie. »Sag mal, hast du übrigens von damals gehört, als *wir* …«

Es vergingen viele Jahre, bevor ich in Großvaters Garten zurückkehrte, und als ich es endlich tat, nahm ich meine Kinder mit. Ich parkte den Wagen ein Stück vom Haus entfernt und ging langsam und ein wenig widerwillig durch das Viertel. Nach einem kurzen Gespräch mit dem neuen Besitzer des Hauses trat ich über die Steinpflanzen im Vorgarten, sog den Duft und die Stimmung ein, horchte auf das Gurren der Tauben aus der großen Eiche und das Rieseln des Bachs hinter dem leeren Hühnerhaus, das jetzt abgerissen und durch einen Pavillon mit Weber-Grill ersetzt war.

Mit der Zeit hatte ich mir ein gewisses Wissen erarbeitet: Ich wusste, dass mein Blick während eines Anfalls leer wurde und die Pupillen sich erweiterten. Meine Augen wurden dann groß und rund und erstarrten schließlich in einem Ausdruck, der an Entsetzen erinnerte. Gute Freunde hatten es mehrfach aufgenommen und mir hinterher vorgespielt. Außerdem hatte ich das Schlaflabor des Rigshospitals, die Psychiatrische Abteilung in Risskov, einen Professor an der Klinik für Epileptologie in Bonn und einen Hellseher und Geisterbeschwörer aus Newcastle konsultiert, der behauptete, es hinge alles mit Wurzeln zusammen, doch mit der Menge an Erklärungen verschwand allmählich auch mein Drang, mich darin wiederzuerkennen.

Während die Kinder umherliefen und spielten, ohne einen Begriff von der Bedeutung dieses Ortes zu haben, glücklich, nach der langen Fahrt der Hitze des Autos entkommen zu sein, hatte ich das Gefühl, als könnte Großvater jeden Moment hinter der hohen Bambushecke hervortreten, hinter dem Granitstein, der zum Zwerg Sten wurde, oder aus der Dunkelheit des Kellereingangs. Ich sah ihn vor mir in seinem blauen Overall, der dicken Kassenbrille und dem abstehenden Haarkranz – mit einem wilden Gesichtsausdruck, als wäre er Anders, der Priester, der gerade die Schweine beschimpft hatte. Seine Stimme und seine Tonlage schienen in der Stille des Gartens eingelagert zu sein, die ganze Zeit kurz davor, noch eine Geschichte über unsere Sippe zu erzählen, so wie er es in jenem Sommer getan hatte, bis plötzlich alles still wurde und er dort in der Dunkelheit des Kellers lag. Es war ein Aneurysma im Gehirn. Er hatte es schon lange, sagten die Ärzte.

Ich dankte dem jetzigen Besitzer, dass ich mich im Garten umsehen durfte, fing mit leichten Schwierigkeiten meine Kinder ein und kehrte dem großen Haus den Rücken zu. Dann war ich wieder allein mit den Erscheinungen, den Stimmen, den bunten Bilderteppichen, die sich so eindringlich entfalteten, mit dem Zwerg und dem Kuttenträger, Freja mit den Eichhörnchenaugen, mit Signe und Anders, dem Priester. In der Hosentasche hatte ich das Spar-Ei der Provinzbank, das ich damals vom Regal genommen hatte.

»Ich muss euch etwas erzählen«, sagte ich zu den Kindern, als wir wieder im Auto saßen. »Habt ihr im Garten den großen Stein unter dem Walnussbaum bemerkt?«

»Ja«, antworteten sie.

»Er hat einmal gelebt. Sein Name war Sten. *Der Zwerg* Sten. Sein Vater war König Menved, der Fatzke von …«

»Bah!«, riefen sie im Chor und verdrehten die Augen. »Das glauben wir dir nicht.« Dann zogen sie ihre Handys aus der Tasche, und ich fuhr aus dem alten Viertel in Richtung Autobahn.

Morten Ramsland
Sumobrüder
Roman
Aus dem Dänischen von Ulrich Sonnenberg
320 Seiten. Gebunden. Lesebändchen.
ISBN 978-3-89561-421-7

Der elfjährige Lars wohnt mit seiner Familie im Paradiesgarten, einem Reihenhausquartier im dänischen Odense. Den größten Teil seiner Zeit verbringt er mit seinen Freunden. Sie spielen Tennis mit Kröten. Sie unternehmen eigenartige Dinge mit Hunden. Sie veranstalten heimliche Sumo-Ringkämpfe hinter vorgezogenen Gardinen.
Aber vor allem verprügeln sie die Kleinen und sind ständig auf der Flucht vor den Großen. Denn der Paradiesgarten hat gar nichts Paradiesisches. Im Viertel herrscht ein Gesetz, und das heißt prügeln oder verprügelt werden.
Doch seltsame Ereignisse und Erscheinungen irritieren Lars, und ihm drängen sich allmählich eine Reihe von Fragen auf: Warum darf er seine Großeltern nicht sehen? Wieso liegt sein Vater manchmal wie gelähmt auf dem Wohnzimmerfußboden und starrt mit einem wirren Gesichtsausdruck in die Luft? Kleine und große Skelette rasseln im Schrank.
Sumobrüder erzählt davon, was es heißt, noch ein Junge zu sein und gleichzeitig ein klein wenig erwachsen zu werden. Mit Humor und Einfühlungsvermögen nimmt uns der Roman mit in die gleichermaßen brutale und unschuldige Welt eines Sumobruders.

»Der Autor ist ein Meister der Umgangssprache. (…), ihm ist ein entzückender Kunstgriff geglückt. Niemand schreibt über kaputte Familien so anrührend und hemdsärmelig wie Morten Ramsland.«
Maren Keller, *Spiegel Online*

Schöffling & Co.

Sascha Reh
Aurora
Roman
184 Seiten. Gebunden.
Lesebändchen. Bedruckte Vorsätze.
ISBN 978-3-89561-088-2

Kurz vor Heiligabend bricht ein gewaltiger Schneesturm über die sonst so milde Insel Bornholm herein. Ole, der Lokalreporter einer Tageszeitung, soll darüber berichten, obwohl er sich eher zur Analyse von Weltereignissen berufen fühlt. Per Zufall verschlägt es ihn in einen Schützenpanzer, mit dem der junge Soldat Eric dringlich unterwegs ist: Eine Frau erwartet in einem vom Schnee abgeschnittenen Ort ein Kind, und Eric hat angeblich den Auftrag, die Hebamme zu ihr zu bringen. Doch kaum ist Tamara zugestiegen, braut sich nicht nur draußen, sondern vor allem zwischen den drei höchst unterschiedlichen Menschen mehr als nur eine Sturmfront zusammen. Als der Panzer im Schneegestöber stecken bleibt, führt für den Reporter nur noch ein Weg zu der großen Story, die er dringend braucht: ins Innere seiner Mitfahrer.

In *Aurora* erzählt Sascha Reh nicht nur eine ganz andere Art Weihnachtsgeschichte, sein Roman ist auch eine intime Momentaufnahme des Status quo zwischen Männern und Frauen in der heutigen Gesellschaft – beklemmend, temporeich und voller Dialogwitz.

Heiligabend, ein Panzer, ein Schneesturm und eine Geburt.
Eine beinahe wahre Weihnachtsgeschichte.

Schöffling & Co.